裏庭

1

丘の麓《ふもと》のバーンズ屋敷に何か秘密があることは、当時その辺りの子どもなら誰でも知っていた。

バーンズ屋敷は、戦前、外国人の別荘として使われていた。

戦争が始まると、その一家は母国へ帰り、戦後、いつのまにか独り者の外国人の男性がそこへ住みついていたが、その人もあるとき母国へ一時帰国したなり(はっきりとしたことは誰にもわからないのだが、突然姿が見えなくなったので、大方こんなことではないだろうか、と大人達は話し合った)、未《いま》だに帰ってこない。

だから、高い石垣で囲まれている内部の庭も、多分屋敷の中も、今は荒れ放題だ。

石垣の内側には、けやきの大木が何本も立っていて、夏になると道に涼しい木陰と蟬《せみ》時雨《しぐれ》を降らせる。それはそれはうっそうと繁《しげ》っているので、その道は昼なお暗くひんやりとした風が吹き、夕闇《ゆうやみ》はその辺りのどこよりも早く訪れた。

石垣は、その地方に古くから伝わる独特の組み方がしてある。お屋敷は西洋館なので、専門家から見たら、そんな和風の石組はおかしいと思われるかもしれないが、その威風堂々とした存在ぶりに接すると、洋風とか、和風とか、どうでもいいことのように思えてくるのだ。

近隣の子ども達にとって、夏の屋敷の庭は宝島のようなものだった。豊かな腐葉土の中で育った、つやつやと黒光りするカブトムシにオオクワガタ、力強く旋回するオニヤンマや閃《ひらめ》く紫水晶のようなオオムラサキを、必ず目にすることができたのだから。どうやってその庭に入るかについては、二つの方法がある。まず、道の向こう側まで伸びている大枝に、向いの家の低い塀《へい》によじ登って飛びつき、そのまま枝を伝って入る方法。これは大きい男の子達、そして強い女の子向きだ。もう一つは、北の丘側の塀の一部に開いている穴を潜《くぐ》る方法だ。

実は、この塀の石組の仕方では、「へそ」と呼ばれる部分が一ヶ所だけでき、その部分に当たる石は動かすことができる。最初にそのことに気づいた子どもは、偶然だったのか、それとも石工の家の子どもだったのか、今となってはわからない。外された石だけがごろんと庭の内側に転がっているだけだ。もう数え切れないくらいの回数、この穴を通って小さい子ども達が出入りしていた。

照美《てるみ》も小さい頃はよくこの穴を通って庭へ遊びに行った。真夏のぎらぎらとした庭よりも、秋口の、少し寂しい気持ちでススキの根元の南蛮《なんばん》ギセルなどを探すのが好きな子だった。

でも、照美はもうその穴を通って庭へ入るには大きすぎ、大枝を伝って入るにはおとなしすぎた。それに学校や塾が忙しくなって、ここ二、三年は友達の間でも、バーンズ屋敷のことは全く話題にのぼらなくなっていた。

照美の両親は共働きで、小さいレストランを経営していた。帰ってくるのはいつも夜中の十一時過ぎだった。

照美は今は一人っ子だ。ふたごの弟がいたが、六年前、風邪が原因で肺炎を併発し、あっけなく他界してしまった。名前は純といった。

純は産まれるときのトラブルが原因で、軽い知恵遅れだった。おかあさん達が働いている間、ごはんを食べさせ、一緒にお風呂《ふろ》に入って寝かせ付けるのはいつも照美の仕事だった。

純が亡《な》くなってから、照美は急に英会話の塾にやらされることになった。ママは照美を一人でおいておくのが不安になったのだろう。純が亡くなる前は、お昼と、夕方からの忙しい時間帯だけの出勤だったが、純が亡くなってから、ママはパパと同じように、朝から晩まで働くようになっていた。

塾に行くようになっても、ママたちが帰ってくるずっと前に、照美は帰宅してしまうので、どうしたって長い時間一人でいる。純が大好きで使っていた、くまのプーさんのマグカップやお皿などを、何かの拍子につい使ってしまって、ぼんやりとながめることもある。

人が死ぬって、不思議な感じだ。

持ち主を亡くした『もの』たちが、所在なげに転がっている。これらは全部、もう照美の物でもあるのだ。照美は最初、急に物持ちになった気がしたものだ。それから、そのことを後ろめたく思ったりもした。

友達の綾子《あやこ》は、最初、純のことには触れないように気を遣った。おかあさんにそういわれたからだ。綾子にとっても、純はよく知っていた近所の子だったので、思わず「純ちゃんが……」といいかけて慌《あわ》てて口をつぐんだりしたものだ。

でも、最近ではそういうこともなくなった。なにしろ、純が亡くなってから六年もたったのだ。照美や綾子にとっては、六年前といえばもう大昔の出来事だ。

照美にはもう祖父母はいないが、綾子にはおじいちゃんがいる。

このおじいちゃんの子どもの頃には、バーンズ屋敷には姉妹のいる英国人の一家が住んでいて、おじいちゃんたちもときどき正式に遊びに行ったものだそうだ。抜け穴などくぐらずに。

「お姉さんの方がレイチェル、妹の方がレベッカじゃったかな。子どもたちの方が日本語は達者じゃったな。ビスケットやアイスクリームもあそこで初めて食べた。世の中にこんなおいしいものがあるのかと思ったなあ」

おじいちゃんの話はいつもビスケットやアイスクリームになる。けれど照美は綾子の家でおじいちゃんの話をきくのが好きだった。仏壇のある、線香臭い部屋におじいちゃんはいつもいた。

照美の家には『いつもそこにいる人』なんていない。仏壇も神棚もない。弟の位牌《いはい》だって、普段はどこにあるのか、照美は知らなかった。パパもママもそのことには触れなかったので、照美はときどき本当に自分に弟がいたのかどうかさえ、あやふやな気がすることがあった。

照美は最初、綾子のおじいちゃんがとても怖かった。だって、綾子の家へ遊びに行くと、おじいちゃんはいつも自分の部屋で背中を丸めてじっとしているか、たまに廊下で会ってもむっつりとした顔をしているだけだったからだ。なんであんなに威張ってるんだろう、と、照美はよく思ったものだ。ここに私がいるってことが見えてないみたいだ、と。でも、後になって考えると、おじいちゃんは、ただ、女の子への最初の接し方がわからなかっただけだったのかもしれない。その証拠に、一度話をした後は、照美がそこにいるのにしらんふり、ということは二度となくなった。もしかすると、おじいちゃんの方でも、いつも照美に話しかけたかったのかもしれない。人の誤解ってよくそんなふうに起きる。

照美が綾子のおじいちゃんを好きになったのは、弟のお葬式がすんで、しばらくしてからのことだった。

パパたちがレストランの営業を再開し、一人になった夕方、照美はなんとなく綾子に会いに来た。

けれど、あいにく綾子は両親と外食に行っていていなかった。一人留守番していたおじいちゃんに、そのことを伝えられたとき、照美は、世界の外に独りぼっちでぽんと置かれたような気がした。照美はそういう気持ちになることがよくあったが、このときは特別だった。

帰ろうとする照美を、おじいちゃんは初めて、「でも、よかったら、お入り」と招き入れてくれた。

それが、照美がおじいちゃんの部屋へ入った最初だった。

もじもじしている照美に、どこからか不器用に切った羊羹《ようかん》を出してきてくれた。

晩秋の頃だった。

交織《まぜおり》の炬燵《こたつ》掛けから煙草《たばこ》の匂《にお》いがしていた。正座してきちんと揃《そろ》えた膝小僧《ひざこぞう》を、照美はまだ炬燵の中に入れずにいた。冬の陽が部屋の中に長い影を落としていた。

やがて、気詰《きづま》りになった照美が、そろそろ、といいかけたとき、おじいちゃんはぼそぼそと自分の小さかったときの話（主にバーンズ屋敷の話だったが）をし始めた。照美が生まれるずっと前の昔語りは、とても現実離れしていて、その現実に疲れていた照美の心に慈雨のようにしみこんでいくのだった。

そのことを、次の日綾子にいうと、「えー、うそお、あたし、そんなの、きいたことないよう」と目を丸くして驚いた。

それから、綾子の家のおじいちゃんの部屋は、照美の大好きな場所になったのだった。綾子の家に遊びに行ったときは、必ずおじいちゃんにも声をかけるようになった。

そうそう、バーンズ屋敷の秘密のことについてだ。

おじいちゃんにきいた話だが、バーンズ屋敷では裏庭のことを、奥庭と呼んでいたそうだ。

奥庭は、バーンズ夫妻が丹精した草花がいつも何かの花を咲かせていた。

おおざっぱに四つの部分に分かれており、それぞれ、白のコーナー、青のコーナー、赤のコーナー、黄色のコーナーと呼ばれていた。おじいさんの見たこともないような外国の花もたくさんあったが、日本の花ももちろんあった。

春先に白のコーナーに咲き誇るユキヤナギやコデマリ、黄色のコーナーのヤマブキ、秋の赤のコーナーの深紅の鶏頭《けいとう》、青のコーナーの矢車菊などは今でもおじいさんの脳裏に鮮やかに甦《よみがえ》ってくる。

外国の美しい花々の名前も教えてもらったのだが、残念なことにほとんど忘れてしまった。けれど、一つだけあまりに印象深かったので、覚えている花がある。それは、ろうそくの炎のような形と色をした、鮮やかな真紅の花だった。ストロベリー・キャンドルという名前だった。

「夕方、その花が咲いているところを見ると、まるで狐火《きつねび》のようじゃと思ったもんじゃ」

照美自身はその花を見たこともないのに、おじいちゃんの語りの力のせいか、夕焼け空をバックに燃えさかるようなストロベリー・キャンドルの群生が鮮やかに照美の心に焼き付いた。

「後々、わしが園芸や農業に興味をもつようになったのも、もとはといえばあの庭の影響かもしれんな」

おじいさんは遠くを見るような目付きでいった。

「じゃがバーンズ屋敷にも、裏庭と呼ばれる場所はあった」

そしてその裏庭こそが、バーンズ屋敷の秘密だったのだ。

バーンズ姉妹の妹の方のレベッカは、熱を出して寝込むことがよくあった。そういうとき、おじいさんは——おじいさんというのは、この場合そぐわない。おじいさんの名前は丈次《じょうじ》という。ジョージと、発音しやすかったのが、彼らに親しみを与えたのかもしれない——丈次は、姉さんに頼まれてよく氷を運んで行ったものだ。丈次の姉さんはバーンズ屋敷で働いていたのだ。そして、よくそのまま屋敷に残って、姉妹の姉の方のレイチェルのスヌーカーの相手をしたりした。スヌーカーというのは、ビリヤードのようなものだ。台の上にいくつもの球を置き、棒で突く遊びだ。

その日もそうだった。球を突きながら、レイチェルは、

「レベッカはまた裏庭へ行ったのよ。あれほど母さんに止められていたのに」

と、少し暗い表情で話した。

それが丈次が裏庭のことをきいた最初だ。

「裏庭？」

「そうよ。私達、裏庭をもってるの。でも、私は大嫌い。ぞっとするわ」

レイチェルは、棒を置いて、辺りを見回すと、ひそひそ声でいった。レイチェルは、普段はあまりそういうひそひそ話をするような女の子ではない。でも、その日はしとしとと、音もなく小雨の降る日で、ほら、そんな日は人と人との距離がとても短くなるものだ。気を付けなければならない。

それに、レイチェルがもともとおしゃべりやさんで活動的でもあったが、本当は寂しがりやだったことを考えると、彼女が、遊び友達のない午後、自分の一番の秘密をサービスして丈次ともっと仲良くなりたいと思ったとしても、無理もないことだ。

「私達は、裏庭をもってるの。父さんがいうには、もう何百年も、私達の先祖が丹精してきた庭なの。でも、出入りにはとっても気を付けなければならないの。私は、まだちらっとしか見たことはないんだけど……レベッカはしょっちゅう行くのよ。もう、そこで何かを育て始めているらしいの。父さんがいうには、一世代に一人はそうやって庭の世話をするものが出てくるものだっていうことらしいけれど……。でも、庭師に宿命づけられている人って、とっても体が弱いんですって。どうも、エネルギーを吸い取られるらしいのよ。裏庭は、死の世界にとても近いところでもあるの」

レイチェルはさらに恐ろしそうに続けた。いつもの姐御肌《あねごはだ》で、命令口調の話ぶりからすると考えられないことだった。

「私、ごめんだわ、そういうの。母さんはとっても心配してるわ。レベッカがいつか裏庭に行ったきりになるんじゃないかって」

丈次は、何のことやらさっぱりわからなかった。何百年もって、この家族が日本にやってきてここに住み着いたのはついこの間のことだ。庭だって、レイチェルも丈次も数え切れないくらい走り回って遊んでいる。

「そんなすごい庭のようには思わんかった……。第一、あんたらはいつも平気で遊んどるじゃないか」

レイチェルは、一瞬きょとんとして、それから、ふふんとうなずいた。

「違うの。あれは奥庭なの。誰でも遊べる、危険のない庭よ。――まったくないとはいわないけどね。あたしがいってるのは、普通、絶対に入れない庭なの。ちょっとしたコツがいるのよ。正式には、ほら、玄関の廊下の突き当りにある、大鏡がその門になっているんだけれど、抜け道はいくらでもあるわ。レベッカは夢からでももう自由に入って行ける。父さんは、それはとても危険だ、裏庭に行くにはきちんと鏡を通って行くのが一番いいんだ、といつもいってる。というのも、裏庭はここしばらく、何だかおかしくなってきている、裏庭がしっかりしているときにはその垣もしっかりしていて、絶対に抜け道なんかできないっていうの。それに裏庭に自在に行き来ができるようになるとだんだんその人の影が希薄になっていくんですって」

そういわれれば、レベッカというのは、ずいぶん線の細い、はかない風情《ふぜい》の女の子だった。それも、その死の世界に近いという裏庭に頻繁に行き来したせいなのだろうか。

「きちんとした問答をクリアして、正式に行くんでなければ、裏庭には絶対に出入りしてはいけないっていわれてたのに、レベッカったら、昨日もいつのまにか一人で行っていたのよ。今日熱を出して寝込んでるのはそのせいなの」

レイチェルは、からかっとるんじゃろうか。それにしては、真面目《まじめ》な顔しとる……。丈次は半信半疑だった。

「信じてないでしょ」

見透かしたようにレイチェルがいった。丈次はおずおずとうなずいた。

「ついてらっしゃい」

レイチェルは自信たっぷりに部屋を出ていった。丈次も少し緊張しながら後に続いた。

丈次は、そのときの、昼間だというのに雨のためにすっかり暗くなった洋館の感じを、おじいさんになった今でもよく覚えている。もう六十年以上も昔のことになるというのに。

細長いフランス窓の向こうで、雨に打たれている棕櫚《しゅろ》の葉の陰影が鮮やかだった。細かい石の粒子《りゅうし》が漂っているような、ひんやりとした洋館の空気は、先を歩くレイチェルを、全く知らない別の生物のように取り囲んでいた。廊下の隅や天井の装飾の暗がりが、何か息づいているもののように視界に入ってくる。

あのとき、レイチェルの両親や、丈次の姉さんはどこにいたのだろう。屋敷の中は本当に静かだった。

階段下のホールの壁にかかっている、その大きな姿見の前まで来たとき、丈次はこっそりと深呼吸した。

畳一畳分はゆうにあろうかと思われる大きな鏡だった。

細かなレリーフの施してあるマホガニーの木枠が周りを囲っている。かなり古いものらしく、鏡の表面は波うっていて、前に立つと横幅が伸びたり顔が歪《ゆが》んで見えたりした。

「これよ」

レイチェルは意味ありげにその前に立った。

鏡はレイチェルと丈次を奇妙に歪めて映していた。レイチェルは、丈次にはわからない英語で何か呟《つぶや》いた。

その途端、二階へ続く階段の踊り場のところの窓から、急に陽が射《さ》して、妙な具合いに鏡に反射した。すると、鏡の表面がゆらゆらと湯気が立っているように揺れ、鼻の奥につんと石灰のような匂いがした。

丈次は動くこともできずに、海の底のようになったホールに立ち尽くし、目は鏡に釘《くぎ》付《づ》けになった。次第に、鏡の中から、霧が晴れるように不思議な風景が現れてきた。

小川が流れている。その岸辺には柴草《しばくさ》が茂っている。アイリスが濃い紫色をして咲き誇り、そのずっと向こう側の、いろいろな種類の濃淡のラベンダーと共に紫のグラデーションをつくって、煙るように咲いている。そのなかで、忙しそうにじょうろで水を撒《ま》いている女の子がいた。レベッカだ。

レベッカは、芽を出したばかりの、幼い一本の木の赤ん坊の世話をしていた。

丈次は思わず、「あれっ」と叫んだ。

「レベッカだわ。また行ってるのね」

レイチェルは少し眉《まゆ》をひそめて大きな声で呼んだ。

「レベッカ」

レベッカはこちらに気づいてひどく驚いた顔をしたが、すぐににっこりと笑い、大きく手を振った。

「レベッカ、早く帰ってらっしゃい」

レイチェルが続けて声をかけると、レベッカはうなずいて二人を呼ぶように手招きした。

「どうする？　ジョージ、行く？」

レイチェルにきかれて、丈次は反射的に首を振った。それを確認すると、レイチェルはこころなし、ほっとしたようだった。それからまた英語で何か呟き、鏡の表面には再び霧のような物が集まった。

そしてバーンズ屋敷の裏庭は閉じられたのだった。

「なぜわしはあのとき思いきって裏庭に入っていかなかったんじゃろう」

おじいさんは独り言のように呟いた。

「それってすっごく怖いみたい。無理ないよ」

息を殺すようにして聴いていた照美は、ため息をつきながらいった。

「怖い……か。そうじゃ、怖かったんじゃなあ。死の世界に近い、なんていわれたもんで。照ちゃんのおかげで初めて気づいたよ。わしはあれからあの屋敷にはなんとなく足が遠くなってしまって……。レイチェル、レベッカともとうとう会うことがなかったが……」

「二人はそれからどうなったの」

「レベッカはほとんど寝室から出ることはなかったらしいが、わし以外にもあの屋敷に遊びに行ったり、こっそり庭に忍び込んだりした子どもたちが、時々不思議なものを見ることがあったらしい。特に池の辺りで。突然霧が現れて見慣れない風景が現れるとか……。わしの姉なんかは、バーンズ屋敷の池には蜃気楼《しんきろう》が出るとよく言うとった。じゃが、わしはそれは蜃気楼でも何でものうて、レベッカがあまりにも裏庭を引き寄せたために、鏡を通さんでも、裏庭が透けて見えるようになったんじゃろうと、心の中で思とった。それか、レイチェルたちの父さんがいっとったように、裏庭の垣の力が弱ってきとったんじゃろうか。まあ、それに、池というのは、庭にある鏡みたいなもんじゃからなあ」

「心の中で？　そういわなかったの？」

「あの時代は、思ったことをそのまま口にする習慣がなかったんじゃ」

おじいちゃんは寂しそうに笑った。

おじいちゃんの話は、照美にも思い当たることがあった。

バーンズ屋敷は、実は子ども達の間で秘《ひそ》かに「おばけ屋敷」とも呼ばれていたのだ。昔から、何か不思議なものを見たという子どもが跡をたたなかったからだ。けれど、それでも皆がそこへ遊びに行き続けたのは、その「おばけ屋敷」という語感がなんとなくスリリングで子どもをひきつけたこと、それになんといってもあの石塀の中が、まるでサンクチュアリのように豊かな自然の宝庫であったからだろう。

おじいちゃんの話によると、それから数年後、戦争が始まると、あの一家はとるものもとりあえず日本を脱出したようで、多分大鏡もそのままあの屋敷にのこされているのではないか、ということだった。そして、もともと病弱だったレベッカは、やっとの思いで英国に着いたものの、長い航海がたたって、それから長くはもたなかったそうだ。これは、おじいちゃんのお姉さんのところへ来た、姉妹のおかあさんからの手紙に記してあった。

姉妹には、数はそれほど多くなかったが、ほかの日本人の女の子の友達もいた。おじいちゃんがバーンズ屋敷から足が遠のいた後も、その子達は時々屋敷へ遊びにいっていたようだ。もっとも、あの『裏庭』のことを、その子達がどれほど知っていたかはわからないが。

その中の一人、夏夜《かや》ちゃんは、おじいちゃんの小さい頃の同級生でもあった。すぐにクラスは男女分けがされたから、あまり話す機会はなかったけれど。

それでも、学校の行き帰りや、全校あげての行事の時を通して――毎年の春の河べりの公園でお花見とか――何かと親しく交わる機会は多かった。女の子から慕われていた水島先生たちが、よくそういう企画を立てていた。レイチェルは水島先生に心酔していて、髪型まで――三編みをぐるりとヘアバンドのように頭にまわす――いっしょにしていたぐらいだった。

レイチェルは、日本を発《た》つ直前、夏夜ちゃんのところを訪れて、手紙と贈物を手渡したのだそうだ。そのとき、ジョージにもよろしく伝えて、とことづかったとおじいちゃんは、ずっとあとで夏夜ちゃんにきいた。

「なんか、申し訳なくてなあ……。折角わしに秘密を打ち明けてくれたのに、わしはそれに値せんかったわけじゃ。それはわしが出征《しゅっせい》する前の日、夏夜ちゃんから聴いた。風の冷たい夕暮れじゃった。節穴だらけの板塀の横の、これも節穴だらけの電信柱の向こうに、真っ赤な夕焼けがひろがっとったのを、今でも覚えとるよ。あんな恐ろしいような、すさまじい夕焼けは、それまでもそれからも見たことがなかった。

「じゃがその晩、空襲でこの町もほとんど焼けてしまった。水島先生もそのときの空襲で亡《な》くなってしもうた。水島先生は女の子たちだけではなく、わしらにまで優しくしてくれて人気があったんじゃ。貧しくて、弁当がもってこれん子のこともいつも気にかけてくれて……。先生は、民話採集の活動もなさっておって、夜、そういう子たちのうちの年寄りに、古い昔話の聞き取りに行っていた。なにがしかのお礼をおいていっとったらしい。そういうときレイチェルはいつも付き従って、先生の助けをしていたもんじゃ。うちが貿易商をしていた関係で、裕福じゃったということもあったろうが……。あの子はそういう子じゃった。

「町が火の海につつまれたとき、大勢の人間が丘の麓《ふもと》のバーンズ屋敷の庭へ逃げ込んだ。当時はけやきの大木が森のようにあの屋敷を囲んでおってな。猛火がそこまで押し寄せていた。火の粉や燃える煙が。じゃが、けやき達はよう耐えた。熱い火の風を遮って、この庭と、屋敷と、わしらを守り抜いた。火の精と木の精の、それはすさまじい戦いじゃった。わしは、一度だけ心配で身をのりだして見たんじゃが……。木々がみんな腕を組んで、炎に向かって吠《ほ》えておるようじゃった」

照美は瞬《まばた》きもせずに聴いていた。

「今から思うと、あの夕焼け空は、壊滅寸前のこの町に向けての、自然界の、挙手の礼のようなものだったのかもしれん。静かな、別れの挨拶《あいさつ》。沈没していく船に、乗組員がボートから敬意を表するような」

照美の眼前に、真っ赤な夕焼けがひろがり、照美は胸がいっぱいになった。

「……朝になってみると、一番外側の何本かの生木は真っ黒になってぶすぶすいっておった。

「それが、あの木がどんなに道に覆《おお》いかぶさっても、誰もなかなか切る気になれなかった理由じゃよ」


おじいちゃんは、自分の体験した話だけではなく、水島先生が採集したという民話や昔話も、折りにふれ、話してくれた。

「昔、夫を亡くした嫁と、姑《しゅうとめ》が二人で住んでおった。その嫁は近所でも評判の優しい、ようできた嫁じゃった。姑というのが、これがまた因業《いんごう》な女で、嫁の若さと美しさをいつも妬《ねた》んで、無理難題押しつけては嫁が苦しむのを楽しんでおった。おまけに米の飯は、炊《た》いた後、いつもむすびにして腰の周りにぐるりと縛り付け、嫁の口には一個も入らぬようにしていた」

「どうして?」

照美はわけがわからない、という顔をして言った。おじいちゃんは姑の声音《こわね》でいった。

「『嫁に何で只飯《ただめし》喰わす必要がある? 喰わんで働くのがいい嫁じゃ』。その心根の醜さからか、姑は高熱を発し、両手が指先から真っ黒く炭のようになる奇病にかかった。嫁の寝ずの看病にもかかわらず、姑の両手はころんと根元からとれてしまった。姑は天地を呪《のろ》い、憤《いきどお》り、嘆き悲しんで手のつけようがなかった。嫁は誠心誠意介抱した」

――いい気味だ。照美はこっそり思った。

「やがて、姑は嫁の美しい手がしゃくにさわるようになり、おまえ、親に孝を尽くすつもりなら、その手をよこせという。もとより、嫁が手をよこしたというてそれが醜い姑の腕につくわけがない。それは嫁にもわかっていたが、おっかさんのいわっしゃることじゃとて泣く泣く両手を差し出した」

「うー」照美はうなった。

「姑は、作男に言いつけてなたでその手を切り落とさせた。あまりの痛みに嫁は気を失った。何をなまけとるというて、姑はその傷口に塩を擦り込んだ。嫁はその痛みに、また我に返り、うんうんうなり続けて数日後、言うことには『おっかさんが塩を擦り込んでくれたので傷口が膿《う》みもせずきれいになった』。姑は返して言った。『おまえの手はどうしようもない、役立たずじゃて、庭に埋めた』。嫁が庭に行ってみると、そこから見たことのない蔓《つる》が天に向かってのびておった」

「ジャックと豆の木みたいね」

「そうじゃな。見ると天からキササゲのような長い実が下がってきた。その上からえもいわれぬ楽の音《ね》が響き、声がした。『さあ、宴《うたげ》の準備がととのった。昇って来《こ》』。嫁は喜んでキササゲのさやの中に納まった。キササゲは天に戻っていく。下から姑が地団太《じだんだ》ふんで悔しがり、『おれも連れていってくれろ』と叫ぶ。嫁は、キササゲの筋を口ではがして下に垂らしてやった。姑は喜んでそれをくわえて昇ってきたが、腰に巻いた米の飯のあまりに重うて落ちて死んでしもうた」

「自業自得《じごう》だわ」

照美はようやくおさまりがついた、というように呟いた。

「その話を聞いたとき、レイチェルも今の照美ちゃんのように憤慨したもんじゃ。『私だったら手をよこせ、って言われたときに、ばっかじゃない、っていってやるわ。何で嫌がらせってわかっていて、自分を傷つけるのを許すの？　大体、そんな嫌な姑と何でずっと住んでたのよ。さっさと出ていけばいいのに』ってな。いかにもあの子らしいじゃないか」

おじいちゃんは愉快そうに笑った。

「それに応《こた》えて、水島先生はいったもんじゃ。『これはね、多分、嫁ぎ先でひどい目にあって手を切られ、死んでしまった事件が実際あったのよ、きっと。それで、そのことを語り伝えるとき、それじゃあんまりかわいそうなんで、お嫁さんの方は天上の世界へ、姑には罰があたるように、ていう結末になったんだと思うわ……』となあ」

その頃のことを思いだしているのか、おじいちゃんは遠い目をした。

「このあたりはそういう話が多くてなあ。観音峠にある、女の人のような形をした石のいわれを知っておるかな。あれも、嫁ぎ先でろくに食べるもんも与えられんと、さんざん働かされて、あげく胸の病にかかった女が、三年、子がなかったのじゃから実家へ帰れと追い出され、途方にくれ、あの峠に差し掛かったとき、しみじみ考えたんじゃ。帰ったところで、実家はもう子だくさんの兄嫁のしきるところ、胸を病んだ自分の居場所などない、わしにもう家などない、そう腹を決め、そこからもう一歩も動かなんだ。そして、いつのまにか石になってしまった、という話じゃ」

おじいちゃんの記憶力は素晴らしく、照美が、そういうものに目を輝かせてきき入っているのに気づくと、実際に集められた民話の類《たぐい》から、本で読んだ話まで、ありとあらゆる話をしてくれた。

照美がおじいちゃんの話をきいているとき、綾子が側《そば》にいるときもあるし、別の部屋でファミコンをしているときもある。

「照美って変わってる。ほんとにおじいちゃんの話って楽しいの？　あたし、絶対マンガ読んでる方がいいよ」

「うち、ほら、おじいちゃんやおばあちゃんがいないじゃない。なんか、いいんだよねえ、おじいちゃんって」

「ふうん」

照美は少し照れくさくもあったので、軽くいったけれど、そして、照美自身も本当には気づいていなかったけれど、おじいちゃんの存在は照美にはもっと切実なものだった。照美に向かって、(片手間でなく)きちんと話しかけてくれる大人っていなかったのだ。

パパやママは忙しすぎた。

パパのレストランは、小さいけれども結構繁盛《はんじょう》していた。昼食の時間帯は近くの大学の学生や教師達でいつもいっぱいになったし、夕方からは家族連れや若いカップルで賑《にぎ》わっていた。その忙しい時間帯だけパートの人に来てもらい、あとはパパとママの二人で何とかしのいでいた。

ママの名前は、幸江《さちえ》という。

小さい頃は、さっちゃん、と呼ばれていた。だから、ここでも時々そう呼ぶことにしよう。そのほうがいいような気がするからだ。

さっちゃんのおかあさんは——つまり、照美のおばあさんだが——、さっちゃんが二十歳になる少し前に亡くなった。

さっちゃんは、あまりおかあさんが好きではなかった。厳しくて、皮肉屋で、人の揚げ足ばかりとるような人だった。でも、それはさっちゃんに対してだけで、他人に対しては結構愛想よくて、ひとあたりは悪くなかった。さっちゃんのお父さんは、さっちゃんが物心つかないうちに亡くなっていたので、女手一つでさっちゃんを育てた。あまり甘やかしてはいけないと思い込んでいたのかもしれない。

また、不幸なことに、おかあさんとさっちゃんはあまりにも性質が違いすぎた。さっちゃんがどちらかというとロマンティックな、いつも夢みるタイプの少女だったのに対して、おかあさんは実直で、無駄を嫌う、現実的なタイプの人だった。さっちゃんが、当時女の子達の間で流行《はや》っていた、甘い恋愛もののマンガなど描いていたりすると、「なんだい、これは」といって、後ろから取り上げ、泣き叫んで返してくれと懇願するさっちゃんを尻目《しりめ》に、たかだかとそれを持ち上げて、ばかにした口調で読み上げるような人だった。そういうことは、とても、屈辱的だ。たいそうさっちゃんを傷つける。

おかあさんは、さっちゃんが『そういうこと』にひどく傷つくことをよく知っていた。それだからこそ、『そういうこと』が、さっちゃんを、恋愛マンガなんていう愚かしいことから遠ざける『教育的効果』も大きいと見て取ったのかもしれない。さっちゃんのおかあさんは、そういう『教育』をする人だった。

おかあさんと、冗談を言って笑いあう、なんてことは、さっちゃんの家では想像もできないことだった。食事のときはいつも沈痛なムードが流れていた。

小さな頃は、まだましだったように思う。あまり怒られた記憶がない。だが、さっちゃんの小学校入学と同時に、さっちゃんも、おかあさん自身も生まれ育った町を引っ越して、それからの記憶は暗いことばかりだ。

——おかあさんは私が女らしく成長するのをほとんど憎んでいて、少しでも、その徴候を見せると、まるで犯罪でも犯したかのように暴《あば》きたてたものだった。

さっちゃんの体の変化でさえ、まるでさっちゃん自身の罪であるかのように、嫌味や冷笑で指摘するのだった。

いつだったか、ふと、さっちゃんは思い切っておかあさんの目を真っすぐ見て、質問したことがあった。「おかあさんは、私のこと、好きなの?」おかあさんはこともなげに問い返した。「おまえはどうなんだい」。さっちゃんが答に窮して黙っていると、「好きなときも嫌いなときもあるだろう?」

さっちゃんは考えた。その通りだった。何といっても、おかあさんはおかあさんなのだから、ずっと嫌いになっていられるわけがない。でもいつも好きとは決していえない。「うん」さっちゃんは神妙に応えた。何だか、白状する、という感じだった。こころなし、おかあさんも少しショックを受けたようだったが、すぐに「そうだろう、私もおまえと同じさ。好きなときも嫌いなときもある」

その言葉は妙に説得力があり、直観でさっちゃんはおかあさんは本当のことをいってる、と悟った。

母親だっていつもいつも子どものことを愛しているわけではないのだ、ことにうちの母親は。好きとか、愛とかとは全く関係ないところで生活している人なんだ、とさっちゃんはそのときわかったように思った。

おかあさんが亡くなったときも、さっちゃんはなんだかぼうっとするばかりで、悲しいという実感がなかなか湧《わ》いてこなかった。そして、その悲しいという実感がないということが悲しくて、情けなくて、涙を流したものだ。

おかあさんは、以前、ポツンと、「もし、あんたが結婚して女の子ができたら、その子の名前は照美とつけてほしい」といったことがあった。照美、だなんて、そのころの流行の名前ではなかったから、反発と共にかえって鮮明に覚えていた。

ふたごの、女の子の方に、なんとなく照美、とつけたのには、おかあさんに対してその死をあまり悲しまなかった、という罪の意識があったからかもしれない。

さっちゃんの結婚相手は、偶然さっちゃんが子ども時代に住んでいた町の人だった。バーンズ屋敷の庭の話など、共通の話題があった。さっちゃんは、結婚してまた元の町に戻ってきた。

子どもが生まれたら、自分のような思いをさせるまい、と思ったものだったが、実際結婚して子どもが生まれ、それがふたごで、たまたま一人が知恵遅れだったり、生活のために働かなければならなかったりすると、さっちゃんの毎日は嵐《あらし》が吹き荒れているようだった。そういう理性的な決心なんかあっというまにどこかへ飛んでいった。ただただ、夢中でその日その日をやり過ごし、純が死んだときも、おかあさんのお葬式のときのようにただぼうっとしていた。もしかすると、家族のお葬式にはぼうっとする、という癖がついてしまったのかもしれない。

さっちゃんの御主人、つまり照美のパパは、口数の少ない人だった。純が知恵遅れであるということがわかってから、あまり家庭に興味がなくなったように、さっちゃんには思われた。パパは、純にがっかりしているのだ、とさっちゃんは秘《ひそ》かに感じていた。さっちゃんの方は、夫であるパパに少しがっかりした。だって、世の中には子どもに障《しょう》碍《がい》があったって、そんなことものともせずに、愛し続けるお父さんはたくさんいる。

純が亡《な》くなったとき、パパは本当に悲しいんだろうか、とさっちゃんは貝のように押し黙ったままのパパを見て思った。

パパの気持ちは誰にもわからなかった。

照美のパパはハンサムで、ママのさっちゃんも飛び抜けて、というわけではなかったが美人だった。

なのに二人の間の子の照美は、あまりかわいくなかった。あっちこっちの親類縁者から部品を寄せ集めたような顔、というのがパパの感想だった。

たまに親戚《しんせき》の人がやってきても、顔をしげしげと見られて、「この子の眉《まゆ》は桐原《きりはら》で、鼻は加代子叔母さんだ。耳は君島の方だねえ」と分析されるので、照美はいつも自分が分解可能なブロックのおもちゃかなんかのような気がしてくる。おまけに着るものといったらいつも従姉妹《いとこ》のお下がりだったから、ますます自分が寄木細工でできているような気がするのだ。

照美が綾子のおじいちゃんを好きなのは、おじいちゃんがいつもしっかり照美の全体を見てくれるから、ということもあった。(全体を見てくれるっていうのは、別に全身隈《くま》なくよく見るってことではなくて、部分にこだわらずに、なんとなく、「照ちゃん」と扱ってくれるっていうことだ。まっすぐ自分に向かって呼びかけてくれている感じがするのだ)

照美は、おじいちゃんが、「おう、照ちゃん」と、いかにも照美がそこにいるのに今気づいたという感じで声をかけてくれるのが好きだ。じろじろと見て、関心を持ちすぎるのでもなく、反対にしらんぷりで関心がまったくない、というのでもない、ちょうどいいくらいの関心のはらいかただと、照美は思っていた。

そういうわけで、照美にとって、綾子のおじいちゃんは、単に友達のおじいちゃんというだけでなくて、もっともっと身近な人だったから、おじいちゃんが倒れたと綾子にきいたときは、一瞬心臓が止まりかけたように思ったほどだ。

その朝、綾子はいつもより遅く学校へ来た。

いつものように鞄《かばん》から、教科書や筆記用具などをとりだして、引出しへ収めていたが、その様子がどこか物憂《ものう》げだったので、照美は思わず「どうかした？」と、尋ねた。

「夕べ、おじいちゃんが倒れたの。すぐに病院へ運ばれたんだけれど意識不明なの」

綾子は少し低い声で、照美の目をじっと見ながらいった。

それをきいて、照美は、ああ、と思った。

ぴゅーっと、胸の中が寒くなって、あ、この感じ、前にもあった、と頭のどこかが反応するのを感じた。

胸の中が寒くなったような、心細い感じは、それからずっと続いた。授業中、先生の声がどこか遠いところでしているようだった。休み時間に、思い切って、綾子にきいてみた。

「おじいちゃん、すごく悪いの？　あの、どのくらい悪いの？」

照美は、危篤《きとく》状態かどうか、良くなる見込みがあるのかどうか、また会える可能性があるのかどうかということをききたかったのだ。けれど、綾子の返事は、

「ノウイッケツなんですって。よくわからないんですって」

と、これだけだった。綾子の表情にも当然のことながらいつもの晴れやかさがない。なんだか緊張しているようだった。

照美は、いつもの、世界の外に、たった一人取り残されているような気持ちで、下校

した。こういう気分はしょっちゅう、照美を襲う。無力さに泣きたくなる。

家へ帰ると、珍しいことにママがいた。こんな気持ちのときでも、家にママがいるのを見るのは嬉《うれ》しいものだ。

「あれ、どうしたの、ママ」

「どうしたのじゃないでしょ、なんていうの、帰ってきたときは」

こんなこと、小さい子にいうことだ、と照美は思ったが、素直に、

「ただいま」

といい直した。

ママは——さっちゃんは——私、自分の母親にそっくりのいい方してる、と思った。そう思ったのは今が初めてではなかったけれど。

さっちゃんは、今日はなんだかひどく疲れていて頭痛もしたので、アルバイトの人に後を頼んで、ちょっと家でゆっくりしていた。

そして、それは照美も同じだった。頭痛こそしていなかったけれど、なんだか、何をする気にもなれなくて、家でぼんやりしていたかったのだ。

とりあえずうがいをして、冷蔵庫からジュースのペットボトルを取り出し、ダイニングテーブルについて飲みながら、

「綾子のとこのおじいちゃん、夕べ、倒れたんだって」

と、隣の和室で洗濯物をたたんでいるママに声をかけた。

「あら、大変ねえ」

ママは、気乗りうすの様子で、同情した。ほとんど言葉をかわしたこともないのだから、無理もない。それで照美も、それ以上この話をする気になれなかった。

「ママ、バーンズ屋敷って知ってる？」

その言葉は、ママの心に何か奇妙な、なつかしい響きをたてた。ママ――さっちゃんも昔あそこで遊んだことがあったのだ。でも、さっちゃんはそのなつかしい響きをすぐさま無視して現実に戻った。そういう癖がついてしまっているのだ。

「丘の麓《ふもと》の洋館でしょ。あそこがどうかしたの？　そういえば、とりつぶされて、宅地に造成されるっていう話を小耳にはさんだわ」

え？　照美はびっくりした。バーンズ屋敷がなくなるなんて……。

「いつ？」

「さあ、いつだったか……。店にくるお客さんが話してたのよ」

そんなことがあって、いいわけがない、と、照美は激しく心で思ったが、おじいちゃんも倒れた今、もうどんなひどいことが起こっても不思議ではない、という気もした。

「バーンズ屋敷の、大鏡って見たことある？　あの、秘密の話なんだけど」

照美はいちかばちかの賭《かけ》にのぞむような気持ちで、そのことをママに話してみようと思った。ママもワクワクとしてきいてくれたら、どんなに素敵だろう。秘密を分けあえるのだ。

「照美、英会話の教室、始まるわよ、ぐずぐずしてると」

さっちゃんは、洗濯物をたたみながら、強い調子でいい放った。今、何か、照美が話しかけようとしたような気がするけれど、時計はもうすぐ五時になろうとしている。急がないと間に合わない。

「……うん。私、今日、なんだか休みたいな」

照美は、心が、お昼を過ぎた朝顔のようにしぼんでいくのを感じた。

「どうして。気分でも悪いの」

「ううん。そういうんじゃないけど、なんとなく」

「ずる休みはだめよ。一旦《いったん》そういう癖をつけちゃうと、ずるずるさぼってばっかしになっちゃうんだから。ほら、がんばって出かけなさい」

照美は、仕方なく英会話のテキストをバッグに入れて、家を出た。

途中、綾子の家の前を通りかかった。

いつも道路から生け垣越しに見えるおじいちゃんの部屋は、庭に向かって開かれていることが多く、濡《ぬ》れ縁《えん》に腰掛けているおじいちゃんの姿がよく見かけられたものだ。けれど今日は閉め切ってあって、内側からカーテンがかかっていた。今までおじいちゃんの部屋へ入ったときに、何度も目にしているはずなのに、そのカーテンは初めて見るような気がした。

四つ角で、照美の足は、英会話教室の方角を選ばなかった。照美はぼんやりとして、ことさらに意識していなかったが、その足はバーンズ屋敷の方へ向いていた。

2

夕暮れの道に影が長く伸びて、照美は自分がバーンズ屋敷の石垣のところまで来たことに気づいた。

陽の落ちた後の林の醸《かも》し出す、深い土の匂《にお》いが、もうすでにひんやりとした風に乗って照美の回りに漂ってきた。

――こんなところまで、来てしまった……。

照美は屋敷の正門の前に立っていた。

――本当にこの屋敷がなくなってしまうのだろうか。地球の始まりから最後まで、ここに建っているようなのに。まるで生えてきたみたいに。

照美には信じられなかった。

門扉《もんぴ》は、照美の背丈よりもずっと高い、古ぼけた木製のものだった。何気なく近づいて、そっと押してみた。

すると、どうだろう。動いたのだ。業者の人が出入りしたとき、錠《じょう》を掛け忘れたのだろうか。

照美は今度は思いきり押してみた。照美一人充分入れるくらいの隙間《すきま》が開いた。

照美はそうっとすり抜けた。門から入るのは初めてのことだったから、誰かに見とがめられるような気がして、どきどきした。

庭は昔のとおりだった。

再び野生化したハーブの、鮮烈な香りの混じった、この庭特有の草木の匂いが充満していて、照美は小さい頃この庭で遊んだ経験の全《すべ》てが鮮やかに甦《よみがえ》るのを感じた。そしてそれはそのまま純の思い出だった。

――ああ、私は、純が死んでから、一度もここへ来たことがなかったんだ……。

ふたごなのに、照美よりひとまわり小さかった純を連れて、照美は何度もここへ遊びにきた。まず自分が先に石垣の穴をくぐり向こう側へ抜け、それから手助けして純をくぐらせた。

照美が一番好きだったことは、一人でぼんやりと庭の雰囲気を楽しむことだった。木漏れ陽が湿った腐葉土に射《さ》しているところとか、風でそこここの木の梢《こずえ》が時間差で揺れていくところとかを、飽かずにいつまでも見つめていることができた。そういうときは、誰かにそばにいられるのはなんとなくいやなものだ。没頭できなくなるからだ。

それで、よく純を池の側《そば》においたままにした。池といっても、そんなに深くなかったし、純の大好きなトンボがしょっちゅう産卵のためにやってくるので、純は純なりに満足した時間を過ごしていたと思う。

純は何でも一応口で触ってみる癖があった。犬や猫にもそうして近づくので、ひっかかれそうになったり、咬《か》みつかれそうになったりしたこともあり、外では照美は純から目が離せなかった。けれどもこの庭ではそういう心配はする必要がなかった。たまに野《の》良猫《らねこ》がやってくるにしても、純のゆったりした動きでは決して捕まらなかったから、安心していてよかったのだ。

――あの頃は、ママももっと優しかった……。

確かに、ママは、純のめんどうをみてくれる照美に対して、しょっちゅう、ありがとうねえ、といってくれたものだ。パパだって、よその人に、「女の子は本当に役に立つ」といってくれているのを、照美は一度きいたことがある。それをきいたときは、照美は嬉しくて誇らしくて、胸がいっぱいになったものだ。今だって、もし、パパがそういってくれるのなら、照美はなんだってしただろう。

――パパはもう、私に用がなくなったのかもしれない……。

そう思うのはつらいことだった。純がいなくなってから、照美はどうやったらパパの役に立つのか、もうわからなくなっていた。パパもママも朝から晩まで働いて、照美のことなど視界にも入っていないようだ。確かにパパやママにはもう照美はいらない子なのかもしれない。

庭の池のところへ来たとき、照美は突然恐ろしいことを思いだした。

純は、この池に落ちたのだ。水音を聞いて慌《あわ》てて照美がやってきたときは、(水位は子どもの腰くらいの深さしかなかった)純は池の中で立ちすくんでいた。タオルもなかったので、ハンカチで申し訳程度に顔をふいただけで、夕方まで濡れたなり放っておいたのだ。

その晩、純は熱を出した。そして、風邪から肺炎をこじらせて亡《な》くなった。

――そうだ、あれは私のせいだったんだ。だからパパとママは私が許せないのだ……。

今まで、不思議にそのことはあまり考えなかった。でも、今、この瞬間、まざまざと、その事実が見えてきた。なぜ、こんなことがわからなかったのだろう。いや、本当はわかっていたのかもしれない。

――罰があたったんだ……。

照美はいたたまれなくなって、池を後にし、玄関のポーチの段々に座った。

そしてすっかり陽が落ちるまでそこでじっとしていた。

それからのろのろと立ち上がり、誰もいない家に帰った。

次の日の朝、ママは照美が少し元気がないことに気づいた。

——夕べの食事もほとんど手つかずだった……。

ママは一瞬上から下まで照美を鋭く見つめた。いつもにもまして口数が少ない。ちょっと気になったが、今日はあいにくずっと忙しい。学校に行っていてくれたほうが安心なので、そのまま送りだした。

照美の足は、学校へは向かなかった。おじいちゃんの部屋の前で照美はしばらくぼんやりしていた。

この庭の前で、おじいちゃんが倒れる二、三日前に照美は久しぶりでおじいちゃんと話をした。おじいちゃんは庭を見ながら、昔自然農法の仕事をしたかったことを話してくれた。

おじいちゃんの若かった頃の、理想に燃える生き方をききながら、照美は自分の両親のことを思わずにいられなかった。

パパとママは真面目《まじめ》に生きてるけど、誇りをもって生きてない。楽しんでもいない。光に向かうまっすぐさがない。それは子どもにとってはどうにもならないやりきれなさだ。

「レストランやるんだったら、もっとこだわればいいのに。無農薬の野菜しか使わないとか、環境問題とか。自分のこだわりってもんがないんだ。生活するだけなんだ」

照美はそのとき、珍しく激しくそう言い切ると、少し涙が出てきた。

「照ちゃんはそういうがな」

と、おじいちゃんが照美をたしなめたとき、照美は当然のように、(この場合たいていの大人がこのパターンで反応するものだが)誰のためにパパやママが必死で働いているのか、と叱責《しっせき》されるものと予想していた。だが、おじいちゃんはおっとりと、

「真剣につくられた無農薬野菜は、商業ベースにのるほどの安定した収穫量は期待できないんだよ。だから、そういうレストランは経営がとても難しい」

と真顔でいったので、かくんと何かが外された気になった。

「たい肥をどんどんやって、栄養過多にすれば、なるほど野菜はよく育つ。しかし、畜《ちく》糞《ふん》を多く与えられた野菜は窒素分が多くなって、収穫後、あまりのアクの多さを自分で持て余してすぐにしなびてしまう。そういう野菜は緑色が異様に濃くて、食べるとポクポクする。窒素分が多いせいだ。やがて、亜しょう酸となって、害になる。アクをとればまだいいんだが……。だが、このアクの部分に発ガンを抑制する成分があるという説もあるから、まあ、何事もほどほどってことかな。畜糞を使わない、雑草のようにさわやかな、生命力にあふれた野菜をつくることが、おじいちゃんの夢だった。ある程度はそれもできたが、それで生活することはとても難しかった……」

おじいちゃんのいっていることは、照美にはよくわからないこともあったが、それでもなんだか心地よかった。

おじいちゃんは死んでしまうのだろうか。

もう二度と会えなくなるのだろうか。

――純のように？

照美はもう、自分を消してしまいたいようなやりきれない気持ちになっていた。そのままずっすぐにバーンズ屋敷へ向い、昨日動かした門をくぐった。池の方は見ないようにしてドアの前に立った。

照美はもともと、それほど冒険心に富んでいる子でもなければ、好奇心にあふれているわけでもなく、勇気に満ちているというタイプでもなかった。けれど今はたった一人で、おばけ屋敷ともささやかれている人気のない屋敷の中へ入ろうとしている。

昔はとてもいかめしく恐ろしいものに見えたドアが、今はおじいちゃんからしょっちゅうきいていたせいで、なんとなく懐《なつ》かしいもののように感じられた。おじいちゃんも、このドアを通って、レイチェルやレベッカのところへ遊びに行ったのだ。

そのとき照美の心に、何故《なぜ》だか、ドアがすっと開くという、確信のようなものが突然閃《ひらめ》いて、ドアの取っ手に手をかけた。

門のときと同様、ドアはいくらかきしんだ音をたてたが、すぐに動く意志を見せ、向こう側に向かって開いた。

中は真っ暗だった。けれど、入ってしまうと眼が慣れてきて、窓からの外光だけで、何とか中の様子がつかめた。

　年代物のほこりっぽさと、鎮《しず》まっていた空気の粒子が一斉にこちらを振り向いたような気配があった。歩くと、ぎーぎーと、床がきしんだ音をたてた。

　その音が人気のないホールにこだまして、何かがこぞってこちらに注目している感じがした。誰もいないはずなのに、何かがぎっしり詰まっている、濃密な気配を感じる。

　照美は、自分の一挙手一投足が、息を凝らしている何かに見つめられているような気がした。

――おじいちゃんも、ここへ来たんだ……。

　照美は子どもの頃のおじいちゃんが、まだそのあたりを歩いてでもいるかのように、無意識に目で探そうとしていた。

　そのとき、屋敷の奥からふっと、女の子の影が動いているのを見たように思った。どきんとして、目をこらすと誰もいない。気のせいだったのか、とほっとすると、その奥の方で不思議な存在感を放っている、大鏡を見つけた。

　その瞬間、この屋敷の中の不思議な気配は、この大鏡の辺りを頂点としていることがわかった。

――あれが、おじいちゃんの言ってた鏡に違いない……。

　鏡に近づくと、それがまるで遊園地のマジックミラーのように、歪《ゆが》んだ形に映った。

もう何年も人を映していないので、まるでちゃんとした映し方を忘れてしまったとでもいうようだった。

周りの木枠《きわく》には、凝ったレリーフが施されている。一重の花をあちこちにつけた蔓薔《つるば》薇《ら》と竜が見え隠れしながら鏡の周りを巡っていた。その、一枚一枚の鱗《うろこ》や花びらの微妙な凹凸まできちんと彫ってある精巧さに見とれ、照美は思わず手でぐるりと鏡の周りを触って確かめてみた。

その途端、何かのうなり声とも、遠いどこからか響くこだまともきこえる声が照美の耳に響いた。

「フーアーユー？」

それが英語の、あなたはだれ？という意味の言葉にきこえたのは、昨日英会話教室をさぼったからかしら、と、一瞬照美は思い、反射的に大声で、

「テ・ル・ミィ」

と応じた。

鏡の向こうで、一瞬静まる気配があり、それからまたあのこだまのような声が響いた。

「アイル・テル・ユウ」

そして、鏡の表面に霧のようなものが急に集まったかと思うと、それはふわーっと外まで湧《わ》き出してあっというまに照美を包み込んでしまった。

——えっと、それって、話してあげようとか、教えてあげようっていうこと？……

照美は思いがけない展開に戸惑いながらも、英会話教室の生徒らしく、一生懸命その奇妙な声の意味を判読しようとした。

最近、英会話教室でLとRの発音を繰り返し練習させられていたので、日本語のてるみ、という名前までこんがらかって英語っぽく発音したのかもしれない。英語できかれるのと、日本語できかれるのとでは、応《こた》えるときに顎《あご》の力の入れ具合いが微妙に違うものだ。テル・ミィ、つまり、私に教えて、という意味にとられたのかもしれない。

霧のようなものは盛んに前方から後方へ流れてくる。まるで通路でも作ろうとしているかのようだ。それにしても、この石灰のような、変な匂《にお》いは何だろう。

そのとき、その霧の前方を、おかっぱ頭を揺らして女の子が歩いて行くのが見えた。

——あれ、あの子さっきの……

照美はその子に誘われるように、鏡の木枠を握ったまま、一歩、二歩と恐る恐る霧の中へ踏み出した。

スナッフ

視界を遮《さえぎ》っていた霧が少しずつ薄くなり、向こう側に不思議な明るさの風景が現れてきた。

薄い薄い雲が空を覆《おお》っているように、どこか、とてもまぶしい場所があるはずなのにそれが見あたらない、というような明るさだった。

そこは、遠くに山脈の見える草原の、小高い丘の上だった。いつのまにか木枠だとばかり思っていたのが、まだ細い二本の樫《かし》の木で、照美はその一方の幹を握っていたのに気づいた。

そのとき、遠くの山脈の方で、どーん、という、花火を打ちあげるときのような音が響いた。けれどももちろん花火らしいものも見えないし、山脈の方で煙が見えるわけでもない。その代わりのように、下の方で何かが蠢《うごめ》く気配がしたのでそちらへ目をやると、なんと何十人もの人々がわらわらと集まっていて、大きくて長いガラス細工のようなものの解体作業にいそしんでいるところだった。

これだけの人がいるのに、誰一人として無駄口も叩《たた》かず、もくもくと、というよりは焦《あせ》っている様子で働いている。何かに追われてでもいるような、緊張した雰囲気が漂ってくる。皆、若いのか年とっているのかもここからではよく見えない。

照美は、彼らが解体しようとしているものの端の方を見て、あっと声をあげそうになった。

そこにあったものは、まぎれもない竜の頭だったのだ。ただ、眼窩《がんか》とおぼしき穴が一つしかなかった。

え？　と、もう一度全体を見直すと、それは長々と地面に横たわっている薄青の、宝石のような竜の化石だった。

遠い山脈の色を、そのままガラスの中に封じ込めたような、けれども角度によっては飴色《あめいろ》にも見える、不思議な化石だ。それが、皆が引いたり叩いたり押したりしているものだから、まるで生きているもののように、少しずつ動いているのが、なんだか恐ろしいような美しいような不思議な感じだった。

そうこうしているうちに、竜の頭の付け根が変な伸び方をした、と思った瞬間、かくんとそれははずれ、あっというまにずっと遠く離れた山脈の方へ飛んでいった。そして頭がはずれるとすぐに、胴の部分は六つに分解された。それぞれの部分は、人々にかつがれて持ち去られていった。

あっというまの出来事だった。

あの竜は、ずいぶん長いことあそこに横たわっていたとみえて、その跡には黒々とした土がむき出しになっていた。人っ子一人いなくなり、いたずらに明るい世界だけが残った。

それにしても、ここは一体どういうところなのだろう。確かに照美はバーンズ屋敷の秘密の中に入ってしまったようだ。けれど、おじいちゃんが言っていた裏庭とは、ちょっと違うような気がする。

偶然入ってしまったように、また偶然出ることになるんだろう、と、このときはまだ照美は気軽に考えていた。おじいちゃんによく話してあげられるように、じっくりとこの世界を観察しておこう、と、どこか旅行者のような気軽な気持ちでいた。裏庭に入らなかったことを、あんなに残念がっていたおじいちゃんだ。照美がバーンズ屋敷の不思議をのぞいたと知ったら、どんなに目を輝かせるだろう。でもおじいちゃんが亡《な》くなってしまったら、もうそんなこともできなくなる。

――ああ、おじいちゃんがどうか死んでしまいませんように！

丘の反対側に目を転じると、かなり離れたところに河があった。河岸でだれかが釣り糸を垂れている。照美は、とりあえずそっちへ行ってみることにした。

草原の草は、足首のところまでぐらいしかないので、歩くには楽だった。あちらこちらに大きな木が点在していて、ずっと向こうには森の始まりらしい、うっそうとした暗い影が見える。河も、そちらの方から流れてくるようだ。それにしても、あの、竜の骨を分解して持ち去った人々はどこへ消えたのだろう。

次第に河に近づくにつれて、照美は意外なことに気づいた。草原のまん中を、力強く蛇行しているこの河には、なんと水がないのだ。それでは、あの、釣り糸を垂れている人は一体何をしているのだろう。

その人は、つば広のぼろぼろの帽子を被《かぶ》ったやせっぽちの男の人で、十五歳といっても、四十歳といっても、不自然でないような、不思議な風貌《ふうぼう》をしていた。

――ムーミンに出てくるスナフキンみたいだわ……

話しかけなくてはならない。が、何といって声をかけたらいいのだろう。「釣れますか」というわけにはいかない。だって川に水がない以上、魚がいるわけがないからだ。わかっていながら「釣れますか」なんてきくなんて馬鹿《ばか》みたいだ。

では「何が釣れるんですか」ではどうだろう。これなら道理にかなっている。でも、もしかしたら馬鹿にしてると受け取られたり、傷つけたりするかもしれない。『どうも普通ではなさそうな人』を相手にしなければならないって、なんて気疲れのすることだろう。相手がどういう対応をするのか全く見当がつかないし、どういうことが相手に失礼に当たるかも想像がつかないのだから。

考えてみれば、常識というものはしみじみありがたいものだ。この場合も、せめて相手に、『釣りは水のあるところでする』という程度の常識でもあったら、こんなに照美も構えなくてすんだのに。

とりあえず、照美は河岸に座りこむことにした。そのうち相手が照美に気づいて声をかけてくれるかもしれない。

照美はわざと音を立てて立ったり座ったり、咳払《せきばら》いしてみたりした。

けれど、なかなか気づいてくれない。

——気づいているはずよ。わざと気づかない振りをしているんだわ……

照美はだんだん腹がたってきた。

そのとき、また遠くの山脈の方で、どーんという音がした。

「今日はやけに礼砲の音が響くなあ」

と、そのとき、初めてその人が呟《つぶや》いた。

「あの音、さっきもしてたわ。花火みたいな、地鳴りみたいな音」

照美も思わずそういった。

「あれは、崩壊を促す音だ」

「ホウカイヲウナガス？」

「まあ、信号みたいなもんだ。だが、あれがなくなったらおしまいさ。あれが鳴ってるうちは、まだこの国にも力が残ってるということだ」

照美には何が何だかわからなかった。あの音は、不吉な音なのだろうか。そうではないのだろうか。わからないといえば、さっきから、自己紹介もなしに、まるで昔からの知合いのように会話が始まったこともなんだか照美を落ち着かなくさせていた。でも、とりあえず会話を続けていくうちに気心も知れてくるかもしれない。

「どこで、誰が鳴らしているの？　それとも地震みたいなものなの？」

「それは誰にもわからない。そんなこと、考えるものもいない。どうして地面はあるの？　ときくのと同じことだからねえ」

じゃあ、私はひどくとんちんかんなこと、いったのかしら、と照美は内心少し慌《あわ》てた。

「あなたはなんていう名前？」

照美はできるだけ丁寧にたずねた。敬語にしなかったのは、その方が自然だったからと、丁寧にきいたのは、生意気だと思われたくなかったからだ。

「君はぼくのことどう思ったの、最初」

「え、と。ムーミンに出てくるスナフキンみたいだなあって」

照美は正直に答えた。

「じゃあ、僕の名前は、スナッフだ。スナッフ・キンだ」

その人は嬉《うれ》しそうにいった。

「そうじゃなくて」

照美は、もどかしくなった。なんだか話がうまく通じない。

「私があなたに会う前、あなたはなんていう名前だったの」

「僕が君に会う前なんて、あるわけないじゃないか。僕は君に会って、スナッフになったんだから」

「そうじゃあなくて。いい？　あなたはここで釣りをしていたのよね。そのとき、あなたは『何』だったの？」

「僕？　僕に決まってるじゃないか」

照美はため息をついた。そしてもうこれ以上の追求で、スナッフの気をわるくしたくなかったので、話題を変えようと思った。

「さっきね、あっちの方で、青みがかった色をしている竜の化石みたいなものを見たわ」

照美は丘の向こうを指さした。スナッフは、そちらへちらりと目を遣《や》り、「ああ」と、うなずいた。

「あれは、僕がここに来たときはもうすでに死んであそこに横たわっていたんだ。一つ目の竜。大昔は生きていたらしいけどね。それはすごい力でこの世界を治めていたらしい。死んでからもなおこの国を守り続けているっていう噂《うわさ》もある。別の噂では、あれは竜のさなぎであって、長い年月の羽化を待っているっていうんだけどね。待ってたら、羽でも生えるのかね。またまた別の説では、暴れすぎて女の子に退治されたとか」

「でも、なんだか多勢の人がやってきて、分解してばらばらに持ち去っていってしまったわ」

スナッフの顔がみるみる曇った。

「それは、だめだ。この世界がバラバラになる。あの連中が何かを画策しているらしいっていうのは知っていたけれど……。礼砲の音がなんだか大きくなってきたような気がしていたのはその予兆だったのか」

「バラバラになったらどうなるの？」

　照美は不安になった。

「どうせ、君はこの世界のものじゃないんだろう？」

　スナッフは照美を一瞥《いちべつ》していった。

「けれど、君にも無関係じゃなくなるよ。今まで一つの王国だったものが、それぞれ神器を戴《いただ》く三つの藩になるんだ。そうすると、治め方もそれぞれ違ってくるから、君がそのままで元に戻るのはとても難しくなる。それぞれに違った『別の世界への渡り方』を主張し始めるからねえ」

「じゃあ、どうすればいいの」

　照美は悲鳴のように叫んだ。今度はやけに論理的じゃないの、と心のどこかでは冷静に思いながら。

　元の世界へもう一度帰りたいと、そんなに強く願っているわけではなかった、正直な話。けれども、いつか帰れるというのと、二度と帰れない、というのでは、全然違う。

「どうすればいいか、もうとっくにわかっているんだろう」

　スナッフは、少しうんざりしたように呟いた。

――ああ、そう、わかってる……

照美は、とっくにわかっていたんだ、と気づいた。

「私、竜の骨を元に戻さなければならない」

「そういうことだね」

スナッフはこともなげに呟いて、リールを巻き始めた。

「で、君の名前は？」

照美はそのとき、スナッフの目が少し緊張しているように思えた。そして、自分の頭の中をレーザー光線が一周し、今、この場で最もよさそうな答を浮かび上がらせたのを感じた。照美はかけひきをするように慎重に答えた。Lの発音に気をつけながら。

「テル・ミィ」

それをきくとスナッフは小さく、「ああ」と呟いた。

「わかった。じゃあ、出発しよう」

照美のママのさっちゃんは、照美を学校へ出した後、洗濯物を干して、ほっと一息ついた。そして、ダイニングチェアに座り、なんで今日は朝からこんなに疲れているんだろう、と考えた。

——ああ、そうだ。夕べ夏夜《かや》さんの一家が店にいらしたんだ。夏夜さんというのは、さっちゃんのレストランの常連さんだ。年配の、白髪の美しい上品なご婦人だ。

これから、少し、夏夜さんのことをお話ししよう。

夏夜さんはいつも、ランチタイムの喧噪《けんそう》の一段落した後に、午後のお茶を飲みにくる。その時間、パパはちょっと『一息入れ』に外へ出ていることが多いし、アルバイトの人も帰ってしまっているので、お店では、さっちゃんが一人で夏夜さんのお相手をする。さっちゃんは夏夜さんのために丁寧にポットを温めて、上等の紅茶の葉を準備する。混んでいるときは、とてもこんな悠長なことはしていられない。もっとも、さっちゃんは夏夜さんのためだったら、どんな忙しいときでもそうやって、心を込めてお茶を入れたに違いない。

さっちゃんは夏夜さんが大好きだった。夏夜さんは、さっちゃんたちがお店を始めた最初の頃からのお客様だ。いつもあまり混まない昼下がりの午後に、一人でふらりといらしてミルクティーを注文するのだった。

さっちゃんは、最初から夏夜さんのことを感じのいい方だなあ、と思っていたが、よく知り合うようになったのは、純が亡《な》くなって、そのお葬式などのためにお店を休んだ後のことだった。

「しばらくお休みでしたね」

その日、いつものように注文した後、夏夜さんはいった。

「ええ。息子がなくなったものですから」

さっちゃんもできるだけさりげなく答えた。

夏夜さんは「まあ」といって、息をのみ、それから帰るまでずっと何もいわなかった。

その沈黙は、さっちゃんにはとてもありがたいものだった。帰り際《ぎわ》、レジに立ったとき、
やっと夏夜さんは口を開いた。

「おいくつでいらしたの？」

それはいかにも自然だったので、さっちゃんも、すっと返事ができた。

「七つでした」

「まあ」と、小さく夏夜さんは呟いて、おつりを差し出すさっちゃんの手を温かく握りしめた。そしていった。

「私の子も、七つで」

さっちゃんは、泣かなかった。もう大人だったし、働いていたのだから。でも、それから、夏夜さんは、さっちゃんにとって特別の人になった。

それから何度目の来店のときだっただろう。

外には小雨が降っていて、少し開けてある窓から、庭先に植えてある金木犀《きんもくせい》の香りが

漂っていたので、季節は秋口であったことは確かだ。

いつものように、カウンターに近い窓際の席に座って、ぼんやり外を見ていた夏夜さんが、ぽつんと、

「私の息子は、ダウン症だったのよ」

と呟いた。

さっちゃんも、ダウン症のことは知っていた。純が軽度の、とはいっても知恵遅れだったので、児童相談所に通っていた時期があり、そのときダウン症の子たちとよくいっしょになったのだ。人懐《ひとなつ》こく、優しい性質の子だなあ、というのがさっちゃんの印象だった。

「私も、ダウン症のお子さんを知ってました。とてもかわいかったですけれど」

「そうなの。あの子達って、本当に天使みたいにかわいいのよ。でも、一目でその病気ってわかるから、例えば子どもを連れてバスとかに乗ると、一斉に視線が集中するの。最初のうちは、それがいやで、いたたまれなくて……」

夏夜さんは、思いだしたのか、少しつらそうに笑った。その気持ちはさっちゃんにもよくわかった。きっと、小枝のように繊細だったに違いない、夏夜さんの若いお母さんの頃が目に浮かんだ。

「でも、そのうち、何？って、一人一人見返すようになったの。何？　何なの？　何で

そんなにじろじろ見るのよって。闘うように、一人一人の視線を質《ただ》していくのよ」

目の前で、微笑《ほほえ》みながら静かに語る夏夜さんは、ふんわりとしたブラウスのよく似合う、優し気な風情《ふぜい》の老婦人だった。とても、そんな強靭《きょうじん》そうなところがあるようには見えなかった。

「子どもを持つと、母親は強くなりますね」

さっちゃんは、こういう、当り障《さわ》りのない常套句《じょうとうく》をいっぱい知っている。お客相手をしているうちに蓄えたものもあるし、大人へ成長する過程で、人とたくさん交わるうちに身につけたものもある。そういうものを、きっと、『常識』と呼ぶのだろう。そういう意味ではさっちゃんは、『常識のある大人』なのだ。けれど、そういう『常識的』な言葉を使うとき、さっちゃんは、何か虚《むな》しい気がすることもある。言葉が上滑りしていく感じだ。でも、場合によっては、何か守られている感じがすることもある。

このときは、虚しい感じがちらりとした。夏夜さんはこういう感受性の敏感な人だった。

「本当に強くなったんだとお思いになる？　私は違うと思うの。それは、鎧《よろい》みたいなものなの。心の一番柔らかな部分が傷を負わないように、ガードするのね。人によってはそれが、丁寧な言葉づかいになったり、当り障りのない、受け答えになったりするのね。でも、それは、何か守らなければならないものがあるときだけでよかったのに……」

さっちゃんは、ききながら、自分の視線がだんだんうつむくのを感じていた。夏夜さんは言葉を続けた。

「子どもが死んでずっと何年もたっても、私はまだ鎧を着けたままだって気づいたの。はずそうとしたって、もうそう簡単にははずれなかったわ。そして、そういうものって、一旦《いったん》気づくとそれはそれは重く感じるのよ」

夏夜さんは、お茶を飲むためにゆっくりと言葉を切った。こんなに優雅な夏夜さんのどこにそんな鎧があるというのだろう。刻まれたしわの一つ一つまで、さっちゃんにはこの上なく美しいものに見える。

「今では、じろじろと息子を見た人たちの、悪意のなさもわかるの。無邪気で、ちょっとたしなみがないだけなのよ。珍しいから、思わず見つめてしまったのよね」

さっちゃんは、純が知恵遅れだったということを、まだ夏夜さんには話していなかった。けれども、静かに語る夏夜さんの言葉の一つ一つが、さっちゃんの胸にしみわたった。

「なんだか、私のためにお話しして下さっているような気がします」

さっちゃんは、うつむいたままで、微笑みながらいった。

夏夜さんは、少し小首をかしげ、

「私も、なぜこんなこと、急にしゃべりだしたのかわからなくて、自分でもさっきから訝《いぶか》しんでいたの。でも、しゃべりながらわかったことがあるの。私には、ある時期、確かに鎧が必要だった。けれど、鎧を着ているっていう自覚がないときは、私ではなく、鎧の方が人生を生きているようなものだったのね」

さっちゃんは、そのとき、夏夜さんのいってることが本当にわかっていたかどうか自分でもわからない。ただ、夏夜さんみたいな人を母親と呼べるってどんな気持ちだろう、と、貧しい少女があこがれるときの、何か、哀《かな》しさのようなものを感じていた。

――私、きっと、いつも自分の『母親』を探していたんだ。もの欲しげに……

さっちゃんは、今までもずっと、母親の年齢の女性に、あこがれのような甘えのような感情をもつ自分に気づいていた。

――夏夜さんを、いつのまにか自分の母親に見立てていたんだ。それで夏夜さんが娘さんの一家を連れていらっしゃったとき、あんなに寂しく思ったんだ……

さっちゃんは、ダイニングチェアに座りながらそう思った。

――おろかなことだ……

自分の実の母親が、厳しい、ユーモアのない（実際、さっちゃんは、おかあさんがにこやかに笑うのを見たことがなかった。皮肉で笑う以外は）人だったので、夏夜さんのようにふんわりとした女らしい趣味の服装をする感覚のおかあさんのいる家庭というのは、さっちゃんには想像もつかなかった。自分に服のセンスがないのは、母親のせいだと思っていた。スカートなんて、ほとんどはいたことがなかった。こういう仕事をするようになるまでは。

昨夜、夏夜さんは、娘さんとお孫さんを連れていた。さっちゃんは、もちろん、丁寧に応対したが、娘さんの、くつろいだ、打ち解けた様子や、夏夜さんのいかにも愛情に満ちた眼差《まなざ》しが二人に注がれるのを見て、……ああ、そうよね……と、合点した。

夏夜さんに娘さんがいるというのは、前にもきいたことがあった。考えてみればあたりまえのことだ。その方や、お孫さんが、夏夜さんにとって世界中で一番貴いものなのだということは。

さっちゃんは、ぼんやりと、曇った窓の外を見た。

――私の母親も、『鎧』を着ていたのかしら。だとしたら、生まれたときにそれを着込んだに違いないわ。いいえ、それを着たまま生まれてきたのかもしれない……

さっちゃんは、ふふっと笑った。人生の楽しみを全《すべ》て無視して生きる覚悟をした、悲観的で気むずかしい赤ん坊の顔を思い浮かべて。

――それなら、あの取り付くしまもなかった外見の内側には、夏夜さんみたいな部分もあったのかしら。もしかしたら、父親が死んでから、着込まざるをえなかった鎧だったのかもしれない……

さっちゃんは、そのときかすかに母親に対して痛々しいものを感じた。

——今となっては確かめようもないけれど……

さっちゃんは、ため息をついた。そして時計を見て慌《あわ》てた。

——今日は早めに行かなくちゃ。夏夜さんの外国のお客様の予約が入ってたんだ。バーンズ屋敷のゆかりの方だとおっしゃってたけど……

出かける支度に取り掛かろうとして、ふと、昨日出かける間際に照美のいっていた言葉を思いだした。

——バーンズ屋敷の秘密が何とかっていってたわ。そういえば、そういうこと、どっかできいたことある……

もう一度、ダイニングチェアに腰掛け、頬杖《ほおづえ》をついて、さっちゃんは真剣に考え始めた。何だか、それが記憶の底の方にひっかかっている、ものすごく大事なもの、思いだすべきもののように思えてきた。

——ええと、すごく意外な感じ、ぱあっと光が射《さ》してくるような感じ……

さっちゃんは、思いだせそうで思いだせない、もどかしさにいらいらした。これは、かなり昔の思い出のような感じだ。保育園か、それ以前かというような、匂《にお》いを感じる。さっちゃんは、何かを思いだしそうになるとき、まずその年代の匂いを感じるのだ。

——ああ、そうだ。母親がしてくれたんだ。寝物語に。バーンズ屋敷の不思議な物語だよって。小人やお姫様や王子様がいっぱい出てきて……。わたしは、それが、ものすごっく好きだった……

そうなのだ。さっちゃんにも、おかあさんの温かな思い出があったのだった。

3

貸し衣装屋

テルミィとスナッフは山脈の方へ向かって歩き出した。

「あの人たち、あっという間に散っていったから、どっちの方へ行ったか、全然わからないわ」

「大体、見当はつくよ。もともと、この国は、河の三つの中州の地域に分かれる傾向があったんだ。その昔は、それぞれ独立した小さな藩だったからね」

「それが、また、元に戻ったっていうことなのね」

「そう」

「なぜかしら……」

「歴史がややこしくてね。おまけに、それぞれの藩で全く違う話が伝わってたりするから、それぞれの話をみんな聴く以外ないんだけれど。一つだけ信じるってわけにはいかないからね。それって、フェアじゃないだろ」

「でも、全く違う話をみんな信じるなんてできないでしょう。真実を捜し当てないと」

「そうかね」

肯定も否定もしないで、それきりスナッフは黙ってしまった。

それよりも、竜の骨を元に戻すという、テルミィには考えただけで気が遠くなるような、大仕事のことの方が気がかりだ。さっきは、行きがかり上、ああいってしまったが、冷静になって考えてみると、どう逆立ちしたって自分には無理な仕事に思えてきた。そこまで根深い歴史がある国々なら、もしかしてどんな戦闘に巻き込まれるかしれない。

「あの骨の部分をそれぞれ捜し当てたとしても、どうやってそれを持ってくるの？　すごっく重いのよ――きっと」

「ひとつ」

「それに、あの人たちがあれを黙って渡すとはとても思えないわ」

「ふたつ」

「おまけに、私は、あの……そんなに力のある子じゃないのよ」

「みっつ。さあ、課題はそれだけかね」

テルミィは少し考えてからうなずいた。

「それじゃあ、まず、その最後の、力のある、なしについてだけれど……」

スナッフはじろじろとテルミィを見つめた。テルミィは思わず身構えた。

「僕は服のことはよくわからないけど、どうもその服は君にあってないように思うよ。あってない服を着ているときは、人はその本来の力を出せないものなんだ」

テルミィは真っ赤になった。確かにテルミィの服は、従姉妹《いとこ》のお下がりだった。テルミィのママは、綾子のおかあさんのように、服のことにまでは気をつかってくれない。綾子のおかあさんは、ブランド品と、その色にあったおしゃれなバーゲンの品を、いつも上手にコーディネイトしてくれる。――そんなに綾子には似合っていないと思われることも、あるにはあったが。

「でも、私、これしか持ってきていないんだもの」

テルミィは泣きたい気分だった。

「この先に貸し衣装屋があるよ。そこの主人たちが相談にのってくれるよ」

スナッフは慰めるようにいった。

けれど、見渡す限りお店どころか人一人見えない。道すらもない。草原ってそんなものかもしれないけれど。

それでもスナッフは、目的を持って歩く人のように、歩調に少しの迷いもためらいもなくどんどん進んでいる。テルミィはついていくしかなかった。

「ほら、あそこだ」

といって、スナッフが指さした辺りには、こんもりとした小さな木立が、ぽつんとあるだけだった。

「何も見えないわ」

スナッフはテルミィの言葉を無視してますます歩調を早める。

「どこに向かってるの。何もないじゃないの」

テルミィは小走りになって慌《あわ》てて後を追った。どんなに目をこらしたって、町らしいものの影さえ見えてこない。

「ふん」

スナッフは鼻を鳴らした。

「もう少し謙虚にならなきゃ」

スナッフはそういって、もう目の前に迫った木立の、ガジュマルのような木の梢《こずえ》を指さした。そこには長い年月にさらされたとみえて、文字を判別するのもやっとの、ほとんど木の一部のような看板が下がっていた。

貸し衣装あります
カラダ・メナーンダ
ソレデ・モイーンダ

「あら」

テルミィは、いよいよ自分が間抜けのような気がして恥ずかしく思いながら、

「全然気づかなかったわ……」

と、呟《つぶや》いた。

それは、遠くから見たときはこんもりした木立のようだったが、近くでみると、実は、たいそう奇怪な一本の木だということがわかった。成長の途中で一本であることをやめ、数本の、それぞれに個性的な木々に独立していったようだ。見方を変えれば、それぞれに独立していた木々が、協議して幹のところで寄り合って一本になったようにも見える。

「これは、一本の木が分かれていったの？　それともそれぞれの木が一本になったの？」

スナッフは質問したテルミィを珍しいものでも見るように見つめ、

「なんでそんなことがききたくなるの？」

テルミィの口調を真似《まね》て問い返した。

「なんでって……」

テルミィは一瞬戸惑い、それから少しむっとした。

――知らないなら知らないっていったらいいのに……。

それは、小さな家の一軒分はあろうかと思われるような、太い太い幹だった。何本ものうねりの筋がしっかりと絡《から》み合っている。そのうねりの一つの下の方に小さなドアがついていた。スナッフは自分の部屋にでも入るような無造作さでそのドアを押して入っていった。テルミィも、仕方なく後に続いた。

中は大きな洞《ほら》のようになっていて、何本かの、木の幹だか根だかわからない長い円柱が、柱のように乱立していた。高いところに、小さな明り採りの窓が幾つも開いていて、そこから光が縞《しま》のように射《さ》していた。目がなれると、あたり一面に服が山積みにされているのがわかった。壁からは無数の小枝のような突起が出ており、そこにもまるでハンガーで飾ってあるかのように様々な種類の服が掛けてあった。

「おーい、お客を連れてきたよ」

スナッフが奥に声をかけると、すぐ近くで、

「いらっしゃい。何かお要り用のものでも？」

という愛想のいい声がして、テルミィよりも頭一つ分ぐらい背の低い、けれどがっしりした体つきの男が服の山をかき分けて出てきた。

「おや、庭番。久しぶりじゃないか」

庭番、と呼ばれたスナッフは軽くうなずいて、

「これが、ソレデ。ふたごの、弟の方」

と、男を紹介した。

「こっちはテルミィ。本当の服を探しに来たんだ」

「はじめまして」

「よろしく、テルミィ」

ソレデは人なつこそうに微笑《ほほえ》むと、ついと、テルミィの左胸の近くに耳を寄せ、

「やっぱりだ。小さな礼砲の音がする。礼砲の音を持ったものは、何か用事をしにこの国にきたんだよ。あの子もそうだった、ほれ、カラダ、なんといったかねえ、あの子。今は幻の王女となってしまったけど」

ソレデは奥に向かって声をかけた。

数段下がったところから更に奥まった場所で、

「なんといったか思いだせねえ」

と、声が返ったが、本人の姿はよく見えない。その代わり、しゃっ、しゃっ、ばさばさ、という、何かの作業をしているらしい音がきこえる。

「あれが、カラダ。兄の方」

スナッフがささやいた。

「あれ、何の音？」

「行ってごらん」

ステップを三、四段降りて、木の根の、壁のようになっているところを曲がると、そこには数多くの地下茎がにょきにょきと出ていて、まるでちょっとした畑のようだった。その地下茎の先端は、蓮《はす》のつぼみのようにふくらんでいて、まだ成熟していない青い小さいものから、もうだいぶ熟しているらしい茶色の大きいものまであった。

ソレデとよく似たカラダが、その熟しているつぼみの繊毛を、しゅっしゅっとなでるように叩《たた》くと、ちょうどほうせんかの種がはじけるように、中から真っ白な芙蓉《ふよう》の花のような服が飛び出してきた。バレエの白鳥の湖の、オデット姫のチュチュのようだ。

「ふん、もとはみんな同じ土くれじゃというのに、よくもまあ、こんないろんな色形《いろかたち》に化けよることよ」

カラダはそういうと、ばさばさとその出来たばかりの服を取り上げて、傍《かたわ》らの服の山にまた積み上げた。

「しばらくはダンサーシリーズらしいぞ。ほれ、その前のはフラメンコダンサーのだ。気に入ったら持っていくがいい」

カラダに手渡されて、恐る恐るテルミィが手にとると、それは開いたばかりのハイビスカスの花弁のように真っ赤で、少し湿っている、情熱的なカルメンの衣装だった。

「だめよ。私、こんなの、着られないわ」

広げてみて、服と同じくらい真っ赤になってテルミィは叫んだ。

「ふん、まあ、無理はせんこった。おまえさんが本当の服を選びたいというのなら。まあ、できるだけたくさん持っていってくれたほうが、こっちは助かるんだが。こうたくさん生えてきよっては、手っとり早く始末せんことには、寝る場所にも事欠く」

カラダはつぼみの開いた後の茎の始末をしながら、不機嫌そうにぶつぶつと呟いた。

「で、また、この客人は何かお急ぎなのかい。庭番じきじきにご案内とは」

「ああ。藩の連中が一つ目の竜の化石の解体をとうとう実行したらしい。この子はそれを見たんだ」

「馬鹿《ばか》なことを」

カラダが吐き捨てるようにいった。

「どうせ、自分たちの手は汚さずに、またコロウプにやらせたんだろう」

「コロウプって？」

テルミィがきいた。ソレデは、

「藩外に棲《す》むものたちのことだよ。藩の住人は、コロウプに命令していろいろな仕事をやらせるんだ」

と、小さな声でわかりやすくテルミィに教えた。スナッフは、カラダに、

「で、折角訪れたこのお客人に、仕事をしてもらわなければならなくなった。この子の帰り道を確保するためにもね。だが今、この子の着ている服は、どうにもこうにも、こ

の子のものじゃない。それで、君たちのところにきたってわけだ」

　スナッフがいった。カラダは、辺り一面の服の山をぐるりと見回して、

「どれでも、好きなだけ、持っていってくれ」

と、ぶっきらぼうにいった。

　どれでも！　好きなだけ！　なんという幸せ！　テルミィは、一瞬我を忘れてぼうっとしてしまった。

「だめだよ。本当の服は一着さ。じゃないと、旅の邪魔になるだけだ」

　スナッフが慌てて口を挟んだ。

「ふん、そうかね。じゃが最近では正反対の服を組にして持って帰るのがはやっとるぞ。ほら、これとそれ、あれとあれ、という具合いにな」

　カラダはそういって、かっちりと型取りされたビジネスマンタイプの服と、粗い一枚布のようなボヘミアンタイプの服、西洋の大学教授が儀式のときに着るようないかめしい真っ黒のマントと、様々な色彩が斜め格子柄《ごうしがら》になってボンボンまでついているおどけた道化の服を指した。

「だめだめ、そんなめんどうなこと、してられないよ」

「二着だったら、いい方さ。この間の客なんか、百八着も、持っていってくれたんだぜ」

カラダはいい、それから、ぼそっと、

「分別を疑うがね」

と、付け加えた。ソレデは、

「そりゃあ、楽しいと思うよ。少なくとも退屈はせんよ」

と、ウィンクした。

全く正反対の服を、気分によって着わける、というのもおもしろそうだし、様々な服の中から、その日の一着を選ぶ、というのも、――まあ、多少めんどうであるにしても――興味をそそられる。

が、スナッフはかたくなに、

「そんなことしてたらきりがない。いいかい、一生着ていても、とりあえず安心できるような服を探すんだよ。サイズなんかは着ているうちに、みあってくるからね」

と、いい張るのだった。

試着

テルミィには、実は、ここに入ってきたときから気になっていた服があった。それは、入ってすぐの壁のところに掛けられた、真っ白のレースとフリルがふんだんに使われている、フランス人形の着るような服だ。

「試着してみてもいいの？」

おそるおそる誰にともなくきくと、ソレデがすかさず、

「もちろんだよ。今それをすすめようと思っていたところだ。あっちが鏡の間だ」

といって、木の根の壁のようになっているところの裏側を指さした。

テルミィがのぞくと、その壁一面には樹脂が流れ込んでいて、琥珀《こはく》のように固く、表面は均一でぴかぴかに磨きあげられてあった。本物の鏡のように、というわけにはいかないが、確かによく映る。なんだかその辺りだけひんやりとした空気が漂っているようだ。

――この感じ、なんだか前に一度経験したことがあるように思うんだけれど……。

確かに、その『鏡の間』の雰囲気には独特のものがあって、それはテルミィの知っているものだった。けれど、それが何だったのか、いつ経験したものなのか、テルミィにはどうしても思いだせない。

スナッフが向こう側で大きなため息をついた。

「鏡、鏡、鏡、だ」

「で、決めたのかい」

ソレデにきかれて、テルミィは、

「ええ、いえ、あの、ちょっと、試してみようと思って……。あれなんだけど」

と、思い切って、例のお姫様のような服を指した。

それを一目見るなり、スナッフは「ふん」と鼻を鳴らした。テルミィは思わず赤くなった。確かに、こんな砂糖菓子のような服が欲しいというのは、テルミィのような年齢の子にとっては恥ずかしいことかもしれなかった。でも、どうしようもなく、この服が着てみたいのだ。どんなにスナッフにばかにされても、今この服を着なければ、テルミィは一生後悔する気がした。

カラダとソレデはそんな選択には慣れっこになっているのか、別段表情も変えず、さっさと手際よくその服をはずして、テルミィに渡した。

「そら。気に入ったら着てお行き」

その服は、手を通すと、絹のようにしゃりしゃりとして、あちらこちらでレースやリボンの触れ合う音がさざなみのように沸き立った。そしてその気分の浮き立つような楽しげなムードは、それを身にまとったテルミィを、すっぽりと包み込んでしまった。仕上げに、サテンのサッシュを胴回りに高めに締めてリボンをつくり、ちょっと息を詰めておなかをひっこめ、リボンが背中へくるようにそろそろとサッシュを回した。

見たことのない自分が、鏡の向こうにいた。

テルミィはうっとりと見とれた。今まで味わったことのない、心が弾むような満足感に包まれた。

「どうかしら」

と、みんなの前に出た。

「いいじゃないか。似合ってるよ。やっぱり女の子は女の子らしい格好をするのが一番だね」

ソレデがにこにこしながらいった。カラダは、

「あんたがそれを選ぶのはわかってたよ。女なんてもんは、だから……。しかしあの子はそんな服なんぞには目もくれなかった、あの子は……。あの子はなんていう名前だったか。思いだせねえ。そうだ、庭番、あんたなら知ってるはずだ」

スナッフはそれには直接答えず、

「国が変わろうとしてるんだ。急がないと、本当に幻になっちまう」

そして、テルミィに向かって、

「確かにかわいいけどさ、君、それで飛んだり跳ねたり走ったり出来る？」

と、にこりともしないできいた。それをきいた途端、テルミィは、頭のどこかが急速に醒《さ》めて「こりゃだめだ」と見通したのを感じた。でも、それは、あきらめてしまうにはあまりにもかわいらしい服だった。

「……そうね……。でも、できないこともないと思うけど……」

テルミィはのろのろと未練たっぷりにいった。

その服は、麻薬のようにテルミィをとりこにしつつあった。シフォンケーキのようなふんわりと甘い香りがして、テルミィはただただ、一生そうやってにっこりと優しげに微笑んでいたいという思いにとりつかれた。

ああ、もしそんなことが可能なら、どんなに幸せだろう！　飛んだり跳ねたりどころか、テルミィは本当は一歩も動きたくなかった。

「もう一度きくけどね、君、それは君の本当の服かい」

スナッフは執拗《しつよう》にきいた。

——私の、本当の服？

その言葉は、小石のようにテルミィの中に投げ込まれ、水面に波紋を作るように響きわたった。

——本当の服？　本当の服？　本当の服？

そして、突然、胸の奥の奥からまぶしいほどに光輝く小さな子どもが飛び出して「違う！」と大声で叫んだかと思うと、鳩《はと》時計の鳩のように引っ込んでしまった。テルミィは心底びっくりした。こんなことって、あるだろうか。

けれどその声は、決定的だった。

スナッフはにやりと笑った。

「違うようだね」

テルミィはため息をついて、脱ぎ支度にかかった。それはまるで、寒い冬の朝に、思い切って温かな布団《ふとん》から身を切る寒さの中に入っていくときのような感じだった。脱ぐときに初めて、その服が実はとても重いもので、体のあちらこちらが緊《かた》くなってしまっているということがわかった。

すっかり脱いでしまうと、気が楽になったのを感じたほどだ。

「さあ、次はどれにしますか、お嬢さん」

ソレデが促した。テルミィはぐるりと見渡して、紐《ひも》でつながれている変な服を見つけた。ちょうど、水素ガスの入った祭りの風船のように、ふわふわ浮いている。よく見ると、背の部分に、小さな翼がついている。

「あれ、おもしろそう」

テルミィはソレデに向かっていった。この三人の中では、ソレデが一番話しやすかった。もちろんソレデはすぐに紐を手繰り寄せてそれをとってくれた。生成《きなり》色の、パンツスーツだ。それに着替えると、テルミィは思わず、

「きゃあ」

と、悲鳴をあげた。ふわふわと体が浮いてしまう。子どもの手を離れたお祭りの風船のように、テルミィの体ははるか天井まで浮き上がった。

「それ、ちょっと愉快だろ」

ソレデが、不機嫌な顔をしているスナッフを横目で見ながら、とりなすようにいった。

「慣れれば、そうかも」

テルミィは肩胛骨《けんこうこつ》の辺りの動きで羽を操作できることに気づいた。そうすると、心まで軽く楽しくなった。初めて自転車がこげたときの、あの風を切る感じが蘇《よみがえ》ってきた。

「ちょっと外へ出てくるわ」

そういうと、うーんと手を伸ばし、スナッフの返事も待たずに開いていた天窓からつるりと外へ出た。

暗いところから、急に明るいところに出たので一瞬目の前が暗くなった。

古い映画で、場面が変わるときの、ちょっとした間のような感じだった。さっきまでとはまったく違う風景がそこにはひろがっていた。

ぐーんと伸びをして上昇すると、山脈の向こうの方にも山々がひしめきあうようにたっているのがわかった。その一番奥に、ひときわ神々《こうごう》しく高い峰《みね》がそびえている。

その峰の孤高の厳しさとすがすがしさが、テルミィの胸を打った。甘さのない、荘厳《そうごん》な美しさがその峰全体から発せられていた。

——あれが見られただけでもこの服を着たかいがあるというものだ。

テルミィは満足して、目を他に転じた。かつてはよどみなく水が流れていたのであろう、川の跡が、山々を縫うようにして帯のように続いていた。それは山の麓《ふもと》の樹海をうねり、平地に出て、草原へと続いていた。いくつかの支流（の跡）があり、それぞれの中州には森がひろがっている。

空を飛べるというのは、なんて気持ちがいいんだろう。この視界を手に入れることはなんて素晴らしいのだろう。地面を歩かなければならないというのはなんて辛気《しんき》くさくてめんどうでかっこわるいのだろう。

「鳥のように自由！」

テルミィは自分の飛翔《ひしよう》の力を思いきり試したくなった。この場合、テルミィのような立場にあったら誰でもそうしたくなるように。

テルミィは更に高みへと向かった。徐々に冷たくなる空気が心地よかった。

——ずーっと、ずーっと、上がっていったらどうなるのかしら。

ふと、そういう疑問が脳裏をかすめた。テルミィの頭の中に、宇宙は真空、だとか、成層圏だとかいう言葉がちらちらし始めた。すると急に空が、見知らぬ、よそよそしいもののように見えてきた。自分はこの場所のことを何も知らないのだ、と、突然不安になった。改めて周りをよく見た。地面は遙《はる》か下だ。

「私は、何にも、つながっていない！」

そう気づいたとき、爪先《つまさき》から頭のてっぺんまで冷たく貫く恐怖がテルミィを襲った。

――降りなければ。

けれど、そのままでは羽を動かさなくても、上昇してしまうのだ。気のせいか、だんだん空気が希薄になってきたような気がする。テルミィはあせった。

そのとき、鋭い、けれども透き通った鈴のような声がきこえた。

「羽を、たたんで！」

テルミィはそれがあの、胸から鳩時計のように飛び出した小さな子の声だとわかった。すがるような思いで、背筋を思いっきり引っ張る形で羽を背中にくっつけた。

上昇が止まった。そして、少しずつ下降し始めた。このときの安堵《あんど》感《かん》といったら、言葉で表現できるものではなかった。が、ほっとして、つい力を弱めると、すぐにまた上昇が始まる。

結局、上昇したときの何倍もの労力を使って必死で下降する羽目になった。だんだんスナッフやソレデやカラダたちがこちらを見上げている姿がはっきりと見えてくる。

――ああ、地面の上で地道に生きていくなんて、ぞっとする……。

どこまでも空を昇っていくことに恐れをなしたくせに、いざ地面に降りるとなると、未練が残る。

けれどテルミィはもうくたくただった。とにかく早く下に降りたい。

　ずーっと下がっては再び少し上がり、ずーっと下がってはまた少し上がり、ということを繰り返しながら、長い時間をかけてようやくスナッフたちのいる地面近くまで降りてきた。昇ることは易しいが、降りることがこんなに苦しいのなら、この服を着続けるのはやっぱり無理だ。

「よかったよ。帰ってこれて。君があのままどっか行っちまうんじゃないかと心配してたんだ。そういうことが前に何度もあったんでね」

　ソレデが嬉《うれ》しそうに下から声をかけた。

　何でそれをもっと早くいってくれなかったのか。テルミィは恨めしく思ったが、言葉にしていう気力はもうなかった。

　ついに地面がすぐそこに迫ってきた。もう少しだ。しかし、ここまできて、どんなに力を入れてもテルミィの足は地面に着かなかった。ちょうど磁石の同じ極同士をくっつけようとするような抵抗にあうのだ。

「だめだわ」

　テルミィは、疲れはて、大声で泣きたくなった。口が歪《ゆが》み、鼻の穴はふくらんできて、喉《のど》の奥からじんじん熱いものがこみあげてきた。

「泣いたって、何の役にもたたないんだよ、いっとくけどね」

　スナッフが冷たくいい放った。カラダは、

「先の見通しもたたないのに、勝手に飛んでいくからこうなるんだ」

と、怒ったようにいった。ソレデだけが心配そうに、

「なぜ飛べたのか、考えてごらん」

と、テルミィを見上げた。

――なぜ飛べたのか――それはこの服を着たからだ。羽がついているこの服を。

そう考えると、何のためらいもなく、テルミィは後ろに手を回して右羽をもぎとった。体が右側に大きくかしいで、ずずずっと下に引きずられた。体から直《じか》に生えているわけでもないのに、もぎとるときの痛みといったらなかった。胸に鉛がぶちこまれたようだった。左羽ももいだ。すとんと地面に落下した。

いざ地面に降りると、情けなくて唇をかんだ。

そのテルミィの様子を見て、スナッフが呟《つぶや》いた。

「潔《いさぎよ》くないよなあ」

「さあ、次はどれにしましょう」

どこまでも明るく、ソレデが中へ誘った。テルミィは複雑な気分でにこりともせずに後に続いた。

もう、お姫様も空飛ぶ服もまっぴらだ。

テルミィは思った。

——普通の、さりげない服を選ぶんだ。着ていて疲れない、人目をひかない、何の変哲もない実用的な服。

まったく、そこには、ありとあらゆる種類の服があった。制服だけでも、日本の自衛隊から英国の近衛兵《このえへい》、昔の西部の保安官、看護婦に医者の白衣、墨染めの衣にスチュワーデスといった具合いだ。中には薄い合金で出来た、ジャンヌダルクの鎧《よろい》のようなものまである。

そういったものは、もう全《すべ》て黙殺して、テルミィはひたすら『目立たない、普通の服』を探し続けた。

そして、ついに見つけた。なにしろ『目立たない』ので、探すのに時間がかかった。カメレオンの保護色のように、壁とほとんど見分けがつかない。そこだけ奇妙にスペースが空いているような気がして、勘が働いたのが幸いした。

朽ちかけた木の葉のような色合いだが、きちんと袖《そで》もついている。揃《そろ》いのパンツもある。手にすると、吸いつくような感触があった。飾りといえば、紐のようなものが模様のように袖口を覆《おお》っているだけの、家庭科の洋裁のときに、パンツスーツの基本のパターンとして教科書に載っているような型だ。

「これが良さそうだわ」

一瞬、三人が沈黙した。

「……それは、やめたほうがいいんじゃないかな」

驚いたことに、ソレデがまず反対を唱えた。

「それは、もう、一度着たら脱ぐことができなくなるよ。しかも、それを着こなすことは、ほとんど不可能だ。おとなしそうに見えるけど、暴れ馬のような服なんだ。君の気持ちや気分によって自在に変化する」

そういわれると、テルミィはますますこの服にひかれた。

「でも、それこそ『本当の服』なんじゃない？　自分の気持ちに正直に反応するなんて。あんな、うわべだけのお姫様の服なんかより」

カラダも反対した。

「うわべだけの服は、存外便利で役に立つこともあるんだ。うわべがしっかりしていれば、その中に隠れて休むこともできる。——本人に分別があればの話だが」

スナッフは何もいわなかった。賛成しているのか反対しているのかもその表情からは読み取れなかった。ソレデは執拗《しつよう》にいった。

「やめたほうがいいよ、テルミィ。あれは厳密にいうと、服なんかじゃない。服の役割なんかしない。ああ、あんなもの、さっさと始末してしまえばよかったんだ」

ここまで反対されるなんて、テルミィには意外だった。

「今までこの服を着て、ひどい目にあった人でもいるの？」

「数え切れない」

カラダが応じた。

「たとえそうでも」

テルミィは意地になっていた。折角見つけた服の、その選択の賢明さを、内心ほめられるとばかり思っていた。けなされるなんて思いもよらぬことだった。

「だからといって私がひどい目にあうなんて決まってないじゃないの。私、もう、絶対これにする」

カラダがソレデに向い、

「こういう輩《やから》は、真正面から反対したらだめなんだ。いつも言ってるだろう」

とぶつぶついっていた。ソレデはため息をついた。テルミィは自分でジャンプしてその服をとり、鏡の間に向かった。

スナッフは、このとき何を考えていたのだろう。

ずっと後になって、よくテルミィは思った。結局テルミィは、この服を着てスナッフと旅に出ることになったのだが、スナッフはとうとうその服のことを否定も肯定もしなかった。このあと起こるすべてのことが、もしかしたらスナッフにはわかっていたのではないだろうか。

しかしこのときはまだ、そんなことまで推測するゆとりは、もちろんテルミィにはなかった。

4

「庭のことはすべてマーサにきいてくださいな。私は花の名前もろくに覚えられないんだから。実際、この庭は彼女の作品なんです」

レイチェルばあさんは上機嫌でいった。見学人は、レイチェルばあさんの視線の先の、マーサとおぼしき人物のところへ歩をうつした。

時折涼しい風の吹く、ガーデンオープンにはぴったりの晴天だ。

ガーデンオープンというのは、丹精された個人の庭を、有料で一般公開するイベントのことだ。その収益は慈善事業に寄付されることになっている。

レイチェルばあさんの屋敷では、家政婦のマーサが、年に一度の今日のこの日のために、どれだけ心を砕いてきたことかしれない。パーティ慣れしている元市長のレイチェルばあさんには、大勢の人間と接することは何でもなかったが、堅実で表に出ることの好きではないマーサにとっては、気の遠くなるような晴れの舞台だ。

もっとも、大方の人間は、マーサのことを家政婦だなんて思っていなかった。レイチエルばあさんの姉妹か従姉妹《いとこ》だと見なしていた。マーサが家政婦だと知っている人は、もうこの町にもそれほど多くは残っていないだろう。

レイチェルばあさんの父親は、成功した貿易商だった。

レイチェルばあさんは結婚こそしなかったが、その父親の遺産もあって、孤児を三十八人も(一度にではないが)ひきとり、養子にしてマーサと二人で育て上げた。それだけではなく、この地方初の女市長として政治の場にも活躍した。子どもたちはみな、この偉大なかあさんを誇りにしてきたものだ。

その子どもたちもみんなそれぞれりっぱにやっている。離婚してウエイトレスをしながら子どもを育てている子もいれば、弁護士になった子もいる。様々だけれど、みんな見事に自立している。ありがたいことだ。

そのうちの何人かは今日も朝のうちからマーサの手伝いにきてくれていた。二時からのオープンだったが、マーサは昨日からずっと、今日のお茶の準備に追われていた。

屋敷の石壁を覆《おお》ったハニーサックルが、風に揺らいでいっそう甘い香りを放った。

見学人たちもそれに気づき、振り向いて改めてその見事に咲き誇っている様をほめたたえた。

「蔓物《つるもの》をハニーサックル一種だけにしたのがシンプルでよろしいですな」

「私のところは、蔓薔薇《つるばら》とハニーサックルを何種類か、一年中何かは咲いているようにアレンジしたつもりだったのですが、結局全体に貧弱になってしまって……」

「いや、何が成功するかは、庭作りの場合、最後までわかりませんな。土作りや、種苗の質の見極め、適切な時期の適切な処置。後は神様の仕事だ」

マーサはそっと、会話の中に入った。

「この庭はこれといった目をひくような珍しい種類のものはありませんから、退屈ではありませんか」

マーサは本心からそういった。庭作りを愛することなら誰にも負けないけれど、珍しい熱帯の植物などで驚く楽しみは、確かにこの庭にはない。

「いやいや、アガパンサスやディルフィニウムは実に深い美しい青をしている。丈高く、充実した感じですな」

「ジギタリスやまつむしそうだって。この日に合わせて苦心なさったのでしょう？」

園芸好きらしい夫妻の温かい言葉に、マーサはすっかり満ち足りた。庭好き同士は以心伝心のところがある。

「そうですね。クレマチスも見事だったんですが、残念ながら終わってしまいました」

「あのコニファーに這《は》わせている？ まあ、残念。でもその下の斑入《ふい》りのアイビーは暗いところを明るくしてくれますね。普通のアイビーより、あそこにはずっと適しているわ……」

この言葉に、マーサの頬は紅潮した。それはまさにマーサの狙《ねら》った効果だった。

「いいお日和《ひより》でよかったこと」

がやがやと、近所の教会のグループがバザーの展示を設営するために入ってきた。レイチェルばあさんは立ち上がって出迎えた。

「本当にありがたいこと。これで雨でも降ったら今までの苦労が水の泡ですからね」

「私達もどのくらいケーキやクッキーを焼いて良いものか見当もつかなくて……」

教会員の奥さんの一人がいった。

「でも、レイチェル・バーンズのお屋敷のガーデンオープンなんですから、かなり遠くからもたくさんいらっしゃるはず、と張り切って焼きましたのよ」

「ケーキといえば……」

レイチェルばあさんは嬉《うれ》しそうにいった。

「私が女王陛下のティーパーティに招かれた話をしましたっけね」

奥さんたちは皆少し困ったような曖昧《あいまい》な微笑《ほほえ》みを浮かべた。レイチェルばあさんは構わずに続けた。

「市長職についていたときのことですよ。招待状がきたときは、もう、みんな大騒ぎでね。子どもたちはみんな女王陛下のティーはどんなだろう、かあさん、お願いだからすこし残してきておくれ、ってせがむんですよ。だから私は大きなポケットのついているスカートをはいていってね、話をするより、スカートに菓子をつめこむのに気もそぞろで。結局、私はその仕事を見事にやりとげましたよ。子どもたちのためにね」

レイチェルばあさんはそこでウィンクした。奥さん方は上品に笑った。その中の一人が、

「あら、マーサはおいしそうなマフィンを用意してなさるわ。あれが無料でいただけるんなら、だれも私のなんかお金だして買わないわね」

と、お世辞でもなくいった。

「そんなことはありませんよ。皆さん方のためにもう少し焼いてきましょう。そろそろ次のをオーブンに入れようと思ってたんです」

見学人が三々五々庭をそぞろ歩きしているのを見渡して、マーサはキッチンにたった。キッチンの窓は開け放してある。手伝ってくれていた子どもたち——今ではりっぱなキャリアウーマンだが——も、居間の方でくつろいでいるらしく、キッチンにはだれもいなかった。

たねがきちんと型に入れられ、焼かれるばかりになっているのを、マーサは一つずつ天板に並べた。そのとき、窓の外からひそひそ声がきこえた。さっきの奥さん連中の一人らしい。

「またあの話。女王陛下のティーパーティ！　この町の人間は少なくとも二百回はきか

されているわ。あの人、自分の養子たちがそのせいで学校でどれだけからかわれたか知らないのかしら」

「そんな神経してたら、あんな仕事はできないんでしょうよ。とにかく、慈善と名のつくところにはどこにだって顔を出したがるんだから。時代遅れの自己満足ね。子どもたちもいい迷惑だったでしょう」

「ヴィクトリア朝式の価値観で凝り固まってるのよね。今では博物館行きだわ」

「恐竜の化石の隣ぐらいに？」

マーサは凍り付いたように、自分の女主人への悪口をきいていたが、たまりかねて、大きな声で窓の外に向かっていった。

「レイチェル・バーンズは陰で人の悪口をいうぐらいなら、喜んで博物館へいくでしょうよ」

一瞬の沈黙のあと、こそこそと散じる気配があった。

「マーサ」

いつのまに居間から出てきたのだろう、子どもたちの一人、ルースがドアのところに立っていた。

「きこえていたわ」

そういって、軽くマーサの肩を抱いた。

「いいじゃないの。他の人がなんといおうと。私達ももう子どもじゃない。かあさんとマーサは、少なくとも私達のことでは、肩の力を脱いてリラックスして」

それは、私たちが年をとったということだ。マーサは弱々しく微笑んだ。

「さあ、おひらきまであと二時間よ。がんばりましょう」


「クォーツァス！」

レイチェルばあさんは飛び起きた。自分の寝言に自分で驚いて。時計を見るともう朝の四時だ。窓の外ではナイチンゲールの鳴き交わす声がしている。

――まただ。近ごろは毎朝あの夢で起こされる。

クォーツァス、というのは、若くで死んだ妹のレベッカの最期《さいご》の言葉の中に出てきた。意味がわからぬままもう五十年近くも忘れていた。

――なんで今ごろあの子の夢ばかり見るんだろう。神に召される日が近いということだろうか。

レイチェルばあさんは、ため息をついてベッド脇《わき》のカーテンを開けた。

この屋敷は緩やかな丘陵地帯の上に立っているので、ダウンタウンの家並やその向こうの教会の尖塔《せんとう》が、まだ闇《やみ》に沈んでいるのが見える。空はすでにしらじらと明け始めており、うろたえた闇とまだ自信のない光が、進退を決めかねているといった風情《ふぜい》だ。この時間の微妙さがレイチェルばあさんは最近気に入っていた。

——おかしなもんだよ。こんな朝とも夜ともつかない時間なんて昔は気味悪くて大嫌いだった。夕方の、黄昏《たそがれ》の刻なんていうのもね。

レイチェルばあさんは遠い昔を思い起こすような目をした。

——小さいときちらっと見た、大鏡の向こうの『裏庭』の風景に、ぞっとしたのが始まりだったんだろうけど。

レイチェルばあさんは、そろそろと足をベッドから降ろし、ぎこちなく後ろに手を回しながら、ゆっくりとガウンを羽織った。そして、窓を開けた。

——おや。

そのとき、何かがはらりと舞い込んで、ガウンの袖《そで》のところについた。

それは季節外れの桜の花びらだった。その、わずかにしわの寄った薄くれないの花びらは、まぎれもなく、桜、しかも日本の桜のものだった。不思議なことだが、レイチェルにはそうとしか思えなかった。

——またきたね。

昔から、レイチェルにはそういうことがよく起こった。どこからか桜の花びらが舞い降りてくる、という不思議が。その気になれば解明できる、ちょっとした謎《なぞ》なのだろう。どこかにひっかかって、ドライフラワーのようになっていた花びらが、何かの拍子に舞い降りてきたとか、遠来の客が知らずに運んできたとか。物事の黒白をはっきりつけたがるレイチェルも、そう思ってこれまでさほど気にもとめなかった。

それでもレイチェルは一応窓から身を乗り出した。確かにそんな木はこのへんにはない。どこからか風に乗ってやってきたのだろうか。

――どこから？

どこから？

レイチェルは目を閉じた。日本で過ごした日々が甦《よみがえ》る。夢幻のような、満開のソメイヨシノ。それよりももっと好きだったヤマザクラ。薄墨桜。

今まで不思議な花びらが降りてくるたび、そのビジョンがレイチェルの脳裏に甦った。そして今度もそうだった。

レイチェルは目を開けた。花びらを確かめようとしたが、もうそれはなかった。

――あれ。

ガウンをふって、床を見たがどこにもない。

――ほんとにおかしなことがあるもんだ。

レイチェルは首を振った。

窓の右手の方には、玄関先に植えてあるオークの枝先が伸びてきている。

昔、レイチェルの意見が通らず、結局レベッカが願った通りに植えられたオークだった。レイチェルは桜を植えたいと主張したのだったけれど。

――まさか、私、まだあの時のことを根に持ってるんじゃ……。

レイチェルは苦笑した。

それから、たぶん昨日の疲れでまだ熟睡しているだろうマーサを起こさないように、そうっとドアを開け、階段を降りた。

キッチンに入ると、電気やかんに水を入れ、コンセントをつけた。

ふと、誰かの気配を感じ、その方向に目を遣《や》ると、柱にかかった小さな鏡に、年老いてしわだらけのばあさんが映っていた。レイチェルばあさんは鏡に向かって、にいっと笑ってみせた。いつだってレイチェルばあさんは鏡を見かけたら笑いかけたものだ。人に対してと同じように自分に対しても愛想よくありたかった。しかし、まだ化粧もせず髪もとかしていない今朝の笑い顔はすさまじかった。

――現世をよく映す鏡というのも困りものだ。その点、あの大鏡はその意味ではきちんと映ったためしはなかったもんだ。

テーブルについてまたため息がでた。

――あの大鏡のことも、すっかり忘れていた。日本においてきたなりだ。あの屋敷だって、マーチンが行方不明になってそのままだ。

レイチェルばあさんは、かたかた動きだした電気やかんをぼんやりと見ている。

――なぜ、今ごろレベッカの夢なんか頻繁に見るようになったのだろう。

レイチェルばあさんの家族が、戦争前、日本から引き上げてきたとき、ばあさんとレベッカはまだ十五、六歳だった。レベッカは病弱で、いつもベッドに横たわっていた。それでも近所に住むマーチンがよくレベッカの相手をしてくれるようになって、二人はやがて婚約した。どう考えても、そういうことは姉で行動的なレイチェルの方が早いだろうと周りも本人達も思っていたので、皆びっくりしたものだった。

が、間もなくマーチンは戦争へ行き、あの懐《なつ》かしいジョージや夏夜《かや》たちのいる日本と戦うことになった。この屋敷のものは、皆、口数が少なくなり、笑い声も絶えた。レベッカは、一日のほとんどを彼女の『裏庭』で過ごすようになった。体はどんどん弱っていった。裏庭は、死の世界に非常に近いところだ、だからのめりこむと危険なのだ、と父親がどんなに厳しく禁止しても、母親が懇願しても、姉がなだめすかしても、誰にも彼女の『裏庭』行きを止められなかった。

戦争が終わり、敗戦した日本の悲惨な状況が伝えられるようになって、皆胸をいためた。そのころになってもまだマーチンは帰らなかった。誰も口に出してはいわなかったが、かすかな諦《あきら》めの空気がこの屋敷に漂い始めた。

レベッカは一言もマーチンのことは口にしなかった。が、玄関の敷石を踏む音がするたび、ドアがノックされるたび、レベッカがはっと全身を緊張させるのを見るのは、痛々しいものだった。

ある明け方、レイチェルは、その大嫌いな『はっきりしない時刻』に、何かの気配を感じてふと目を覚ました。枕元《まくらもと》にレベッカが立っていた。夢がそこに立っている、とレイチェルはぼんやり思い、それからぞっとした。その独特の雰囲気から、レベッカが裏庭をひきずってやってきたのだ、と思った。

このことは、レイチェルばあさんは誰にもいったことがない。いって何の役に立つというのか。レイチェルばあさん自身もすっかり忘れていた。

そのレベッカは青白く、精霊のようだった。

かすれた声で、「レベッカ？」と、きいたレイチェルに、

「一つ目の竜が死んだ。私は、死ぬけれども、死なない。私は待っている」

と呟《つぶや》いて消えた。

レイチェルははっと我にかえると、裸足《はだし》のまま叫びながら、レベッカの部屋へ走った。

レベッカはぞっとするような静謐《せいひつ》さの中で目を閉じていた。レイチェルは、だめだ、と直感した。それでも、肩をゆすり、大声で名を呼ぶうち、レベッカはかすかに意識を取り戻した。が、「……クォーツァスに……を灯《とも》して」とだけ呟くと、また意識不明になり、その日のうちに家族が見守る中、亡《な》くなった。

皮肉なことに、レベッカが亡くなって一週間ほどしてマーチンが帰ってきた。レベッカの死を知った彼の悲嘆は、誰にも慰めようがないほどだった。自分の部屋にひきこもったまま、ほとんど口をきくことはなかった。

母一人子一人の家庭で、マーチンのそのような状態は、母親にとっても胸が潰《つぶ》れるようにつらいことだった。

そのマーチンの母親に頼まれ、レイチェルは彼らの家を訪れた。

レイチェルには気鬱《きうつ》な仕事だった。部屋のドアをノックしても何の返事もない。が、ここがレイチェルのレイチェルらしいところで、だんだん腹が立ってきた。

当節、恋人や配偶者、息子にだって先立たれた人はたくさんいる。けれどみんな悲しみを乗り越えて、残された者達のために新しい生活をスタートさせているではないか。女達の大部分がそうやってもくもくと働いているときに、何をいつまでも非生産的に日々をいたずらに費やしているのか。

「マーチン！」

レイチェルは乱暴にドアを叩《たた》いて怒鳴った。

「マーチン！　私よ。レイチェルよ。ここを開けなさい！」

部屋の向こうで音がして、しばらくするとドアが開いた。やせた、やつれた顔のマーチンがどんよりと出てきた。

「君は、まったく、昔からちっとも変わってないな」

マーチンは力なく苦笑した。

「私が入れるように部屋を片付けて」

言葉は命令のようだが、優しく、懇願する口調でレイチェルは言った。マーチンは肩をすくめ、「待ってて」というと中に引っ込み、すぐに、「いいよ」と声をかけた。思ったほど散らかってはいなかったが、むっとするような籠《こも》った匂《にお》いがあった。レイチェルは、息を止めてつかつかと窓に向い、カーテンを開け、大きく左右に窓を押し開いた。外気がすかさず入ってきた。レイチェルは机の前の椅子《いす》に座り、マーチンはベッドに腰掛けた。

「ちょうど君に会いたいと思ってたんだ」

「あら、そう」

「だから、ちょうどよかったんだ」

「体はもうすっかりいいの？　ずっと現地の病院にいたってきいていたけれど」

「うん。ありがとう。……それより、ききたいことがあるんだ」

「何？」

「……裏庭にはどうやって行くの？」

レイチェルは思わずマーチンの顔を見直した。

「レベッカからきいたのね」

「うん。実際、見たんだ」

「裏庭を？」

「うん。野戦病院のベッドにいるとき」

「野戦病院って……。じゃあ、レベッカが……」

「うん」

　マーチンは少しためらい、視線をそらしていった。

「来たんだ」

　マーチンがこのことを話す相手として、レイチェルを選んだのは正解だった。他の人間だったら、それは夢だったに違いないとか、マラリアの熱のせいで幻覚を見たのだろうと決めつけたことだろう。レイチェルだって、そういい切りたかった。だが、彼女はレベッカについて誰よりもよく知っていた。

　レイチェルは、彼女としてはめずらしいことに、反論も、積極的な肯定もせず、ただ黙っていた。

「裏庭のことについては、よく彼女から話をきいていた。君達の家系がそういう庭をもっていて、それを代々の庭師が世話をするということ。今は彼女が庭師として、何かをそこで育てていること。それは、ずーっと同じ裏庭でもあるのだけれど、同時に庭師によって全く別の庭にも育っていくということ、そうだね？」

マーチンは確認をとるように、レイチェルをちらっと見た。レイチェルは表情一つ変えなかった。こんな話をきくのは苦痛だった。逃げ出したかった。

レイチェルは長女でありながら、いつも裏庭から締め出されていた。裏庭を開けることすら出来なかった。ある一回をのぞいては。裏庭から嫌われているという思いは、レイチェルのようなさっぱりした性格の女の子にとっても苦い何かを残していた。

「彼女といると、いつも、不思議な気分になった。その気になればいつでも僕もその世界へ行けるような。こんなうっとうしい現実から逃れてね」

逃れてね、とレイチェルは蔑《さげす》むように心の中で繰り返した。

「でも、行けなかった。それどころか、彼女の世界をかいまみることさえ出来なかった。僕にものぞかせてくれないか、と頼むと、裏庭では今『一つ目の竜』が目覚めつつある、今がとても微妙な時期なので、私はそれと折り合っていくのに精一杯だ、だからもう少し待ってくれ、というのが彼女の言い分だった」

――そんなこと、私は一度もきいたことはない。

レイチェルは険しく眉《まゆ》を寄せた。

――でも、待って。『一つ目の竜』って……

「僕が戦場に行ってしばらく連絡がつかないことがあっただろう。右の太股《ふともも》を弾が貫通して、入院している間に今度はマラリアにやられたんだ。そのあたりで、僕は不思議な幻影を見るようになった。蜃気楼《しんきろう》のように不思議な光景がゆらゆらと見えるんだ。それが、僕には何だかとても親しい風景に思えて……。確かに熱のせいだったのかもしれない。いや、多分そうだろう。でも、その中を、その不思議な風景の中を、レベッカが必死で僕を探しながらやってくるのが見えるんだ。本当に、すぐ、目の前に。でも、レベッカには僕が見えなかった。そのうち、僕はレベッカが、何か、裏庭が正常に運営されていくためのルールのようなものを破ったんじゃないか、と思うようになった。彼女が裏庭ごと現れるたびに、その背景がひどく荒廃していくのがわかるんだ。最後の方では、なんと一つ目の竜が、荒れ狂っているのが見えるようにすらなった。あれが、彼女がいっていた一つ目の竜だったんだ、と、僕は時折遠のく意識の中で思った」

――あの子は、裏庭を手段として使ったんだ。マーチンに会いに行くための。

レイチェルはかろうじて額を手で支えた。何ということだ。そんなことをしたものは、バーンズの家系の中には一人もいない。

「彼女は僕の安否を心配するあまり、何かのバランスを崩したんだ」

マーチンは苦しそうにいった。

「そして、死んだ」

レイチェルは慌《あわ》てて口を挟んだ。

「その、裏庭が現れているとき、あなたのほかにもそれを見た人がいるの？　つまり、それだったら、それが幻覚ではないということがわかると思うけれど……」

「それが、おかしいんだ」

マーチンは、ふっと我にかえったように苦笑した。

「見たやつもいれば、見なかったやつもいる。見たやつは、みんな、マラリア患者だ」

事態の深刻さにもかかわらず、レイチェルの瞳《ひとみ》もおもしろそうに輝いた。

「でも、あれは命にかかわる重い病気だってきいたわ」

「みんな、いっせいに、大声でうわごとをいい出したり、おびえたりしたんだよ。一人一人コンタクトをとって確かめたわけじゃないけどさ。おかげで、僕らの病棟は化物病棟って噂《うわさ》された」

一瞬、マーチンに昔の面影がよぎった。が、次の瞬間には、また、思い詰めた表情に戻っていた。

「裏庭はとても死の世界に近い。むしろ生と死の混淆《こんこう》のような場所だ。彼女に以前きいたことがある。特別な人間——つまり、彼女のような——でなくても、自由に裏庭に行き来できる道があったたって。それは日本に置いてきてしまったたって。そのときは、戦争が終わらなければどうにもならないな、とかいう話になってそれ以上は詳しくきかなかった。まさか、こんなことに……」

マーチンは唇を噛《か》んだ。

「でも、彼女の死因が裏庭に関係あるとすれば、彼女は裏庭にひきずりこまれたまま、まだそこに留《とど》まっている可能性がある。そうじゃないかい?」

マーチンは、レイチェルの視線を逃すまいとしているかのように、身を乗り出して返事を迫った。

——そうだ、マーチンのいうとおりだ。裏庭は生と死の混淆。そして、彼女は待っている。彼女自身がいったように。——私は死ぬけれども、私は死なない。私は待っている——と。何もかも、それなら辻《つじ》つまが会う。

しかし、レイチェルはなぜかあの話をマーチンにする気にはなれなかった。したら、狂喜しただろうものを。

「わかったわ。レベッカがいっていた裏庭への通路というのは、確かに日本にあるわ。もし、まだ無事だとして——。大きな、姿見なの。屋敷は燃えていないようよ。日本の、幼友達から手紙があったもの。父に話して、あなたにあの屋敷の管理をしてもらうことにするわ。向こうも戦後で混乱しているだろうから、いずれにしても管理人が必要だったのよ」

マーチンの顔にようやく安堵《あんど》の表情が見えた。

「ありがとう——レイチェル。ありがとう」

レイチェルは、いいのよ、というように片手をあげた。こんな話は早いとこ打ち切りにしたい。

「私達は——私とレベッカは、とてもつらかったの。愛する人たちがいる国と敵国同士になってしまったことが。特にレベッカにはつらかったでしょう。あなたが友人の日本人と戦う可能性があったのだから。普通の精神状態を保てというのが無理な話だったわ。それこそ大きな竜が、世界中を支配して、荒れ狂っていたような時代だった……」

——あれから、もう五十年近くたってしまった。マーチンからは音沙汰《おとさた》無しだ。彼の母親が死んだときも連絡がつかずに、行方不明のまま、生死もはっきりしない。

——本当に忙しかった、この四十年。私は仕事をした。実の子どもではないけれど、多くの子どもたちも育て上げた。人の何倍も働いたつもりだ。しかし、天に召された後、一体何が私の後に残るのだろうか……

——何だか気が滅入《めい》ってくる。昨日久しぶりでたくさんの人を接待したので疲れたのだろうか。年をとった。

シューシューと蒸気を上げ続ける電気やかんのスイッチを止め、レイチェルばあさんはため息をついた。表の道路でがちゃがちゃと、ミルク配達人の車の止まる音がしている。

――そうだ、ミルクマンのジェイムスに会うのも久しぶりだ。彼がボトルを置いた瞬間にドアを開けるといういたずらも、もう何年もやっていない。

レイチェルばあさんはふと思い立ち、おぼつかない足取りながら、おお急ぎで玄関まで足を運んだ。気晴らしをやる必要があった。そして、「おはよう！」の挨拶《あいさつ》と共に勢いよくドアを開けた。

「うわあ、びっくりした。ボトルを落とすところでしたよ」

ミルクマンはジェイムスではなかった。レイチェルばあさんは、赤面しながら、

「これは、失礼。私はてっきりジェイムスだと……」

「ジェイムスじいさんなら、もう亡くなりましたよ。お知合いでしたか」

レイチェルばあさんは、一瞬言葉に詰まった。……なんということ！

「今日はずいぶんお早いんですね」

「……いつ、亡くなったの？」

「もう、かれこれ半年になりますか。新聞の死亡欄に載ってましたでしょう」

「……気づかなかったわ」

「地方紙ですからねえ。彼もこの辺は長かったらしいですね。じゃ」

細い銀色のピアスを光らせて、若いミルクマンはエンジンを掛けたままの車に戻っていった。

「いつまでもそんな格好で外につったっていたら風邪ひきますよ」

いつのまにか、マーサが後ろに来ていた。レイチェルばあさんはミルクボトルを手にしたまま、ぼんやりとしていたらしい。

「ああ、マーサ。ねえ、知ってた？」

「今、きいてましたよ。去年のクリスマスまではしっかりしてましたのにねえ。ほら、ジェイムスが副業で飼ってる七面鳥を選《え》りに、隣村のはずれにある彼の家まで行ったじゃないですか」

「そうだった。子どものない小さい奥さんで……。キッチンの、旧式の料理用ストーブをほめちぎって帰ってきたんだったっけ」

「どうしてるでしょうねえ」

「全く、ぼろぼろとみんな死んでいくよ」

レイチェルばあさんは台所へ移動しながら、ミルクボトルをマーサの前に突き出した。

「今じゃばあさん二人で週に二回、たった一本ずつ。それでも余らせてサワーミルクにしてしまう。その昔、毎日ジェイムスに二十本も届けてもらってたのを覚えているかい」

「はいはい、昔のことはいいっこなし。それ、貸して下さい。トップのクリームをベアトリスにやるんだから」

ベアトリスというのは、飼い猫の名前だ。子ども達の一人が帰省したときにおいていった猫で、その子の名前を取って呼んでいる。

マーサはミルクボトルの銀紙をはがし、上の方に浮かんでいるクリームをそろそろと猫用の皿に移した。

「私がそこんとこが好きだって知ってるだろうに」

レイチェルばあさんはわざと悲しそうな声をあげた。

「年寄りには消化が悪すぎます。今日は何だってこんな朝早く起きたんです?」

「夢見が悪くてね。あんたは会ったことないけど、私の妹が死んだときにクォーツァスって……」

そこまで言って、レイチェルばあさんははっとした。クォーツァスというのは『裏庭』に関係のある言葉に違いない。考えてみれば、レベッカも亡《な》くなり、マーチンも行方不明のまま、バーンズ家代々の遺産である『裏庭』は、誰の出入りも手も入れられることなく打ち捨てられているのだろうか。

「マーサ」

レイチェルばあさんは一点をじっと見据えて、低い声でいった。付き合いの長いマーサは、彼女が何か決心したことを知った。市長選に打って出るときもこうだった。

「私は日本へ行かなくちゃいけないようだよ」

「日本！　いつ？」

「明日。切符の手配をしておくれ」

「無茶ですよ。そんな急に。何だってまた」

マーサは、珍しいことにうろたえていた。

「放っておいたなりのバーンズ家の屋敷があるんだよ。死ぬ前にあれの始末をしておかなければ。さあ、屋根裏からスーツケースを出して、昼前までに銀行にも行かなくちゃね」

さっきまで青白く沈んでいたレイチェルばあさんの頰には、今、生き生きとした赤味がさし、目はきらきらと輝いていた。

「そんなこと、こっちから向こうの弁護士でも雇って代理をさせればいいことじゃないですか。第一、日本語はどうするんです、日本語は。聞くところによると、日本人は英語が話せないそうじゃありませんか」

マーサの口調は、まるで日本人は食事のたびに熊《くま》を追いかけてその尻《しり》にかぶりつくのだ、とでもいわんばかりだった。

「あら、あんた、私の日本語きいたことなかったかしら。私、十六の年まで向こうにいたのよ。古い友人もいるし……。彼女は去年もクリスマスカードをくれたから、まだ生きてると思うけど……」

最後は少し、不安そうだった。さっきのジェイムスがこたえているのだろう。

「そうだ、マーサ、あんたもいっしょにこない？」

マーサは滅相もない、というようにかぶりを振った。

「いやですよ。私はこの歳《とし》までイングランドから一歩も出たことがないというのが唯一《ゆいいつ》の自慢だったんですから。今更私からそれを取り上げないで下さいな」

「自慢はそればかりじゃないでしょう。昨日のガーデンオープンの成功は充分自慢するに値しますよ。それに、日本は独特の宗教的な庭園美でも有名よ。あなたの庭作りに何か参考になるんじゃない？」

マーサは昨日の興奮が蘇《よみがえ》ってきたのか、しばらく、遠くを見るような目付きをしていたが、やがてゆっくりと考えながらいった。

「そうですね。でも、私は詳しくは知りませんが、日本の庭園というのは、自然の人工的な模倣《もほう》でしょう。本来大きな木を小さな鉢植えにするとか、海や山を砂や岩で見立てる、とか。私はね、レイチェル、この歳まで庭にかかわってきましたがね、結局私の目指しているものは、理想的な混沌《こんとん》、とでも呼ぶべきものだということがわかってきましたよ。自然のままに、まったく手を加えないっていうんじゃないですよ。そうすると庭は必ず『荒れる』んです。そりゃ、ひどいもんです。悪くすると敵意に満ち溢《あふ》れた場所になります、大概の場合、そうなります。なぜだかわかりませんがね。自然の中には神の御心《みこころ》にそぐわないものが働いているとしか思えませんね」

「よくわからないけどね、マーサ。私には家の庭はいつも居心地がよかった。世の中には、フランス式のぴっちりと刈り込まれた、美しい庭があることも知ってるけれど、隙《すき》がなさすぎてね、楽しめないんだよ。家の庭は、荒れ放題というわけでもないが、計算され尽くした、というのでもないね、確かに。何か秘訣《ひけつ》があるのかい？」

ほとんど初めてといっていい、レイチェルばあさんの庭への興味に、マーサは嬉《うれ》しさを隠しきれなかった。

「それはね、レイチェル、眺めるってことなんです。草木に愛情をもって、応援し、その隆盛も衰退も積極的に見つめてあげるんです。そうすると、不思議なもので、あの駆逐艦のようなセイタカアワダチソウが入り込んだときも、それほどひどいことにはなりませんでしたね。そりゃ、私もまったく手を出さなかったわけではありませんけどね。大方のところは彼ら自身にまかしたんです。そうすると、それなりに自律した秩序ができるようでもあり、そうでないようでもあり、という段階に入って、手入れされた混沌って風情《ふぜい》が出てくるんですよ」

「つまり、ある程度の雑草があればいいんだね」

「いえいえ、そうではありませんよ。よくあるでしょ、無造作にみせるために二、三本の雑草を配置するとか……。ああいうことじゃないんです。そんなうすっぺらい庭はすぐ見抜けます。品格というものがありませんからね」

「……品格！」

レイチェルばあさんは小声で呟《つぶや》いた。それから、どういうわけか、急に桜のことを思いだした。

「マーサ、あんた、この辺に桜が咲いているのを最近見たことがあるかい」

「桜なら、ハイ・ストリートの脇《わき》に何本かありますけど……。もちろん、とっくにみんな散ってしまってますよ」

「ああ、あんな、ベタって張り付いたみたいな花じゃなくて……。日本の桜だよ。繊細な霞《かすみ》のような……。あんた、一度日本へ行かなくっちゃ。やっぱり」

マーサは肩をすくめた。

「よっぽど、心に残ってるんですね。五十年以上たってもまだ憶《おぼ》えてるなんて。けどなんでまた急にそんなことを」

「今朝、花びらが……。どこからか……」

そのとき、ふいに涙が出そうになって、レイチェルは驚き慌《あわ》てた。急に思いだしたのだ。満開の桜。花吹雪。父母、妹。異国の友人たち。尊敬していた、水島先生。

「あなたは多感な少女の頃を日本で過ごしたんですよね」

マーサが優しくいった。

「きっとそういうことが、あなたの美意識や精神形成の大事な基礎みたいなもんだったんでしょう。はい、わかりましたよ。もうとやかくいいますまい。そういうところは他人が踏み込んではいけない場所ですからね」

「じゃあ、どうだい、いっしょに」

レイチェルは失地回復といわんばかりににやりとした。

「それとこれとは別です」

マーサはきっぱりと首を振った。レイチェルはそれを見て吹き出し、それから時計を見て慌てて立ち上がった。

「そろそろ準備にかかった方がよさそうだね。でも、その前に、マーサ、アップルパイをつくっておくれ。あんたのパイは世界一だからね。誰だって元気が出るよ」

マーサは思った。

――今までに何度こうやってアップルパイをつくっては、レイチェルと連れだってダウンタウンの貧しい『友人』達を訪問してきただろう。古い、昔の、尊ばれるべき習慣だ。それを今では滑稽《こっけい》な時代錯誤のように人は陰でわらう。だがレイチェルはそんな冷笑なんかにはびくともしない。レイチェルの確固たる倫理観は、流行や人の噂《うわさ》などでは揺らぎもしないのだ。

「わかりましたよ、レイチェル。ジェイムスのおかみさんのお見舞いに行くんですね」

「暮しが立っているか、少し不安だからね。たしか身寄りもなかったようだし」

マーサは、真面目《まじめ》な顔をしてレイチェルばあさんを見つめた。

「レイチェル・バーンズ。私はあなたの家政婦をしていることを、いつも誇りに思ってきましたよ」

誰がなんといおうともね、と心の中で付け足した。

レイチェルばあさんは嬉しそうに笑った。

「マーサ・レイノルズ。私こそ、あんたを敬愛しているのに気づいていた？」

マーサはとぼけた顔をして、満足そうに微笑《ほほえ》んだ。

「うすうすはね」

5

コロウプ

「そのときがきたら、必ず戻っておいで」と、ソレデから声をかけられながら、スナッフとテルミィは旅立った。

「そのときって、どのときだろう」

テルミィは呟《つぶや》いた。

「私はばらばらになった一つ目の竜の骨を集めに行くんだ。元の世界に戻るために」

今のテルミィの頭の中は、旅立つということだけでいっぱいで、何をやろうとしているのか忘れがちになり、ふと不安になる。口に出して、確認しなければ、だんだん目的意識が薄れていく。

「そのときがきたら、戻る？」

さっきのソレデのセリフをまた繰り返した。

「そのときって、どのときだろう」

「そのときがきたらわかるさ」

スナッフが無造作に応《こた》えた。きこえていたのか、とテルミィは不思議に思った。

スナッフの受け答えはテルミィの知ってる他の誰とも違う独特の感じだった。直接テルミィに向かっていっているのではなく、水辺にたたずんで、その淵《ふち》を見つめながら話しているような。そんなふうにスナッフはしゃべり続けた。

「三つの藩は、アエルミユラ、サエルミユラ、チエルミユラと呼ばれている。それぞれ、親王樹《しんのうじゅ》と呼ばれる大木があって、それが杜《もり》のように広場のまん中に立っている。ソレデやカラダが住んでいたようなやつだ。それをそれぞれ、音読みの婆《ばば》と呼ばれるばあさんが守っている。多分、骨はそこに祭られているだろう。ばあさんたちは三つ子だ。揃《そろ》って長命、何年生きているのか見当もつかない」

遠くで今度は山鳴りのように礼砲が鳴った。スナッフはそちらの方にちらっと顔を向けた。

「彼女らはこの、礼砲の音を読み解くんだ」

「三つの町に二つずつ骨があるわけよね」

「そうだ」

「じゃあ、残りの頭の部分は？　確か、私が見たときはどこかへ飛んでいってしまったけど」

「多分、あの山脈の向こう」

　スナッフは指さした。

「高い峯《みね》がある。クォーツァスという名の」

「ああ、私、見たわ。あの、羽のついた服を着たとき。じゃあ、結局そこまで行かないといけないのね」

「……そうだろうね」

　スナッフは憂鬱《ゆううつ》そうにそう応えた。

　それから二人とも押し黙ったまま歩いた。

　草原の草が丈高くなり、植生が少し、変わってきた。山の方に近づいているのだ。灌《かん》木《ぼく》が多くなり、葛《くず》などに覆《おお》われた藪《やぶ》があちらこちらに現れてきた。

「ヤマの方に近づいてきたな」

　スナッフが路傍の祠《ほこら》を見ながらいった。

「何がまつってあるのかしら」

「さあ。コロウプのしたことだろう。あいつらはこういうのが好きなんだ」

「ああ、ソレデたちの言っていた、それぞれの藩を自由に行き来してるっていう？」

　そのとき、祠の横のクマザサの藪から声がした。

「自由に行き来している」

「行き来はしているが自由だろうか」

がさがさと音がして、太ったコロウプと痩《や》せたコロウプが出てきた。

「ほら、コロウプだ。大体、ふたごで行動することが多い」

スナッフがささやいた。

「アエルミュラに行くんだろう」

「アエルミュラに行くんだろう」

コロウプたちは輪唱のようにいった。これが彼らのしゃべり方らしかった。

「そうだ」

スナッフはうなずいた。

「竜の化石を元にもどしにいくんだろう」

「竜の化石を元にかえしにいくんだろう」

「そうだ」

スナッフはもう一度うなずいて、

「あれを解体したのは君たちの仲間か」

ときいた。

「いたしかたなかった。委員会が決議したことだ」

「いたしかたなかった。従うより」

コロウプたちはうなだれた。スナッフはとりなすようにテルミィに説明した。

「藩外の仕事は、ほとんどコロウプたちに任されるんだ。彼らは従うしかないんだ」

そして、

「名前はなんていうんだい」

と彼らにきいた。

「ビャクシン」

と、太ったコロウプが答えた。

「キリスゲ」

と、痩せたコロウプは神経質そうに答えた。

「アエルミュラに行くのなら頼みがある」

「アエルミュラに行くのなら頼まれて欲しい」

ビャクシンとキリスゲは真剣な面もちでいった。

「ヤマに入って見て欲しいものがある」

「そしてそれを連れていってほしい」

スナッフとテルミィは一瞬顔を見合わせたが、テルミィが先にうなずいた。彼らの住む**『ヤマ』**というところも興味があった。スナッフは、少し肩をすくめたが、とりたてて反対はしなかった。

ビャクシンとキリスゲは、ほっとしたようだった。ビャクシンが先に立って歩き始め、そのあとにスナッフとテルミィが、キリスゲは最後についてきた。

高い樹木が増えてきて、「ヤマ」の小道は薄暗く、時折シャガやマムシグサが路傍に咲いていた。左手の方に、道より低く、妙に陰湿な一角があった。今にも崩れそうな粗末な小屋が建っている。

「あれは何？」

テルミィは不思議に思ってきいた。

「産屋《うぶや》だ」

「今は時期ではないが」

ビャクシンとキリスゲはそちらの方を見もせずにいった。

――産屋？　何だろう……。

テルミィはますますわからなくなったが、突然、前の方ががやがやと騒がしくなってきて、それに気を取られ、「産屋」のことはそれきり忘れてしまった。

また似たような一組のコロウプが、急ぎ足でやってきたのだった。

「おう、ツガ」

「おう、チガヤ」

ビャクシンとキリスゲはそのコロウプにそれぞれ声をかけた。ツガとチガヤと呼ばれたコロウプたちは、

「ハイボウを見なかったか」

「ハイボウを探している」

と、息を切らしながらたずねた。

「見なかったぞ」

「またこき使っているのだろう」

ツガとチガヤは少し赤くなった。

「宴《うたげ》があるのだ」

「早くかまどの用意をさせねばならぬ」

「マボロシが立ったのだ」

「マボロシが立ったのだ」

ツガとチガヤは口々にしゃべると、また声高にハイボウを呼びながら去っていった。

「時々、荒れ野の泉の上で、蜃気楼《しんきろう》のように幻の王女のマボロシが立つことがあるんだ。コロウプたちは、それを喜んで宴をもつんだ」

スナッフが説明した。

「ハイボウって？」

「さあ」

スナッフが首をかしげると、ビャクシンとキリスゲが後を続けた。

「ハイボウは一人でヤマに現れた」

「一人で現れるものは忌《い》まれる」

「でも、あの人たち、一生懸命探してたじゃないの」

テルミィがきいた。

「下働きにこきつかわれている」

「下働きで重宝されている」

そのときビャクシンが斜め前方を指さし、

「あ、いた」

「あ、いた」

とキリスゲも繰り返した。テルミィがその方向をみると、灰まみれの大きなリスが何やらかがんでは立ち上がっていた。小枝を集めているらしかった。テルミィは仰天した。さすがにスナッフもたじろいだようだった。ビャクシンたちは声をかけた。

「おお、ハイボウ、おまえを呼んでいたぞ」

「おお、ハイボウ、かまどの準備を乞《こ》われているぞ」

それが、こちらを向いたので、よく見ると、大きなリスと見えたのは、リスの毛皮を着た灰まみれのコロウプだった。そのコロウプは軽く頭を下げると、竹藪の向こうに消えていった。

「ハイボウって、無口なのね」

テルミイがいった。

「ハイボウはしゃべらない」

ビャクシンとキリスゲは唱《うた》うようにいった。誓いをたてているから」

「ツガとチガヤたちは、サエルミュラの向こうに棲《す》んでいるというに」

「しかし、こんなところまで薪をとりにさまようことだ」

「私、これ、知ってる」

テルミィはスナッフにささやいた。

「下男の灰坊は、毛皮脱いで、きれいになったとこを長者さんの娘にみそめられて結婚するのよ」

スナッフはちらりとテルミィを見て、しばらく黙っていたが、やがてはっきりといった。

「違うと思う。彼女は女性で、虐待《ぎゃくたい》されていて、灰を落としてきれいになったとこを、宴会で貴公子にみそめられて結婚するのさ」

「ああ、それ……」

テルミィはあとを続けた。

「ガラスの靴を落としていく話ね」

テルミィは考え込んだ。しかし、この山の背景からしたら、自分の推測した展開の方が似つかわしいように思える。

「けどねえ」

といいかけて、テルミィは辺りの植生がまた少し変わってきているのに気づいた。竹藪や杉の混在する雑木林だったのが、次第に樫《かし》やミズナラが増えてきている。

「ハイボウって、女性なの、男性なの」

スナッフが、前を行くビャクシンにきいた。ビャクシンはきこえているのかいないのか、何も答えなかった。

やがて、森の中にぽっかりと明るい空間が出てきた。藁葺《わらぶき》の、かなり大きな塗り壁の家があった。家の前には、山野から移したと思われるギボウシやツリガネニンジンなどが植えられていた。

「中で話そう」

「みんな話そう」

そういって、ビャクシンたちは、細長い板を幾つも接《つ》ぎ合わせてできた小さいドアを開け、中へ入っていった。テルミィたちも後に続いた。

テナシ

中は土間で、まん中に囲炉裏のように炉が切られていた。その周りに木製の茸《きのこ》のような低いスツールが並んでおり、真上は煙突のように高くなっていて、換気の設備がついていた。四人は炉を囲むようにして座った。

「しかし、あんたたちも大変な仕事を仰《おお》せつかったものだな」

スナッフが口を開いた。ビャクシンとキリスゲは、肩を落とし、ため息をついた。

「わしらにはもともと、化石から貨幣を造る仕事が当てられていた」

「一つ目の竜の鱗《うろこ》を薄く剥《は》いで、八角形のコインに成型する仕事が」

「一つ目の竜の化石はこの世の何より硬い」

「藩の住人には荷の重い仕事だったのだ」

「造ったコインは三藩に平等に分配されていたが」

「藩は欲に目が眩《くら》んで」

「各々で化石を管理することにしたのだ」

「各々でコロウプも管理することにしたのだ」

ビャクシンとキリスゲは、そろってため息をついた。

「神器と奉《たてまつ》っていた裏には、またずいぶんと生臭い話があったもんだな」

スナッフがあきれたようにいった。

「私、あなたがたが一つ目の竜を解体して持ち去っていくところをみていたわ。ずいぶんみんな焦《あせ》ってた」

テルミィが同情したようにいった。

「恐ろしい仕事じゃった」

「一つ目の竜の化石をバラすのは」

「誰も口をきくものはなかった」

「それぞれの藩に運び終えるまでは」

「こんなことをして、ただですむわけがないとみなが思った」

「そして案の定、それぞれの藩では異変が起きている」

二人はまたため息をついた。

「異変?」

スナッフとテルミィは同時に声を上げた。

「藩に行くのに何か不都合があるのかい」

「庭番はだいじょうぶだろう」

「客人もだいじょうぶだろう」

「しかし、藩の住人もわしらも」

「呪《のろ》いがかかった」

「親王樹に納めおいたそれぞれの化石から」

「ガスが出始めた」

「用心していたわしらはすぐに退散し事なきを得たが」

「住民たちはやられた」

「そして」

「年若い一人のコロウプが逃げ遅れた」

「ガスは、住民たちとコロウプでは違った働きをした」

「年若いコロウプはアエルミュラで」

「その両手を落とした」

「その肘《ひじ》の付け根から」

テルミィはぞっとした。奥の方の暗がりで背を向けていたコロウプがくるりとこちらを向いたのだ。その肘の付け根から先がなかった。

「ヤマで暮らすコロウプにとって」

「両手がないということは」

「不便極まりない」

「ばかりでなく、回りにとっても」

「迷惑しごく」

「この上はせんかたない」

「音読みの婆《ばば》たちを訪ね」

「何とか元に戻る方法をきき出すしかない」

そのときその手を落としたコロウプが初めて口をきいた。

「わしはいやじゃ。音読みの婆は若いコロウプをとって喰うという」

「なに、そんなことがあるものか」

「あったにしても」

「いちかばちか、かけてみるよりほかあるまい」

「おまえはこの庭番たちと、もう一度アエルミュラへ行くのじゃ」

若いコロウプは泣きそうな顔をした。

「わしはあそこで手を落とした。またあそこへ行けというのか」

「一旦《いったん》手を落としたら、もうそれ以上の事は起こるまい」

「おまえは長いことアエルミュラに留まったが」

「手を落とした後は、何も起こらなかっただろう」

「だいじょうぶじゃ」

「おまえは片子《かたこ》でもあることじゃし」

「片子にふつうの厄《わざわい》は働かぬ」

ビャクシンとキリスゲは口々にいい立てた。

こんなことといわれたって、何の励ましにも慰めにもならない、とテルミィは片子とい
われた若いコロウプに同情した。仕方なく旅に出なければならなくなる、という点では、
テルミィの立場と同じだった。

そのとき、また地響きのような礼砲の音が鳴った。

コロウプたちは瞬間飛び上がったように見えた。

「急がねばならない」

「急がねばならない」

ビャクシンとキリスゲは慌《あわ》てたように、若いコロウプを立たせた。

「つまり、おばばのところへ連れていけばいいんだな」

スナッフが確認した。

「そうだ」

「他のコロウプはもうあそこへは入れん」

「手を落とされてはかなわん」

「かなわん」

テルミィとスナッフは、若いコロウプと共に追い出されるようにしてその家を出た。

「アエルミュラへの道はどっちだ」

スナッフが振り返ってきいた。

「テナシが知っている」

「テナシにきけばよい」

そういったかと思うと、ビャクシンとキリスゲはバタンとドアを閉めた。

「テナシだって」

テルミィはあきれた。

「それがわしの名じゃ」

年若いコロウプはこともなげにいった。

「そういう名なのじゃ」

テルミィたちが黙っているので、テナシは申し訳なさそうな顔をして繰り返した。スナッフは大きくうなずいた。

「わかった。じゃ、テナシ、どっちの道をあるけばいいか教えてくれ」

「こっちだ」

テナシはアエルミュラ行きを覚悟したのか、自分から歩き始めた。カラマツの林の下り坂を抜けると、黒スグリの灌木《かんぼく》の茂みに入った。

テナシはそこでパタッと止まった。そして、かがんで黒スグリの実を口で直接もいで食べ始めた。手のあるテルミィは慌てていくつか摘み採り、テナシの前に差し出した。

テナシはそれをちらっと見るとそっけなく、

「要らぬ。ヌシも自分で喰うてみよ。うまいぞよ」

といって、口を使って食べ続けた。しょうがないので、テルミィは自分でそれを食べた。ベリー類の甘さはなかった。けれど野を吹き抜ける風のようにさわやかだった。

「ああ、アエルミュラが見えてきた」

スナッフが坂下の方を見ながらいった。

「ほら、見てごらん」

テルミィはスナッフが顔を向けた方に目を遣《や》った。うっすらと霧の中に白っぽい小さい町が浮かんでいる。

「ええーっ」

テルミィは思わず大声をあげた。

「空を飛んでいたときには、町の気配はどこにもなかったのに」

「ラッキーだよ。足がぼろぼろになるくらい歩いたって着かないこともあるのに」

礼砲の音がまた鳴った。無心に黒スグリを食べていたテナシは飛び上がり、その勢い

で坂を駆け始めた。テルミィは慌ててあとを追った。追いながら大声で、

「待ってよお。テナシー」

と、大声で呼んだ。テナシは立ち止まり、にっこり笑って振り向いた。

「呼んだな」

「え？」

テルミィは息を切らせて追いついた。

「わしの名」

「……ああ」

「おまえの名は、何という、客人」

「テルミィ」

「そうか」

テナシはまた人なつこそうに笑った。その笑顔を見て、テルミィは、あれ、この子、女の子だったっけ、と思ったが、面と向かってそれをきくのはさすがにはばかられた。

「テルミィ、アエルミュラはすぐだぞ」

テナシは、いたわるようにテルミィの名を呼び、話しかけた。名を呼ばれる、ということが、どんな大事なことか、テルミィはそのときはっきりと実感した。スナッフも最初に名を尋ねたっきり、呼んでくれたことがない。

「テナシは本当に最初から、テナシという名だったの？」

テルミィは歩きながらおそるおそるきいた。

「いや、わしは、生まれたとき、片割れの出来が悪くて、そのうち往《い》んでしまったので、片子で育ったのじゃ。片子には名前など与えられぬ」

「でも、何か呼び名が必要だろうに」

スナッフが話に加わった。

「ナナシと呼ばれとった」

テナシは沈んだ声で答えた。

「しかし、もうわしにはテナシという名がある。名がない、という名前より、はっきりここの部分がない、という、テナシという名前の方がわしにははるかにありがたいのじゃ」

テナシは胸を張っていった。

「でも、片子、っていった？　それだからって、名前がもらえないなんてひどい」

「そういう習いじゃ。わしの片割れはここにいる。珠《たま》になっておる」

テナシは小鳥の巣のような頭を指した。テルミィは、テナシが象徴的にいっているのか、本当にそこに珠があるものか、よくわからなかったが、面と向かってそれをきくのははばかられる気が、またした。

「そこに大事に守っているんだな。それとも守られているのかな」

スナッフがきくと、テナシは嬉《うれ》しそうに応《こた》えた。

「守られているのじゃ。だから、片子は力を持っている」

「だが、アエルミュラではそれは役に立たなかったわけだ」

テナシはみるみるしおれた。テルミィは慌てて、

「アエルミュラで起こった異変というのはどんなものだったの」

ときいた。

「行けばわかる。わしもどうゆうていいかわからん」

テナシは困惑したように小さな声で答えた。

アエルミュラ

一行は坂を下りきり、水のない河の淵《ふち》まで出てきた。

アエルミュラの町は河の（正確には河の跡の）中州にあった。霧に見えかくれして、ギリシャ風の町並みが浮かんでいる。スナッフは、突然現れた、その町と対岸をつなぐ橋を指した。

「あそこから入るんだ。あの跳ね橋」

「あれはハシヒメだぞよ。人を選ぶぞよ」

テナシが騒いだ。スナッフがテルミィに耳打ちした。

「コロウプは橋のたもとに祠《ほこら》をつくって、ハシヒメを祀《まつ》る。コロウプはそういう仕事をするのだ」

テナシは満足そうにうなずいた。

「そうじゃ。コロウプはハシヒメになじんどるからいいが、テルミィはどうかのう」

「何、だいじょうぶだろう。橋が下がってるから」

スナッフがいった。

「あの橋が上げられたら、この町は孤島になってしまうわね」

「普段は上がってることの方が多いよ」

「ラッキーだね」

「その服のせいだよ」

テルミィが、え？と自分の服を見直すと、それは今まで着ていた枯葉色の服ではなくて、真っ白の、貫頭衣《かんとうい》のようなものに変わっていた。

「うわっ。いつのまに」

「だがこの町はそんな服が流行《はや》っていたっけ？」

スナッフは独り言のように言って、少し顔をしかめた。

「わしの手が落ちて、しばらくしてから、何やらそういえばそんな服があちこちで出てきたが……」

テナシは思いだしながらいった。それから身震いした。そのときのことを思いだしたのだろう。

「とにかく、君の服がそう変わったということは、アエルミュラの人々の服装がそうだってことだ。君がこの町に入ろうと意志した瞬間に、服が町の人々にとけ込むものに変わって、橋がそれを認めて降りてきたんだ」

「ハシヒメがな」

テナシが念を押した。

「まあ、なんておりこうさんの服なんでしょう」

テルミィはすっかり嬉しくなって、大仰にほめたてた。自分の服の選択に満足した。得意げにちらりとスナッフを見たが、彼はそれほど感心しているようではなかった。

見知らぬ町へ渡る、水のない河に架かる橋を渡りながら、テルミィは妙に不安で、寂しくなった。でももう後戻りはできないし、そんなことをするつもりもない。

――いや、元の世界に戻るためなんだから、結局後退するために進んでるのかもしれない。もう、なにがなんだかわかんない……。

橋を渡りきると、そこはクレゾールのような匂《にお》いが漂う、人けのない道だった。

「なんだか変な匂いだな。この霧のようなガスの匂いかな」

スナッフは方向を見定めるように目をこらしていった。

「そうじゃ。これはくせもののガスじゃ……」

テナシが青ざめていった。テルミィは思わず、

「だいじょうぶ？　テナシ」

と、声をかけた。

「広場はあっちだと思う。行こうか」

「待って、誰か来る」

向こうから、なるほどテルミィの服のようなものを着ている人が歩いてくる。テルミィはその人に話しかけようと彼が近づくのを待った。

が、彼は近づいたと思う間もなくテルミィたちにはまるで目もくれずに歩み去っていった。半分眠っているように緊張感がなく、何かに夢中になっているようにただならぬ様子で。

「変な人」

テルミィは行き過ぎた人の方を振り返りながら、スナッフの後を足早についていった。

驚いたことにたまに行き交う人々がすべてさっきの人と同じ様な目付きで歩いているのだった。

「変なところねえ」

テルミィはちょっと傷心の面もちでスナッフに話しかけた。

「こんなに無視されるのは嫌な気持ちだわ」

「前にきたときはこんなじゃなかったよ。旅人に好意的な町で、みんな親切に近づいてきたものさ」

気分が悪そうに下を向いていたテナシが顔を上げた。

「アエルミュラに起こった異変というのは、このことじゃや。みな、正気をなくしてしもうた」

「ふーん」

スナッフは鋭い目付きで辺りを見回した。

「テナシは、どこで手を落としたの?」

テルミィが低い声でそっとテナシにきいた。

「広場の近く……。みなが骨を奉納するとき、わしは音読みの婆《ばば》がどうにも怖くて群から外れて身を潜めておったのじゃ。あの手も、もうおばばに喰われたやもしれぬ」

道は次第に広くなっていき、それと共に風もよく通り、あの匂いも強く感じられるようになった。

通りのそここには、下り坂になった細い石畳の路地が走っていた。じょうろや桶《おけ》などの生活の道具が、使い手をなくして途方に暮れた記号のように転がっているのが見える。

「ここは市場だったみたい」

通りの両脇《わき》には陳列棚や、台や、計りなどが並んでいた。何に使っていたのかわからない、棒の先に鉤《かぎ》のついた道具類や、きっちりと編まれた大小の籠《かご》などが、吊《つ》り下げられたままからからと風に吹かれていた。

「寂しいところだわ」

テルミィはもの悲しくなった。かつての賑《にぎ》わいが想像できるだけに、空疎《くうそ》さが強く胸に迫ってくる。

「商い台帳の切れ端だ」

風に吹かれて転がるように飛んできた紙切れをとりあげて、スナッフが呟《つぶや》いた。

「変わり果てたもんだな。かつては通貨システムの完成されたりっぱな市場だったのに」

「通貨って、お金？」

「そう。ただし、金じゃない。コロウプたちがいってただろう。あの竜の化石の鱗《うろこ》を、専門の職人が何枚にも薄く剝《は》いで伸ばし、八角形のコインに成型するんだ。その硬度はこの世界のどんな物質よりも高い。ドラゴングラスとよんでいる。あの化石は、そのまま鉱山でもあったんだ」

その通りを抜けると運河があり、それに沿って公園があった。樹木や花壇、無数のベンチが美しく配置してあったが、花壇は無惨《むざん》な姿になっていたし、ベンチに座っている人たちも虚《うつ》ろな目をしてじっと自分たちの手ばかり見つめていた。

「この公園は、市場帰りの子ども連れや老人たち、若いカップルなんかで終日笑い声が絶えなかったもんだよ」

スナッフは独り言のように呟いた。

「金なんてさ、どうでもいいどころか軽蔑《けいべつ》さえしてたようなところがあったけど、こうなってみれば、あれはコミュニケーションそのものだったんだな。人と人との間を行ったり来たり」

地中に棲《す》むもの

そのとき、テルミィの足元で何かが動いた。

「ぎゃ。何、これ、気持ち悪い」

真っ黒の、小さい蛇のようなものが地面を割って出ようとしているところだった。よく見ると、似たようなものが、路地の石畳の割れ目や、公園の垣根の下、あらゆるところに、固まっている。

「うわっ。くろみみずだ」

テナシがさらに真っ青になって飛び退《の》いた。

「コロウプには『地中に棲むもの』は天敵なのじゃ。見つけたら不吉なことが起きるとされている」

スナッフも、辺りを見回して、少し驚いたようだった。

「もともと地中深く棲んでいて、滅多に地上に出ることなんかなかったのに……」

スナッフの声は沈んでいた。

「気持ち悪い。何でこんなものが……」

テルミィはもともと、ミミズはそれほど嫌いではない。別に好きでもないけれど。だが、その不気味に黒光りしているミミズ、地中の生き物だという生物にはどこか本能的な恐怖のようなものを感じた。スナッフが説明した。

「この世界のものは、『地中に棲むもの』を忌《い》み恐れている。言い伝えがあるんだ。『世界の崩壊の時、地中に棲むものは歌い騒ぎ、キツネツグミの花を咲かす』。悪いことばかり考えていてもしようがないな。音読みの婆たちはくろみみずを喜ぶ。貴重な薬材なんだ。普段はなかなか捕れないんでね。捕まえていって、おばばへの手土産にしよう」

捕まえる！　テルミィはぞっとした。

「こんなもの、捕まえてどうしようっていうの？」

「燃やして、せんじ薬にするのさ」

そう言って、スナッフは無造作にくろみみずを捕まえてはポケットに入れていった。

テルミィはできるだけ離れていた。

「だからわしは音読みの婆が嫌なのじゃ」

テナシはほとんどパニックになっていた。

「だいじょうぶ。いっしょに行くから」

テルミィはできるだけなだめるようにいった。

なぐさめながら、ふと、運河の岸辺におかっぱ頭の女の子がひざを組んでうずくまっているのがテルミィの目に止まった。

やはり貫頭衣のようなものを着ていて、すれ違う他の人々と同じようだけれど、確かにあの子だ。あの、バーンズ屋敷で見かけた子。

その女の子も顔を上げた。視線が合ったように思ったが、やはりわずかに女の子は違うところを見ていた。けれど、その子にはこの町の他の住人と明らかに違うところがあった。完璧《かんぺき》な無関心に結晶する前の、何か、逼迫《ひっぱく》した寂しさのようなもの。それがテルミィの中の何かと呼応して、その子に引き付けられるのだった。

テルミィはその場から動けなかった。

何とかしてその子とつながりが持ちたかった。

けれど、声をかけようとしても、まるでスクリーンに映し出された映像を前にしているように、どうしてもコミュニケーションがとれないのだ。

「おまえは今、マボロシを見ているのじゃぞ」

ようやくパニックが静まりかけたテナシが、それでもまだ青ざめた顔でいった。

「え?」

やがてその女の子のマボロシはみるみるうちに消えていった。

「今のが、『幻の王女』なの?」

「違う。あれはまた、別のマボロシじゃ……。誰が呼んだのだろう……」

テナシはわけ知り顔で、考える風をした。

「急ごう」

スナッフに促されて、テルミィは後ろ髪引かれる思いで再び歩き出した。

通りは、やがて運河を離れて大きく弧を描いたかと思うと、矢のようにまっすぐに広場を目指し始めた。

「テナシ、ちょっと、先を歩いて」

テルミィはテナシを先に行かせ、

「あの」

と、スナッフに注意した。なるべく目をそむけながら。

「こぼれそうよ、それ」

ポケットから、脱出を図ろうとしているくろみみずが、団子のようになって落ちた。

「ほんとだ。何か、袋、ないかな」

落ちたくろみみずの塊《かたまり》を拾いながら、困惑したようにスナッフがきいた。

「さあ。帽子にでも入れたら？」

テルミィは冗談のつもりで、もちろん、帽子を脱いで袋のように使うことをいったのに、

「なるほど」

と、スナッフは一言いうと、すぐさま帽子を浮かせてそのくろみみずの塊を頭の上に乗せ、しっかりと帽子で蓋《ふた》をした。そして、

「ありがとう」

と、にやっと笑った。テルミィは慌《あわ》ててもう数歩退いた。テナシの目に触れなかったのは幸いだった。

町は広場を中心に、放射線状に道が伸びているらしい。そのまん中に、あの、森が寄り集まったかのような大木が立っている。親王樹《しんのうじゅ》だ。

近づくと、あのクレゾールのような匂いは、この親王樹の周りでますますきつくなっ

ているのがわかった。渋るテナシを引きずるようにして、テルミィたちは近づいた。

アェルミュラの音読みの婆

さすがにソレデたちの木とは違った、厳《おごそ》かな感じがある。ソレデたちのそれは幹のうねり具合いに特徴があったが、これはまっすぐだ。

中に入ると、回廊のように、うろがぐるりと取り囲んでおり、また一回り小さい幹があって、そこにも洞がある。スナッフはどんどん入って行く。テルミィはテナシの背中を押すようにして進んだ。ひからびた木ノ実や野菜が転がっている。

スナッフは木の洞に向かって声をかけた。

「おばば。入るよ」

「誰だい」

奥からしゃがれた声がして、暗闇《くらやみ》が少し動いた。明り採りのための窓はほとんどないし、それらしきものが二、三あるにはあっても、回廊に向かって開いているので明るさは期待できなかった。それでも目がだんだんなれてくると、テーブルや水さし、その向こうの暗闇にうずくまっている声の主がおぼろげながら見えてきた。

越後獅子《えちごじし》のような髪をしている、背中の曲がった老婆《ろうば》だった。うつむいているのか、顔はよく見えない。

「僕だよ」

「そうか。さっきの礼砲はあんたのことをいってたんだね」

老婆は顔をあげた。冷えきった溶岩のように、深いしわが数えきれないほど刻まれている。そのしわの一つのように刻まれた目が、細く開けられてそれが白目だったので盲《めしい》だと知った。

「おすわり。おや、まだいるね。……おや、まあ」

老婆は見えないはずの目を細かく動かしながら、その右のこめかみをぴたりとテルミィに向けた。テナシはすっかりすくんでしまってテルミィの後ろに隠れた。

「よくもまあその服を選んだことだね」

驚嘆とも賛嘆とも慨嘆ともとれる口調で老婆はうめいた。

「あんたのしわざかい」

「この子が勝手に選んだんだ」

スナッフは憮然《ぶぜん》として応《こた》えた。

テルミィははっきりいって、気味がわるい。あいさつしなければならないと思うのだが、なんと切りだしたものか見当もつかない。

スナッフは、

「みやげだ。くろみみずだ」

そう言って、掛けてあった籠の一つをとり、その中に開けた。

「くろみみず？　ずいぶんいるようだが」

老婆は、手をかざして、土産たちのざわめく様を感じとりながらいった。

「では、湧《わ》いてきたのだね、とうとう」

老婆は、ため息とともに呟いた。

「その服を着た子もやってきた」

何と応えたものか、テルミィが思案していると、スナッフが代わりにいった。

「この服は、この町に入ろうとしたとき変化してこうなった。この町の何かに対応したんだ。なぜこうなったんだい？　ここも前とはずいぶん様子が違うようだが」

「理由はわかっているだろう。わしらは反対したんだが、三つの町がそれぞれの自治を言い出して、竜の骨を解体し、そのうちの二つをこの町へ運んだ。骨は異臭を持つガスを放った。それからだ、あっというまに妙な病が流行《はや》りだしたのは」

老婆は傍らでコポコポと音をたてだしたやかんに、がさがさいう袋から茶色の粉末をすくって入れた。漢方薬のような懐《なつ》かしい匂《にお》いがし始めた。

「最初、皆、指先がおかしくなったと言い始めた。紐《ひも》が結べなくなったのだ。荷造りもできなくなったし、服の紐も結べなくなった。そのうち、ボタンもとめられなくなった。

無理に指を動かすと、手ひどい傷を負った。しかたなく、今のような服を着るようになった。一枚の布に穴を開けただけの物だ。病はそれだけではおさまらず、皆、だんだん無口になった。自分より他のものに関心がもてなくなってきたのだ。傷を負うことを恐れたのがそもそものことじゃ」

傷を恐れる？　傷を恐れてはいけないということ？　でも、誰だって傷は避けたいと思うじゃないか、とテルミィは混乱しながら思った。

「わしは傷など恐れてはいないぞよ。だが手を失った」

テナシがおそるおそる発言した。その場に居合わせたものとして、どうにも黙っていられなかったのだ。

「ふむ。コロウプじゃな。コロウプは変化に敏感に出来ておる。あのガスの本質を嗅《か》ぎとったんじゃろう」

「本質？」

「つまり、他との接触が、触れ合うことが出来ないということじゃな」

「しかし、わしは『触れ合える』ぞ」

テナシは残っている腕をテルミィの方へ伸ばしながらいった。

そうだ、と、テルミィはその腕をしっかり掴《つか》み、心の中でテナシを応援した。

「おまえの場合は、手が落ちたので心は残ったのじゃ。しかしここの住人は手は残ったが心が落ちた」

「おばばのいうことはよくわからん。……だが、きいておきたいことがある……あの、おばばは若いコロウプを喰う、という噂《うわさ》じゃが」

テナシはおそるおそるきいた。この点をはっきりさせておかなければどうにもおさまりがつかないらしかった。

「わしが？　コロウプを、か」

おばばは情けない声を出した。それから思案するように、

「そうだな、まだ喰ったことはない。この先はわからぬがな」

といった。

スナッフが笑いだし、テナシはほっとしていいのかどうかわからない、不安な顔をしていた。

一つ目の竜

「一つ目の竜の骨は鏡の間か」

スナッフがおばばにきいた。おばばはうなずいた。

「それが運びこまれてすぐに礼砲が鳴った。わしはそれを『つなぎとめるものがなくな

る兆《きざ》し』と読んだ。それがこの藩のその後のことをいっていたのは明らかだ」

おばばはため息をついた。そしてスナッフに向かっていった。

「だがあんたの方はついにその子に会えたわけだ。あんたの息の根を止める子に」

テルミィが驚いて、声をあげるよりまえに、スナッフはおばばを制した。

「おばば。僕らがなぜここにきたのかわかっているだろう。竜の骨は元に戻さなければならない。この奇妙な病はそれ故《ゆえ》におこったんだ。あんたともあろう人がなぜそれを止められなかったのかい」

「一つ目の竜が死んだとき、この世界は混乱の極みに陥っていた。幻の王女が命を賭《と》して竜を鎮《しず》めたのだ。けれど荒れ狂っていた竜がいなくなった代わり、王女も根の国へ行った。一つ目の竜の目玉を手に。この世界は不毛の地となるかと思われた。だがそうはならなかった。わしら三姉妹は、そのときそれぞれの藩に乞《こ》われてその藩の巫《かんなぎ》となった。いびつながらも、それなりに秩序もでき、復興も果たした。けれど、根の国から湧いていた水は、再び元の水量に戻ることなく、崩壊の音も相変わらず続いている。愚かな民だ。一度味をしめた貪欲《どんよく》さは終わりを知らない。やつらは自治でもたらせるであろう富に目が眩《くら》み、畏《おそ》れを忘れて神聖な骨を解体したのだ。あわれなものだ。滅びに向かってまっすぐに進んだ。わしらは見届けることしかできない」

これは運命だ。わしらは王女の出入りがないというのは、つまり、こういうことなのだ。こ

「おばば。この子は小さな礼砲をその胸にもっている。この世界に用事のある子だ」

スナッフの言葉には有無をいわさない何かがあった。

おばばはまた深いため息をついた。そしてくろみみずの一匹をつまみ上げると、思いがけない素早さで二、三度振り、しゅっと上に放り投げた。くろみみずは、空中でぼうっと赤く燃えた。テルミィは驚いて声を上げた。テナシは顔をしかめた。スナッフは穏やかな声で、

「こいつらはある衝撃で燃えるんだ。地中に棲《す》むものは、全《すべ》て」

と、説明した。おばばは燃え落ちてきたくろみみずを、かけていたやかんの蓋をあけて中に入れた。

「今はまだくろみみずだけですんでいるかもしれないが、そのうち、地いたちやひねずみまで出てくるだろう。そして空をキツネツグミの大群が覆《おお》うのだ」

おばばは独り言のように言って、やかんを鉤《かぎ》からはずし、茶色の液体をカップに注いだ。そして両手でカップをもち、ゆっくりと回し始めた。

礼砲の音がまた響いた。おばばはカップを回すのを止《や》め、耳をそれに近づけた。それから、しばらくじっとしていたが、意を決したように口を開いた。

「それでは、もう一度やってみるか。失敗した亡霊たちがおまえの行く手をふさがぬうちに」

おばばは立ち上がると奥に進み、テルミィを手招きした。

そこにはちょうど、ソレデとカラダの住む木の内部にある鏡の間と、まったく同じような、樹脂を鏡面のように磨いてある畳一畳ほどの大きさの壁があった。ただ決定的に違うのは、こちらの鏡には、長年に渡って尊ばれ奉《たてまつ》られてきた、厳かな風格のようなものが漂っていることだ。

おばばは置いてあった壺《つぼ》に手を入れると銀色の砂のようなものを取り出し、ぶつぶつ呟《つぶや》きながら鏡面の周囲に塗り始めた。

そして、腹の底から絞りだした、「えいっ」という激しい気合いと共に、鏡を向こう側に押した。鏡の壁は回転ドアのようにくるりと回った。回った瞬間、ぞっとするような冷気が噴き上げてきた。

その不思議な生き物のような冷気は、テルミィの鼻の奥から侵入し、テルミィが物心ついてからのありとあらゆる思いを嵐《あらし》のように巻き起こしそうになった。その暴力的なすさまじい力はテルミィを圧倒し、一瞬気を失うかと思った。

鏡面が回ると、銀色に光るオブジェのようなものが現れた。まぎれもなくあの竜の骨の一部だった。

確かに皆が宝物としてまつりたくなるような、体が震えるような存在感があった。

「風がすごかっただろう。さすがに消えないでよく耐えたね」

おばばがテルミィに声をかけた。

「消える？」

「そうだ。おまえは小さな礼砲の音をもっているので、特別なんだ。あいつらは根の国の風には弱い」

そういっておばばは後ろを振り向いた。緊張しているスナッフとテナシが離れたところにいた。

「その服の飾り紐を一つお外し」

「これのこと？」

テルミィは腕についている紐を指した。

「そうじゃ」

おばばがうなずいたので、テルミィは糸切り歯をつかって、飾り紐の端を服地から外すと、ピーッと引っ張りながら、丹念にはずしていった。

「そのくらいでいいだろう」

おばばがいったときには結構な長さになっていた。おばばはテルミィからそれをとって、竜の骨にぐるりと回し、しばった。それから、また壺から銀の砂をとりだし、その上に塗り始めた。

「さあ、これでよし。これで、そのときがきたら、この骨も充分に働いてくれるだろうよ」

「これだけ？　元の場所に戻さなくてもいいの？」

「ああ。だがこの町にきた二つのうちのもう一つがまだこの通路の奥深くにある」

「それはどうやったら取り出せるの？」

おばばは何もいわなかった。スナッフは、

「出来ることからやっていくしかない。そのうち自然に道は開ける。さあ、次に急ごう」

とせかした。

「ちょっと、待って」

テルミィは考えた。

何か、ひっかかる。何から何まで、これではスナッフに引きずられている。それは、確かにスナッフは私のために、それとこの国のために、動いてくれているんだろうけど。

……そうだ、あの言葉。『幻の王女』。それと、それが『根の国にいる』ということ。

「幻の王女って今、根の国にいるの？」

テルミィはスナッフにきいた。スナッフは答えなかった。代わりにおばばが答えた。

「そうじゃ。確かに根の国にいる。根の国に行ったので、『幻の王女』の尊号があたえられたのじゃ。この国にいるときは、きちんとした名前で呼ばれておった。尊号がついた瞬間から、元の名前はこの国では失われてしまったがな」

「その、失われた名前って、もしかして……」

もしかしたら、おじいちゃんが話してくれた、バーンズ家の……。テルミィはどきどきした。だが、どうしても、その名前が記憶から欠落したように出てこなかった。

「君がいつか見つけるよ。その名前は」

スナッフが諦《あきら》めた人のようにいった。

「そのときがきたらね」

テルミィが先回りしていった。

「それから、通路の奥にあるっていう、もう一つの骨だけれど。この通路は根の国に通じているの？」

「何とまあ、勘のいい子だねえ」

「だって、さっきから、おばあさん自分でそういってるじゃないの。じゃあ、行ってとってくればいいんじゃないの？　そこに王女もいるんなら、行ってついでに王女を連れ戻すことはできないの？」

「根の国は異界じゃ。この国のものには行けぬ。あのもうひとつの骨は、この町の安寧《あんねい》のため根の国に奉じた。だれにも手出しは出来ぬ」

「行ったらどうなるの？」

「その身が散じる」

　重苦しい沈黙が皆の上を覆った。テルミィはまだまだききたいことがいっぱいあったが、とにかく、根の国というところはそう簡単には行けないのだということはわかった。

　そのとき、スナッフが、思いだしたようにいった。

「おばば、テナシは手が落ちて不自由している。実はコロウプたちに頼まれて、テナシをここまでつれてきたんだ。おばばだったら、何か方策がたてられるんじゃないか、と」

「……そうだな……。また、生えんこともない……」

テナシの顔が輝いた。テルミィもほっとした。スナッフさえ顔色が少し明るくなった。

おばばはしばらく考えた後、

「じゃが、時間がかかる。庭番の仕事と同じぐらいに。おまえたちは共にチェルミュラの姉のところへまず行くがいい」

　テナシの顔は一瞬沈んだが、覚悟を決めたようにうなずいた。それを見て、スナッフは、

「よし、じゃあ、出発しよう」

と皆をうながした。

「姉によろしくいっとくれ」

「伝えておくよ。ありがとう。おばば」

「ありがとうございました」

テルミィもお辞儀した。

おばばはうなずいた。

「いいな、傷を恐れるでないぞ」

外に出ると、町は相変わらず乾いていて冷たかった。けれど、今まで感じなかった風が、ひゅう、と町を巡っていた。その風はあのクレゾールのような匂《にお》いを払っているかのようだった。

変わらずうずくまったままの、あのおかっぱの女の子の姿がまた見えた。テルミィは声をかけたいと思った。でも何といって？

「マボロシだぞよ」

テナシが念を押すようにいった。

女の子が顔をあげた。今度は視線が少し合ったように思った。そのままかき消すようにマボロシは消えた。

6 サルナシ

アエルミュラを出てから、テルミィたちは河沿いにずっと土手を歩いた。テナシはずっと河岸から離れたところを歩き続けた。

「何でそんな離れたところを歩くのよ」

テルミィが不審がってテナシに声をかけた。

「水の干上《ひあ》がった河はあぶないぞよ。『地中に棲《す》むもの』に引かれるぞよ」

テナシは待っていたように声を張り上げた。それから脇《わき》へ目を遣《や》ると立ち止まった。

「おう、サルナシじゃ」

茂みからこちらに伸びている枝に蔓《つる》をからめ、黄色く熟した実をつけているサルナシを見つけ、テナシは嬉《うれ》しそうに叫んだ。そして背伸びして口から食べ始めた。

「待って」

テルミィは先を急いでいるスナッフに声をかけた。

「ちょっと休憩しましょう」

口の周りを汁で汚して、テナシがサルナシに堪能《たんのう》するまで、テルミィとスナッフはその側《そば》に座って辛抱強く待ち続けた。

「テナシサルナシに目なし、か」

スナッフが呟き、テナシは大声で笑った。そして腹を抱えながら、テルミィの隣に座った。

「昔、まだこの世に竜が現れる前に、一本の大きなサルナシの木があった。全世界の屋根になるほどの大きな木で、人々はその上で生活しておったのじゃ」

テナシの語り方は、いつも一定のリズムがあり、テルミィは思わず引き込まれそうになる。

「それというのもの、木の下には、どこまでもどこまでもそれは美しい薔薇《ばら》の園が広がっておって、美しいが、歩くに不便、生きるに不便、それで皆は木の上に登っていったのじゃ」

「誰がそんなに薔薇を植えたの？」

「その代の庭師じゃ。それじゃから、その頃のコロウプは猿のように身軽で、しかも知恵があった」

「藩の住人たちは？」

「その頃は、藩もなく住人もおらぬ。しかし、コロウプは、どの代にもおった」

テナシはそれから、何故《なぜ》かはっとしたように話題を変えた。

「じゃから、サルナシの実を食うと、知恵が増すぞ。あんな、河岸など歩かんようになる」

「河岸を歩いて、実際に『地中に棲むもの』に引かれていったものがあるのかい」

スナッフがきいた。

「その昔はの、水が溢《あふ》れるほどあったころは、『地中に棲むもの』が水蛇に化けてようコロウプを引きずり込んだものらしいわ。水蛇は、『地中に棲むもの』の変化したもの。河に棲む」

「泉にも、ほら、何かいるじゃないか」

「あれは水蜘蛛《みずぐも》じゃ。魔物の類《たぐい》じゃ。『地中に棲むもの』とは質が違う。どちらもようコロウプを襲うがの」

「わかった」

テルミイが大きな声をあげた。

「その犠牲になったコロウプを祀《まつ》って、ハシヒメの祠《ほこら》をたてたんでしょ」

「……違う」

テナシの顔が少し曇った。

「ハシヒメってのはさ、歌を唄って船乗りを遭難させるんじゃないのかい」

スナッフが珍しく話に乗ってきた。

「それも、違う。ハシヒメは、もともと贄《にえ》じゃ」

「贄って……。生贄？」

スナッフが目を丸くして口笛を吹いた。

「誰も助けに行かなかったのかい。甲斐性《かいしょう》のある王子はいなかったのか」

「さあ……。わしが生まれてからはまだ見ておらぬから……」

「見てもいないのに、いろいろよく知ってるなあ。誰か、君にそういうこと話してきかせたのかい」

テナシは首を振った。そして困ったようにいった。

「誰も。ただ、わしは、知ってるのじゃ。話が口から知らぬ間に出て来るのじゃ」

「ふうん。よくわからんな」

テナシは説明しようとして、遠くを見た。

「ある場所に立ったり、あるものを見たりすると、自然に物語がそこからわしの中に流れ込んでくる感じがする。わしはそれを語らずにはおれん」

「コロウプって、みんなそうなの？」

テルミィがきいた。

「いや。たぶん、わしは特殊じゃや。……わしは、片子じゃから」

テナシは視線を下に落として呟《つぶや》いた。突然、また礼砲の音が響いた。テナシは跳ねるようにして立ち上がった。

「礼砲の音じゃ。急がねば」

「あれ」

テルミィがサルナシの向こうの茂みを見ながら声を上げた。

「今、ハイボウがいたわ」

「あの、リスの毛皮着た？」

スナッフも伸び上がるようにした。

「いないぜ、だれも」

「いや、いても不思議ではない。その先はコロウプ街道じゃや。わしも水汲《みずく》みによう通うた。ツガとチガヤの家は泉のほとりじゃから、水汲みの苦労はないが、あそこは荒れ地じゃから、ヤマまで通わねば作物が採れん。あやつらはサルナシが好物だから、採りにやらされているのかもしれん」

テナシが気の毒そうにいった。

「あるいは、ハイボウはヌシらが気になるのかもしれん」

チェルミュラ

すえた果実のような、甘くただれた匂いがしてきた。それと同時に人々のざわめきのようなものもかすかにきこえてくる。

「何だか嫌な匂い」

テルミィは気持ち悪くなった。

「ふうん。僕はそれほどでもない」

「わしもじゃ」

前方の中州に、また藩らしきものが見えかくれしてきた。

「あれがチエルミュラ？」

「そうだ。でも、やっぱりどこかおかしいなあ」

近づくと、そこは中州というよりも、湾曲した岸のでっぱった部分だった。そこを、人々がにこやかに談笑しながら行き来している。

「あれ。埋め立てたのかなあ」

スナッフは地面を見つめながら不思議そうにいった。

「ハシヒメがおらぬ。境界の神を祀る祠が消えておる」

テナシが騒いだ。スナッフも怪訝《けげん》そうに、

「こんなに開放的なところではなかったよ……。あれ、君……」

いわれて、初めてテルミィは自分の服が、胸からお腹《なか》にかけてばっさりと切られ、血を流しているのに気づいた。

「ぎゃ」

いつのまに、そして誰に切られたのだろう。このおびただしい血はどうしたことだろう。気が遠くなりそうだ。しゃがみこんだ。

「ちょっと待てよ」

スナッフがさして慌《あわ》てもせずに服を調べた。

「これは、服だよ」

「え？」

テルミィがおそるおそる体を触ると何ともない。

「あれ？」

なんと、切られているのは服だけで、その服自身が血を流しているのだ。

「大事ない、大事ないぞ、テルミィ」

テナシが励ますようにいった。

「どういうこと？」

気が抜けたのと、バツが悪いのとで、テルミィはくってかかるようにスナッフに問いただした。

「さあ……。そういえば、あの人たちもみんな、外科病棟にでもいるように包帯だらけじゃないか」

なるほど、遠目にはわからなかったが、皆、頭や腕、胸や足に包帯をしている。

「それにしてはみんな穏やかな感じね」

そのとき、またあの礼砲の音が響いた。テナシはまた飛び上がった。

いつものことながら、その音は、単にきこえる、という類のものではなく、響きが実感として空気を震わし、この世界全体に作用していくという感じを受ける。礼砲の音が聞こえると、この世界の生物は、ことにコロウプは、思わず立ち上がるほどの衝撃を受ける。それが崩壊の音と呼ばれる由縁《ゆえん》なのかもしれない、とテルミィは漠然と思った。

「これが、チェルミュラの異変じゃろうか」

テナシが不安そうに辺りを見回した。そして自分自身を励ますようにいった。

「しかし、わしはもう骨のガスの洗礼は受けておる」

「急ごう」

スナッフはテルミィたちを促して歩を進めた。

「あなた」

テルミィは親切そうなおばさんに声をかけられた。

「そんな傷口を放ったなりにして外を歩くもんじゃないわ。まだ誰からも手当を受けてないの？」

「はあ……」

「いらっしゃい。私がやってあげる」

そういって、さっさとテルミィの手をとり、先にたって歩き始めた。

テルミィが当惑してスナッフを見ると、スナッフは、まあ、しょうがないな、というような表情をして肩をすくめている。テナシは何が起こっているのかわからない、というようにきょとんとしている。

おばさんに連れられていったのは、木陰の一角で、何人もの傷を負った人々が横になっていた。

「さあ、すわって。いい子ね。なんていい子なんでしょう」

おばさんは、そういって横になったテルミィの頭を撫《な》で始めた。

テルミィはますます当惑した。が、驚いたことに、テルミィの服からの出血はおさまりつつあった。

「ほうら、やっぱりこんなにいい子」

テルミィはなんだか気味悪くなった。このおばさんは私のどこを見ていい子といってるんだ、きちんと正面から私のことを見ないで、一体何を始めようというんだ……。

　しかし、服はきちんと血を流すのをやめているので、何らかの効果があるのは確からしい。

「あ、どうも、いいみたいです、ありがとうございました」

　テルミィはそそくさと立ち上がって、待っているスナッフの方へ走った。おばさんは微笑《ほほえ》みながらそれを見つめていた。

「何だったのかな。でも、服にはよかったみたい」

「本当かい」

　スナッフはさめた声でいった。本当よ、ほら、とテルミィが服を見ると、なんと、今度は前にも倍して出血していた。前とは別の傷口が出来ている。

「うわっ。何、これ」

「もういっぺん、治してもらいたそうだね」

「まさかあ」

　テルミィが後ろを振り返ると、あのおばさんが優しく微笑みながらこちらを見ていた。

「困ったなあ。ちょっと行ってくるね」

　そういうと、大急ぎで戻って、同じことをやってもらった。しかし、帰ってきてまたしばらくすると、すぐに別の箇所が傷を開けるのだ。

「テルミィ、無益なことじゃぞ」

テナシがささやいた。

テルミィは黙っていた。実を言うと、あのおばさんのところに戻って頭を撫でてもらいたい気持ちがないわけでもない。時間をかけてあのおばさんにつきあったらこの服の傷も何とかなるだろうか。でも、そんなことをしている暇はないような気がする。テルミィは葛藤《かっとう》していた。

「ちょっと、また、戻ってもいいかな」

テルミィはスナッフたちにお伺《うかが》いを立てた。

「君は今まで自分がそうしたいと思ったことはなんでもそうしてきたじゃないか。なんで今度ばかりは僕にそんなことをきくんだい」

そういわれると、テルミィにもよくわからなくなる。自分の気持ちに、何か、後ろめたいものがあるような気がする。

「それは、あのおばさんのところへ戻るということが、本来の君のありかたと違うものだからなんじゃないか。だから、自分でも自信がもてないでいるんだろう。君は心からその服の傷を癒《いや》したいと望んでないんだよ。だって、そんな傷、何もそれほど君を脅《おびや》かしているわけではないもの」

それはそうだ。

「じゃあ、最後にもう一回だけ」

　肩をすくめるスナッフを残して、テルミィはもう一度おばさんのところへ向かった。そして、また直してもらうと、

「ありがとう、おばさん。でも、私、これでやめにする」

　おばさんはにっこりと笑って、

「その向かいで講習会をやってるよ」

と指さしながらいった。テルミィはスナッフのところへ戻ると、

「コウシュウカイ、やってるんだって」

と報告した。

「さっきから、きこえてるじゃないか」

　スナッフは顎《あご》で示した。

癒し市場

「……もともと結合組織の弱かったところから、こうして筋肉繊維に沿って裂けていくわけです。海の水がふた手に別れて道が現れた、という例の故事を思いださせますね……」

なるほど、誰かが講義している声がきこえてくる。テルミィは声のする方の通りを覗《のぞ》きこんだ。丸顔の講師が、数十人ほどの聴衆を前に模型を手に説明しているのが見えた。

「……さあ指先から白い糸が出てきましたね。注意して下さい。これは存外破壊力のあるものです。組織と組織をこれでつないでいくわけですから、当然皮膚を貫き通すほどの力がなくてはなりません。くれぐれも適所にこれをお使いになるように。使い方をしくじると、傷はまあ、おもしろいようについていくものですから、その魔力に取り付かれて、癒すより傷をつけていく作業にいそしんでいる人をよく見かけますが……」

どこからか、クスクスという笑い声がおこった。

「くれぐれも本分をお取り違えになりませんよう。それから、患者の傷を、癒し手ご自身の傷と同色同形のものに整形なさる癖のある方も、ごく、たまにいらっしゃいますが、これもまた、大変品の悪い趣味と申せましょう。身に覚えのある方は、どうか、せいぜいお気を付けあそばして……」

テルミィはその場を離れてスナッフのところへ戻った。

「何だか、何かの集会みたいよ」

スナッフはテルミィを見ると、上を指した。テルミィが見上げると、今まで気づかなかったが様々な看板が出ていて、その一番大きなものには、『癒し市場』と銘《めい》うってあった。

そしてその下には、「木のぼり療法」、「大地横たわり療法」、「歌唱療法」、「ちぎり絵療法」……と、様々な看板が掲げられている。

「うわあ……。いろいろあるのねえ……。こんなにあったら、ちょっとぐらい傷があったって、問題ないわけね」

看板の中には、「魅せる傷加工」「新しいアクセサリーとしての傷お直し」というような特典をうたっているようなものまであった。

「……問題がないわけないじゃないか。傷なんて、問題そのものなのに」

スナッフが呟《つぶや》いた。

「そうだ」

テルミィが急に大声で叫んだ。

「どこかにテナシの手をなんとかしてくれるところはないかしら」

「わしはいらん」

テナシがおびえるような目をした。

「なぜ、治りたくないの？」

「わしはいやじゃ」

テナシは頑《がん》としてきかなかった。

「子どもがだだをこねるみたいなことといって」

テルミィはあきれた。何のために『ヤマ』を降りてきたのか。

「ちょっと待って。誰かにきいてくるわ」

そういうと、テルミィは辺りを見回し、『身体《からだ》の一部が失われたと思っている人のために』という、看板を見つけた。

――失われた、と思ってるんじゃなくて、実際失われてるわけなんだけれど……でも、失われた、と思ってるのは事実なんだから、この条件には合っているわけだ。

と、思いながらその中をのぞいた。

受付があり、女の人が座っている。

「あのう……」

「はい」

女の人がにこやかに応対した。

「初めての方ですか」

「まあ、そうなんですけれど」

「初回二十五ドラゴングラスいただきます」

「え……と、持ってないんですけれど」

「あ、失礼しました。チエルミュラの住人の方ではありませんね」

「ええ、あの、知り合いで、手を落としたコロウプが……」

「コロウプ！」

女の人は小さく叫んで顔をしかめた。

「残念ながら、うちはコロウプの方の面接は行っておりません」

あっけにとられているテルミィの目の前で、受付の扉が閉められた。

最初、何が起こったのかわからなかったが、次第に腹が立ってきた。

「わかったろ」

後ろで声がして、振り向くとスナッフが立っていた。

「藩の住人は、コロウプを蔑《さげす》んでいる。コロウプがいなければ生きていけないくせに。彼らは、コロウプのことを地虫と呼んでいる。『地中に棲《す》むもの』と大差ないと考えている」

「そんな……。めちゃくちゃだわ」

テルミィは憤慨した。

「けれど実際、コロウプは『地中に棲むもの』の変化したものなんだ。コロウプにはそのことはタブーになっている。彼らは変化したときに、『地中に棲むもの』の深い知恵も記憶もなくしているから。一部のコロウプはそのことをひどく恥じている」

「だって……。でも、実際どんなふうに？」

「年を経た『地中に棲むもの』は、樹木の根を伝って地上に現れ、そのままその樹木の枝の二股《ふたまた》に別れたところで眠りに入る。大半の『地中に棲むもの』はそのまま朽ち果ててしまうが、なかにはさなぎのような状態になるものもある。その状態で発見されたコロウプは、産屋《うぶや》に集められる。そこで産声をあげるまでほっておかれるんだ。たいていはさなぎのときに二体に分かれる」

――産屋……ああ、あそこが……。

テルミィはヤマで見たあの暗い陰湿な一角を思いだした。

「あんなところで、生を迎えるなんて……」

「命は、大歓迎されて光の中で誕生するものばかりじゃないさ」

「でも、でも、テナシは『地中に棲むもの』をひどく恐れて嫌うわよ」

「藩の住人はコロウプを、コロウプは『地中に棲むもの』を、近親憎悪《ぞうお》のように嫌うのさ。しかし、同時に神聖視もしている。ほとんど同じ事だ。遠ざけておきたいのだ。自分から」

テルミィはショックだった。

「藩の住人はコロウプがいなければ生きていけないって、いったわね」

「ああ。藩の住人たちは藩外に出ることはほとんどないからね。藩同士の交易やヤマで採れる食物や資材の運搬は、コロウプの仕事だったんだ。今はガスのせいで混乱しているが」

「自分にとって、それほど大事な存在を蔑まなければならないって……」

テルミィは気分が重くなった。とうに憤慨を通り越して、空《むな》しく悲しい気分だった。

「かわいそうな人たちだ」

マボロシ

「癒《いや》し手の皆さん、自信をお持ちになって下さい。たいていの場合、どんな患者さんのそれより、みなさんの傷は、大きく、深く、堂々としていて立派です。にもかかわらず、ご自分の傷は後回しにしても、人々の救済に回ろうとする、皆さんのお心がけは、げに貴いものと申せましょう」

テナシのところへ戻る途中、講習会の集団の側《そば》を通った。優しいおばさんたちの目が潤《うる》んでいる。スナッフは、

「へっ」

と呟《つぶや》いた。

「自分の傷と真正面から向き合うよりは、似たような他人の傷を品評する方が遙《はる》かに楽だもんな」

テナシはその集団から外れたところで一人ぽつんと座っていた。

その姿を見るとテルミィは泣きそうになった。コロウプの出生の秘密をきいた後も、テナシを遠く感じるどころか、ますます身近なもののように思えるのだった。

——なんで、私はこんなにテナシのことが気になるんだろう。

テルミィがテナシに声をかけそびれていると、盛大な拍手がきこえ、講習会が終わったとわかった。三々五々、散り始めた人々の何人かが、スナッフやテルミィの周りに寄ってきた。

「まあ、この傷」

さっきと同じパターンだな、とテルミィは思った。中の一人が、スナッフにまで手を伸ばしかけた。スナッフはそれをじゃけんに払いのけて冷たくいった。

「ほっておいてくれないか」

その冷たさと無関心さは、不思議に品位さえ感じさせた。

テルミィは妙に納得し、自分も服にはしばらく好きなだけ血を流させておくことにした。

「よし」

テルミィはそう呟くと、吹っ切れた気持ちでテナシに駆け寄り声をかけた。

「行こう、テナシ。このままで」

テナシは振り向き、ほっとしたように笑った。

「ずっと、このままでも、構わぬと思ってたんじゃ」

「そうだよね。何とかなるさ」

テルミィの態度がさっきとまるで違うのでテナシは不審そうだった。

「でも、そりゃ、手はあった方が便利だよ」

スナッフが、あっさりいった。

テルミィたちがその場を去ろうとしたとき、目のはしで、見覚えのある影がさっとよぎった。

「あれ」

後ろ姿だったが、それは確かにあのおかっぱの女の子だった。前より少し、背格好が大人びているような気がするけれど、まちがいない。けれどその歩んだ後に、点々と血の跡がついている。やはり、同じように傷を負っているらしい。が、あの優しいおばさんを初めとして、誰も彼女を相手にしようとしなかった。その子は一瞬途方にくれた様子をして傷口を抑えている。

テルミィは走っていったが、そのとき彼女はもうどこにも見えなくなっていた。

「ひどいわ」

テルミィはさっきのおばさんにいった。

「どうしてあの子の傷の手当をしてあげなかったの。あの子、血を流したままどこかへ行ってしまったわ」

「傷が合う、合わない、があるんだよ」

そういって、おばさんは上着をあげて、包帯にぐるぐる巻きにされた体をみせた。

「あんたの傷の臭《にお》いは、私の傷が喜ぶんだが……。あの子のは臭いがねえ」

そしてまたあの優しい微笑《ほほえ》みを浮かべた。

テルミィはぞっとして血の気の引くのを感じた。返事もせずにスナッフのところへ走って逃げた。

「何なの、この人たち、一体」

テルミィはガタガタ震えていた。

「テルミィ、あの子はマボロシじゃ。マボロシがヌシに何かいおうとしているのじゃ」

テナシがテルミィをなだめようと必死でいった。

あれを、マボロシというのなら、あの血の跡は何なのだ。そう思って、テルミィが振り向くと、血の跡もいつのまにやら忽然《こつぜん》と消えていた。

「これ以上巻き込まれないうちにおばばのところへ急ごう」

スナッフは動揺もせずにさっさと歩いた。

テルミィはどうにも釈然としなかった。

途中、出会う人は皆包帯から血をにじませていたり、傷口をのぞかせていたりしていた。が、奇妙なことに、誰一人として不安そうな表情の者はいないのだった。さっき、すれちがった、あのおかっぱの女の子のマボロシをのぞいては。

あの子にはアエルミュラで会った。そもそもの初め、バーンズ屋敷でも会った。それに、あのおばさんだって、あの子の存在を認めたじゃないか。

「マボロシのことなんかより、君、くろみみず見た？」

「え？　ああ、そういえば、見なかった……ように思うけど」

「僕もだ。一匹も見なかった。気を付けていたんだが。癒し屋たちでにぎやかなんで、「地中に棲むもの」は息をひそめてるんだろう、ここでは。……あ、あれ親王樹だ」

テルミィが顔を上げると、見覚えのある木が、その小さな森のような威容《いよう》を広場の中央で広げていた。

チェルミュラの音読みの婆《ばば》

テルミィたちは、まるで追われてでもいるように、急いで中に入った。

「誰だえ」

しゃがれた声が、暗い奥から響いた。

「おばば。僕だ」

「……あんたか」

アエルミュラの老婆《ろうば》にそっくりの年寄りが、あの鏡面を磨いていた。

「この臭気で鏡が曇って困る」

「おばば、あんたのところにも竜の骨がきただろう」

「確かにな。……ああ、客人を連れてきたね」

おばばは鏡面から離れ、アエルミュラのおばばがしたのとそっくりのしぐさで左のこめかみをテルミィに向けた。アエルミュラのときと同じように、テナシはテルミィの後ろに隠れていた。

「……なるほど、なるほど。生身のおまえの代わりに、その利口な服が傷を見せてやってるんだね」

「昔、橋があったところは埋め立てられていたようだが」

老婆はまた鏡面のところへ戻り、磨きながら応《こた》えた。

「二対の骨がやってきた。それからあっというまにこういうことになった。そのときになった礼砲の音を、わしは『隠れていたものは現れ、現れたものは動かせない』と、読み解いた」

「隠れていたものって、傷のことかい」

「そうだ。目に見えなんだら、それでも自由に動けたものを。骨がやってくる前の、この町の人々の活気を、おまえも覚えているだろう。多少攻撃的ではあったが、それは未来に向かうエネルギーの現れでもあった。が、その未来への道を少し誤ったのだ。竜の骨を解体するなどと……。解体された骨がやってきて、しばらくすると異質なガスが流れ始めた。それからだ、皆、突然血を流している自分に気づいたのは。もうそのときは半狂乱さ。皆が自分の傷に捕らわれて、一歩もそこから抜け出せない」

　それはそうだろう、とテルミィは妙にチェルミュラの住人に共感した。おばばは続けた。

「皆が傷をさらしているので、攻撃欲も萎《な》えた代わりに、目に見えぬまやかしの癒しの菌の根がはびこって、がんじがらめになってしもうた。腐りかけた傷がその菌の温床となって、次から次と人を呼び、その傷をあらわにしていく。あらわになった傷は、その人間の関心を独り占めする。傷が、その人間を支配してしまうのだ。本当に、癒そうと思うなら、決して傷に自分自身を支配させてはならぬ」

「わしは、両の手を落としたが」

　テナシが口をはさんだ。アエルミュラのおばばのところでよりは堂々と。

「このままでもかまわんと思ったぞ、さっき」

　おばばはその声の方向にこめかみを向けた。

「コロウプじゃな」

「いかにもそうじゃ」

どうも、おばばたちがコロウプを喰うというのは誤りらしいと悟ったテナシは自信を持っていった。

「どこで手を落としたのじゃ」

「アェルミュラで。アェルミュラのおばばに、チェルミュラのおばばのところを訪ねるようにいわれたのじゃ」

「ふむ」

おばばはしばらく考えた。礼砲の音が鳴った。テナシが飛び上がり、おばばは瞑想《めいそう》に入った。そしていった。

「手をなくしたコロウプが、またその手を生やすには、ひとつ、仕事をしなければならぬ。しかし、それはコロウプには大変難儀な仕事じゃ」

テナシはうわずった声できいた。

「なんだ、それは。教えてくれ」

「それはその身を贄《にえ》になす、ということじゃ」

あまりにも突飛な、思いがけない言葉だったので、一同わけが分からず沈黙した。やがて、テナシが、

「ハシヒメのようにか」

と低い声できいた。

「ハシヒメのことは、我らにも責任がある。一つ目の竜が暴れていたころ、河の氾濫《はんらん》を止めるにはあれしか方法がなかったのじゃ」

おばばはつらそうな声でいった。スナッフは、

「それは具体的に、テナシに何をしろという事なのかい」

ときいた。

「ハシヒメのときと同じように、というわけではない。土に帰れといっているわけでもない。このコロウプの仕事は、自分自身を生かすために自分を贄に捧《ささ》げるということじゃ」

「……わからぬ」

テナシは首をひねったが、とりあえず死を意味しているのではなさそうだとわかったので、明らかにほっとしていた。

「おまえたち、どうせサエルミュラに行くのじゃろう。そのくらいの準備が必要じゃ。道はだんだんに開ける。もし、おまえがそのような運を備えていれば……。サエルミュラの姉がまた礼砲を読み解くじゃろう」

おばばはあっさりいった。そして、この話はもうしまいだというように、

「チェルミュラの住人の、最近の浮かれ具合いはどうじゃ。あまりのことに、コイン製

造のために遣わされるはずのコロウプのことさえ忘れてしもうておる」

「コロウプはもう藩内には足は踏み入れまいぞ。皆ガスを恐れておるから」

テナシがいった。

「どの藩も、もうコインどころではないよ、おばば」

スナッフも、静かにいった。

幻の王女

「しかし、祭りのように癒《いや》し癒しと浮かれておったのう。にぎやかで、『地中に棲《す》むもの』がなりをひそめておったほどじゃ」

テナシがため息をつくと、おばばは、

「真の癒しは鋭い痛みを伴うものだ。さほどに簡便に心地よいはずがない。傷は生きておる。それ自体が自己保存の本能をもっておる。大変な知恵者じゃ。真の癒しなぞ望んでおらぬ。ただ同じ傷の匂《にお》いをかぎわけて、集いあい、その温床を増殖させて、自分に心地よい環境を整えていくのだ」

「でも、私の服の傷を治そうとしてくれた人もいたわ」

確かにあのおばさんは不気味な人ではあったが、彼女がやったことは癒しとは呼べないのだろうか。あれは善意から出たことではなかったのだろうか。

「癒しという言葉は、傷を持つ人間には麻薬のようなものだ。刺激も適度なら快に感じるのだ。そしてその周辺から抜け出せなくなる。癒しということにかかわってしか生きていけなくなる。おまえはその服のおかげで傷に支配されずにすんでいるのだよ」

おばばはそういって、テルミィの服に手を伸ばした。

「久しぶりだ、この服は。あの、幻の王女以来、絶えて着るものもないときいていたが……」

「え？　幻の王女って、この服を着ていたの？」

テルミィは驚いてスナッフにきいた。スナッフは曖昧《あいまい》な返事をして、応えなかった。

代わりに老婆がいった。

「一つ目の竜が現れる前の、この国の安定と平和の素晴らしかったことは、おまえもきいたことがあるだろう。それもひとえにあの少女の力だった。幻の王女の、尊号を与えられる前の、あの子の名はもうこの国では失われてしもうたが。まったく、あんな女の子は見たことがなかった。あの子が見つめるだけで、そこに芽が出て葉が繁《しげ》り、花が咲いた。彼女がそうしたいと思えば、そこはうっそうとしたオークの森になったし、どこまでも続くヒースの荒野にもなった。彼女は何もかもわきまえているように思えた。が、結局そうではなかったのだ。そうだろう？」

老婆は鋭く盲《めし》いた目をスナッフに向けた。

「やがて空にうっすらと一つ目の竜の幻が見えかくれするようになった。もとより彼女が望んだことだ。それが始まりだった。礼砲の音は、微熱を帯びた指先のように細かく空気を震わせた。わしはそれを凶兆《きようちよう》と読んだ。アエルミュラの妹は当座の吉兆と読んだ。サエルミュラの姉は、万物流転《るてん》の兆《きざ》しと読んだ。そういうことは初めてだった。三人の読みが三様だったのは。竜はやがて形ある実体に変容し、この国の空気は、次第に外から火にあぶられ、揺さぶられる鉢の中の水のように耐え難いものになってきた。あの子に何かが起きたのだ。しかし、わしらにはどうしようもなかった。一つ目の竜が荒れ狂い、手なづける道も失われたとき、あの子はようやく気づいた。そして竜の力を封じるため、自らに残された力を全《すべ》て使ったのだ」

「それでは、一つ目の竜を生み出したのも、殺したのもその幻の王女だったというの？」

テルミィはわけがわからなくなった。

「彼女がなぜ、そんなことができたのか。それはその服を着ていたからだ」

老婆はテルミィの服をまっすぐに指した。

「願っておくれ。この国があの美しい繁栄の日々を取り戻すことを」

老婆はテルミィを拝むようにした。

「おばば、僕らは、一つ目の竜の骨に用があるんだ」

スナッフがそれを遮るように言った。

「わかっておる」

おばばは少し感情を害したようだった。鏡面のところへ戻り、アエルミュラの老婆がしたのと同じ様な手順で、鏡を回転させ、骨を出現させた。瞬間に吹いた風の威力は前回と優るとも劣らず、テルミィは思わず自分が分解されてしまうのではないかと思うほどだった。

「その傷口のところを裂いておよこし」

テルミィは言われた通りにし、おばばはそれで骨をくくった。

「もう一つの骨には手出しが出来ないって、アエルミュラではいわれたんだけれど」

「根の国に奉じてある分だね。その通りだ」

「幻の王女は根の国にいるときいたんだけど——今も」

どういうわけか、幻の王女のことに関しては、スナッフは口が重くなる。きくなら、今しかない、とテルミィは思ったのだった。

「……いる？　そうだねえ、あれを『いる』というのなら……」

おばばは口ごもった。

「根の国に行ったら会えるんでしょ。そうじゃないの？」

「行けるもんなら、とっくに行ってるさ」

苦々しそうにスナッフはいった。

「そうじゃ。おまえは、そもそもあの子を追ってこの世界にやってきたのじゃからのう」

「え？」

これは初耳だ。

「どういうこと？」

「つまり、僕は君のいた世界にもなじみがあるってことさ」

「で、幻の王女のためにこの世界に住み着いたわけ？」

「まあね」

「でも、根の国にまでは行けないのね。どうしたら行けるのかしら」

スナッフのために幻の王女を連れ戻すことが出来たら、とテルミィは単純に考えたのだった。

「テルミィ、根の国に行くなどとは、狂気のさたじゃぞ。根の国は『地中に棲むものたちの支配するところ。行ってしまえばマボロシになってしか会えぬぞ」

テナシが騒いだ。アエルミュラにいるときよりも、テナシは遠慮がなかった。おばばはそれを無視するようにいった。

「この世界の樹木の根は全て通じておる。その巨大な根のうろがすなわち根の国じゃ」

怪訝《けげん》そうな顔をしているテルミィにスナッフが説明した。

「根の国っていうのは、文字どおり、ねっこの国なんだよ。ねっこそのものなんだ。この国の地表に現れている樹木は、みんなひとつの根から派生してきているんだ」

「じゃあ、アエルミュラの木も、カラダとソレデのところの木も、みんなねっこがつながってるっていうの？」

「そうじゃ。無論、サエルミュラの木もな」

あまりに壮大な地下茎のイメジにテルミィは息をのんだ。すべてが、一つの植物の根だと、つまり、一つの種子から、その膨大な根の国が生まれたというのだろうか。それでは、その種子を根つかせ、芽生えさせ、成長させたのは……。

「その昔、この世界には藩などなかったというぞ。住民などいなかったというぞ。その根はいつから始まったのじゃ」

おばばはテナシの方へ神経を集中した。

「おまえ、手をなくしたコロウプ、誰がおまえにそのことを話した」

「誰も語らない。わしはただ、知っているのじゃ。藩が生まれ、繁栄したのは、幻の王女が根の国へ行ってからのできごとじゃと」

テナシは静かに語った。

「おまえ、『職を持つもの』になるやもしれぬ」

おばばは独り言のように呟《つぶや》いた。その言葉は低くきこえにくかったので誰も気に止めなかった。

「確かに、幻の王女が根の国へと去ってから、とっくにこの国は滅びるさだめにあった。藩などというものは、この世界の仇花《あだばな》のようなもの。根の国は滅びへの準備を始めている。生命の水の、豊かな循環も途絶えた。だが、かろうじていびつな状態で持ちこたえておるのは、幻の王女が根の国に、まだ留まっているからだ」

「それでは、根の国へ行くには……」

スナッフが説明した。

「つまり、君の見てきた鏡面が、根の国への扉になっているわけだ。けれど、すべての鏡面から根の国へ行けるわけじゃない。こうして奉《たてまつ》られてしまっている鏡面は、すでにこの力ある巫《かんなぎ》たちが封じている」

「じゃあ、あの……」

あの、更衣室の鏡のように何の敬意も払われずにあったカラダとソレデの家の鏡だ。

「行くとしたら、あそこだな」

しぶしぶとスナッフは認めた。

「だが、まず残りのサエルミュラの骨をなんとかしなければなるまいよ」

「礼砲の音の、崩壊の響きが強くなってきている」

おばばはまたきこえてきた礼砲の音を触るように手を動かしていった。


「急いだがいい」

「おばば、ありがとう」

「いいか、覚えておおき。自分の傷に、自分自身をのっとられてはならないよ」

雌雄同体《しゆうどうたい》

三人のうち、誰もまたチエルミュラの町を通って出ていこうといいだすものはなく、皆、自然に来たときとは反対の道を歩んでいた。反対側の河辺には、まだ橋が残っていた。急に霧が濃くなった。橋の上から下を見ると、水のない河を霧が流れていた。霧の途切れたところに、道のようなものが見えた。

「あれ、川底のはずなのに、道のよう」

テルミィが指さした。テナシはそれを見て、

「コロウプ街道じゃ。河から水が消えたので、橋を渡らずとも河の向こう側まで行けるようになった。藩を通らなくてもいいように、コロウプが造った。『地中に棲むもの』たちに引かれぬ場所を、注意深く選んである」

橋を渡りきると、祠《ほこら》があった。テナシは何気なく跪《ひざまず》いて祈った。テルミィたちもそれ

が終わるまで待っていた。

「ハシヒメって、一人じゃなかったの？　祠は一つじゃないけれど」

テナシが立ち上がったとき、テルミィがきいた。

テナシは、またいつものように、唱《うた》うようにリズムをとりながら語り始めた。

「ハシヒメは何度も何度も繰り返された。河の水の氾濫《はんらん》を抑え、竜をなだめるために。一つの橋の両方のたもとに、コロウプの片割れどうしが祀《まつ》られた。一組のコロウプの絆《きずな》の堅固さが、橋を確かなものにするように。河を跨《また》ぐ橋の力が、河の氾濫を抑えるように。一つ目の竜が暴れて、河の氾濫がかつてないほどになったとき、藩と藩外を結ぶ、当時無数にあった境界の全てにハシヒメをたてねばならなくなった。コロウプの嘆きを見かねた幻の王女が、最後のハシヒメに立った。一つ目の竜の眼を抜き、それを持って根の国へ消えた。河の氾濫はようやく納まり、竜は鎮《しず》まり、やがて化石と化した」

テルミィはスナッフが虚《うつ》ろな目をしているのを見た。そして、テナシに、

「ハシヒメになったコロウプは皆女性だったの？　姫、というぐらいだから」

「女性？」

テナシはきょとんとした顔をした。スナッフが説明した。

「コロウプにはわからない。コロウプは雌雄同体だから」

「え」

テルミィは心底驚いた。

「雌雄同体？　それ……」

「男でもあり、女でもある。男でもなければ、女でもない」

「男とか、女とか、何のことじゃ、テルミィ」

「あの……」

テナシにきかれてテルミィは口ごもった。

「例えば、私は女の子なの。スナッフは男の人なの。人は――たいがい――男か女かどっちかに分かれているの」

「藩の住人が二種に分かれているのと同じか」

「そうだ」

スナッフが答えた。

「わしはコロウプじゃ。コロウプにはそういう区別はない」

「そうだ。コロウプにはそういう必要はない」

スナッフはうけおった。

「だが、片子と、そうでないものがある」

テナシは呟いた。それから、

「しかし、どちらかというなら、男でもあり女でもある、の方がいいように思うぞ。男でもなく女でもない、というより」

と、顔をあげて明るくいった。

「じゃあ、そうしよう。テナシはコロウプ。男でもあり、女でもある」

テルミィは定義づけるようにいった。

「でも、贄《にえ》に捧《ささ》げる、ってどういうことかしら。何の贄に？」

「あまり知りとうはないが」

テナシが呟いた。

「サエルミュラに行けば、今度こそはっきりするさ。どうせこの婆《ばあ》さんたちは三人セットになってるんだから」

スナッフが珍しく慰めるようにいった。

河に沿って歩いているつもりが、いつのまにか丘の上に出ていた。

「あれ、サエルミュラへは、こっちでいいの？」

テルミィがきいた。

「ああ。河はあそこから深くなり蛇行しておるので、荒れ野を一つ越さねばならん。途中、ツガとチガヤたちの小屋を通る。その近くの泉で水が飲める。ヤマの泉は河が涸《か》れたときに共に涸れた。今、水が湧《わ》いているのは、三つの藩それぞれの泉と、ツガとチガヤのところの泉だけじゃ」

テナシがいった。丘は見渡す限り荒涼としていて、赤紫の小さな花をつけた丈の低い植物が地面を覆《おお》っていた。地面は湿気があった。

「なんていうの、この花」

「ヘザーだ」

スナッフが答えた。

「ヒースと呼ぶものも、エリカと呼ぶものもある。少しずつ、大きさと形は違うがの」

テナシが付け加えた。

――ああ、エリカのことなら、おじいちゃんにきいたことがある。おじいちゃんが栽培しようとしたことのある植物だ。

テルミィは急におじいちゃんのことを思いだした。おじいちゃんからは、本当にいろいろな植物の話をきいた。昔、バーンズ屋敷の奥庭で栽培されていた植物の話や、水島先生という方からきいたという、民話や昔話まで……。純が亡《な》くなったのが、テルミィが七歳のときだから、それからずっと、おじいちゃんは折りにふれ、語り続けてくれた。

そのおじいちゃんが、いま危篤《きとく》なのだ。テルミィは気分が沈んでいくのを感じた。

――よし、とにかく一つ目の竜の骨を元に戻すことだ。そしてもう一度おじいちゃんに会って、今度は私が、この裏庭の話をしてあげよう。

急に力が湧いてきた気がした。

7

水守り

やがて、荒れ野のまん中に、こんもりとした緑の一画が見えてきた。それは周囲の風景からはあまりにも唐突だった。平地に囲われている鎮守《ちんじゅ》の杜《もり》のようだった。

「あれだな」

スナッフが呟いた。杜の中から、水桶《みずおけ》を担《かつ》いだコロウプが二人、ふらふらと出てきてこちらへ向かってきた。太っているのと痩《や》せているのと。

「ビャクシンとキリスゲだ」

「おう、おまえたち」

テナシがすぐに見分けていった。二人は近づくと、

「おう、テナシ」

「手はまだ生えぬのか」

「アエルミュラへは行ったのか」

と、口々にいった。

「アエルミュラのおばばは、チェルミュラのおばばのところへ行けといった。チェルミュラのおばばは、サエルミュラのおばばのところへ行けといった。今、その途中じゃ」

テナシは言い訳するように説明した。

「何が何でも早く生やして」

「水汲《みずく》みの仕事に戻ってもらわねば」

「わしらのこの難儀といったら」

「水蜘蛛《みずぐも》も恐ろしうて」

「おお、くわばら」

「くわばら、くわばら」

ビャクシンとキリスゲはスナッフの方を向いた。

「では、頼むぞよ」

「わしらを助けると思うて」

テルミィは腹がたった。

「あなたたち、水汲みの仕事がそんなに大変なんだったら、みんなで交替にするなりしたらいいじゃないの。結局、テナシ一人に押し付けようとしてるんじゃないの」

ビャクシンはテルミイをじっと見た。

「テナシは片子じゃから、水蜘蛛から逃れられるすべがあるのじゃ」

「わしらはそういうわけにはいかんのじゃ」

「テナシは上手に水を汲む」

「水の表に手を突っ込み」

「飴《あめ》のようにすーっと水を引き出す」

「水の表から」

「繰り出すように水を束ねて」

「誰もあのようには水は汲めぬ」

「じゃがそれも」

「手をなくす前の話」

口々にそういった。

テルミイがきいた。テナシは、

「水蜘蛛って？」

「泉の水守じゃ。ここの泉はコロウプの専用。三つの藩もそれぞれ泉をもっておる」

と淡々と説明した。

「地中に棲《す》むものの一種だが、水辺に出る。最近特に増えてきたんだ」

スナッフが補足した。

「崩壊の時が」

「近づいてきておるから」

ビャクシンとキリスゲは互いに顔を見合わせ、うなずきながらいった。

「水蜘蛛って、何をするわけ？」

テルミィが重ねてきいた。テナシは、

「泉の周りでな、もたもたしておると、水蜘蛛が出てきて、足に糸をかけ、泉の中に引きずられてしまう。それだから、水汲みの仕事は迅速にやらねばならぬ。三つの藩の泉の水蜘蛛は、おばばたちが鎮めておるので、悪さはせぬが、ここの水蜘蛛は質《たち》が荒い」

「で、どうして片子だとだいじょうぶなの」

テナシはうつむき加減で答えた。

「育たなかったわしの片割れは、小さくこごって珠《たま》になった。わしがいつも持ち歩いている」

「ああ、それ、前きいたわ。じゃあ、やっぱり、本当なのね」

テルミィは感銘を受けたようにいった。

「ヌシは信じていなかったのか」

テナシがとがめるようにいったので、テルミィは慌《あわ》てた。

「いえ、そうじゃないけど……。ほら、あなたの心の中の出来事かも、と思ったのよ」

だが、今ではテルミィも、テナシは、自分のことはそういうふうには話さないのだと知っている。

「この珠は、水に引かれそうになったとき投げると、一度だけ橋を出すことができるのじゃ。しかし、一度きりじゃ。なるべく使わずにおくに越したことはない」

テナシはかがんで、頭頂部を見せた。もつれ合った髪の中に縞《しま》の入った大理石の珠のようなものが見えた。テルミィもスナッフもなんとなく畏《おそ》れ謹しむような気持ちでそれをのぞいた。

「でも、何で橋が出て来るの」

「この世界では、対のコロウプはよく橋にたとえられるんだよ。何故《なぜ》だか知らないけれど。そういうことに関係あるのかもしれない」

スナッフがテナシの代わりに答えた。

「そういう契約なのじゃ」

テナシは困ったように説明した。

「片割れが、義理を果たそうとするのじゃろう」

そして急いで、肘《ひじ》から上の部分で、珠を更に髪の奥に隠すようにした。よほど大事にしているんだろう、とテルミィはその様子を見て思った。

「どうしてもわからないのは、なぜハシヒメたちが、素直に自分を犠牲にしていったか、っていうことなんだよな」

スナッフが誰にともなく呟《つぶや》いた。

「普通、いやだ、って抵抗しないかい？　誰だって、自分が犠牲になるのはいやだろう？」

スナッフの言及に、皆一様にたじろいだ。

テルミィは、その「抵抗もしないで」自ら犠牲になっていったハシヒメたちの気持ちがなんとなくわかるような気がした。その、「なんとなくわかる」ことが何故かなんとなく後ろめたかった。

「不思議だなあ。誰も声をあげたものはなかったのか。贄になるのはいやだ、って」

重ねてのスナッフの問いに、テルミィはそのとき皆がぼんやりと背景に退くように溶けていく感じがした。スナッフだけが妙にクリアーに際立《きわだ》って、そこに立っていた。そして、そのときスナッフ以外の全《すべ》てがぬらぬらとつながっているような気がした。

――みんな、私みたいに後ろめたいものをもっているのかもしれない。

「そんなことは」

「思いもせんかったのじゃろう」

ようやくビャクシンとキリスゲが重い口を開けた。次の言葉をひきとるかのようにテナシが『語り』を始めた。

「水が窪地《くぼち》に流れてたまるように、皆がその子の方をふりかえって見つめる。ハシヒメが決まるときはいつもそうじゃ。何か流れのようなものがある。そして、当の『ハシヒメ』も、ああ、そうじゃ、今度のハシヒメは自分じゃ、と腹を据える」

「いやじゃないのか」

スナッフが不思議そうにまたきいた。

「いやじゃとて」

「どうなるというのじゃ」

ビャクシンとキリスゲは不快感を明らかにしていった。

「わめきたてたところで」

「決まったことは決まったこと」

「全体の中で」

「死する役と決まったコロウプは」

「泣きもわめきもせずに」

「さっさと死んでいく」

こういうことは、暗黙の中、皆が各々の身の内で知るべきことで、口に出して明らかにすることではない、と、ビャクシンとキリスゲは禁忌《きんき》を犯しているようにいらいらと落ち着かなかった。そして、こういうことを自分たちに口に出していわせたことに腹を立て、そのまま立ち去った。

「また、戻って来るじゃろう。水汲みは一度ではすまぬから」

テナシは水桶を揺らしながら去っていく二人の後ろ姿を見つめていった。

「どうにもわからんな」

スナッフはまだこだわっていた。

杜のような場所の周辺には、鮮やかな緑色の苔《こけ》が広がっていた。踏むと絨毯《じゅうたん》のようにふかふかとしていた。木々の間を入ると、苔に覆《おお》われた低い土塁《どるい》が巡らしてあった。

「こっちじゃ」

テナシの呼ぶ方へ行くと、その土塁には幾段かのステップがあって、向こう側に降りられるようになっていた。テナシの後に続いて、テルミィも登った。そこには、池のような泉があった。土塁を降りたところから、その水辺までは湿地らしく板が渡してあった。泉の縁をぐるりと水仙の群落が囲んでおり、その姿が鏡のように水の表に映っていた。

「待っておれ。水を汲んでくる」

テナシはそういって、水辺に向い、はっとしたように立ちすくんだ。手がないということに気づいたらしかった。

「……忘れておった」

テナシはテルミィたちの方を見て、泣き笑いのような顔をした。

「いいよ、私が行く」

テルミィはすぐにテナシを脇《わき》へどけて、代わりに自分が行った。

水辺には、小さな桶がおいてあった。テルミィはそれに水を汲んだ。変に滑らかな水だ。水飴のように動きがスローモーだった。

泉の周りには取り巻くように水仙が生えていて、その間を羊歯《しだ》が覆っていた。空気が柔らかな不思議な光を放っているようだった。テルミィはうっとりと眺めた。透き通った水の奥には小石が見え、時折、何かが動いているのか、波紋ができた。魚だろうか。

「そうだ、スナッフも釣りをするんだったら、ここまできたらよかったのに」

テルミィはそうスナッフに向かって叫んだ。そのとき、足元が少し、くすぐったい気がした。糸のようなものが足首に絡《から》んでいる。見ると、小さな小さな蜘蛛がひっきりなしに水中から出てきてはテルミィの足に糸を巻き付け、また水中に戻り、という動きを繰り返していた。

――これが水蜘蛛《みずぐも》かしら。それにしては、なんて小さいの。

テルミィは笑いだしたくなってきた。

「テナシ、水蜘蛛ってこれ？」

テルミィはいたずらっぽい顔でテナシに向かってきいた。

「危ない、テルミィ、その糸を外して、木に巻き付けるんじゃ」

テナシが叫んだ。

「はいはい」

テルミィは冗談につき合うような気分で、悠長に糸を外し、手近な太いミズナラの木の幹にそれを巻き付けた。

途端に、何人もの男たちの、野太いかけ声のようなものが、水の奥から一斉に響いた。

「そうれ」

そして、呆然《ぼうぜん》としているテルミィの目の前で、めきめきめきっと、ミズナラの木が引き抜かれ、ごうごうと、すさまじい音を立て、泉の奥へ引きずられていった。あっというまの出来事だった。

テルミィは転がるようにしてテナシのところへ戻った。

「……何、あれ」

「だから、いったじゃろうが、水蜘蛛のこと。危なかったぞ。わしは今、手がないのでとっさには片割れの珠は投げられん」

「だって、水仙とかが、あんまりきれいで……」

「あの水仙たちは、引きずり込まれたコロウプじゃ」

「え」

テルミィが口もきけないでいると、スナッフが、

「君、結局水汲《く》まないできたんだね」

と、相変わらず冷静な声でいった。

「いいよ、僕行ってくる」

スナッフは返事も待たずにさっさと、水を汲み、まっすぐ帰ってきた。

「あそこで釣りができないわけがわかっただろう」

「……わかった」

テルミィは、テナシが水を飲みよいように桶《おけ》を傾け、そのあと自分も飲むと、最後にスナッフに渡した。

「だけど、ほんとにきれいだったのよ。ほら、ここからでも見えるけど」

泉の周りの不思議な光は、きらきらと水上の上空に漂い、ときに透き通ったオーロラのような動きをした。

「確かにの。あそこはマボロシの立つ場所じゃ。そして、あれはマボロシの気。あまり濃くなると、どろどろと外へ流れ出して害をなす」

テナシが呟いた。

「マボロシは、普通、呼ぶものがないことには出てきはせん。けれど、あの水面には不思議な魔力があって、根の国にいる幻の王女のマボロシを出すことがある」

「けれど、そんなもの」

スナッフが吐き捨てるようにいった。

「見たってしようがないじゃないか。マボロシが何かしゃべってくれるとでもいうのか」

「マボロシはただ立つだけじゃ。マボロシとはそういうもの」

テナシはスナッフの八つ当りのような言葉をさらりと流した。

四つめの部屋

杜《もり》の脇に、ビャクシンとキリスゲの家によく似た建物が立っていた。ただ、荒れ野の風に吹きさらされているので、もっと殺伐《さつばつ》として見えた。

そのドアを、コンコンコンと、スナッフが三回ノックした。返事はなかった。

「だれもいないようだ」

替わってテルミィが、コンコンと二回ノックした。やはり返事はなかった。

「いないのかしら」

テナシが辺りをきょろきょろと見回した。

「これはツガとチガヤの家ではないぞ。これはどうやらハイボウの任されておるマボロシの巣じゃ」

「マボロシの巣？」

「濃く溜《たま》ったマボロシの気が何かの加減で流れだすと、巣を造ることがある。それはいろいろなものの形をしておるが、共通しているのは、中に四つの部屋があるということじゃ。放っておくと、やがて荒れ野が巣でいっぱいになり、魔物の天下となる。まだ巣が若いうちに消してしまわねばならん。中に入り、それぞれの部屋の邪気を抜かねばならん。ハイボウは、その厄介な仕事を任されておる」

「中には入れるの？」

「わしらは無理じゃ。この世界の土より成ったものは、中に入ってもよう物が見えん。しかし、ハイボウは流れ者。テルミィも客人じゃから、だいじょうぶじゃろう」

「君、入るつもりなの？」

スナッフの口調にはどこか非難がましいところがあった。

「急がないといけないのはわかってるんだけれど……。でも、マボロシの家なんて、何かおもしろそう……」

「テルミィ、入るのじゃったら、気を付けねばならん。四番目の部屋だけは決してのぞいてはならん。邪気を抜くだけじゃったら、扉の一つも開ければ充分じゃから」

テナシは何でこんなことを知っているんだろう、入ったことはないといっていながら。本人のいうとおり、その土地の何かが、テナシに流れ込んでくるのだろうか、とテルミィは思いながらも、

「なぜ？」

ときいた。

「入った者が、大事に思うものが、何もかもわやになるのじゃ」

「もしかしてそれは春の部屋で、うぐいすが飛んでいってしまうんじゃない？　きいたことがあるわ。だいじょうぶ、私、そんな馬鹿《ばか》なことしない」

と、おじいちゃんからきかされた昔話を思いだしながらいった。

「すっかり、行く気になっているみたいだね」

スナッフが皮肉っぽくいった。

「ちょっとのぞいたら、すぐ帰ってくるから」

テルミィは言い訳がましくいって、時間をとらずてきぱきと動くことを証明しようとでもしているかのようにさっさと入った。

中はぼんやりと明るかった。室内などではなく、どこかの庭のようだった。手入れされている庭ではない。ススキや茅《かや》の固まりがあちらこちらにできていて、隅には蓬《よもぎ》が生

い茂っていた。しかし常緑の灌木《かんぼく》が整列しながら残っているところは、往時のその庭の様子を思わせるものがあった。

——なぜだろう。懐《なつ》かしい気がする。

テルミィは辺りを見回した。池がある。ほとんど沼のようになっている。男の子が水辺にいる。

「純！」

テルミィは驚愕《きょうがく》した。途端にさーっと辺りから薄い幕が引いていくように、自分がどこにいるのかがわかってきた。

バーンズ屋敷の庭だ。

「純！」

テルミィはもう一度叫んで、男の子の側《そば》に駆け寄ろうとした。男の子は誰かに呼ばれたように立ち上がると、庭の奥の方へ去った。

その先に、もう一つドアがあった。

男の子はそのドアの向こうへ消えた。テルミィは夢中でその後を追った。

ドアを開けた途端、テルミィはあふれんばかりの赤の洪水に目を奪われた。

小さな炎の形をした花が一斉に咲き誇っている。上空は真っ赤な夕焼けだった。

——ああ、これは、おじいちゃんが話してくれた、昔バーンズ屋敷の奥庭に咲いていたっていう、ストロベリー・キャンドルだ。あの夕焼けは、空襲の前におじいちゃんの見た夕焼けだ。私、実際見てもいないのに、なんでわかるんだろう。

おじいちゃんのいっていた、燃える炎の形をした花は、群生で見るとすさまじいものがあった。

テルミィは、自分の服が、ひりひりと燃え出す前のように熱くなっているのを感じた。この部屋にいるだけで、何か、いたたまれないような切なさでいっぱいになってくる。少し黒の入ったような夕焼けの赤は、まるでこれから起こる惨劇でも予告するかのようにただならぬものを感じさせた。

そのとき、バタン、という音がして、テルミィはストロベリー・キャンドルの群生の向こうで、ドアが閉じられたのを知った。

「純！」

テルミィは慌《あわ》ててそのドアへ向かった。炎の波をかき分けていくように。

ドアに手をかけて、テルミィはその向こうにこの部屋とは正反対の冷たさが待っているのを感じた。けれど、ためらっている暇などなかった。

ドアを開けると、テルミィは一瞬めまいを感じた。

そこは、テルミィの家の居間だった。パパもママもいない、いつもの寒々とした居間だ。純もなく、独りぼっちで話す人もない。

けれど、不思議に来るべきところにきた、という落ち着きを感じる。昔なじみの孤独に、テルミィは懐かしささえ感じた。それはテルミィにとって決して、居心地の良いものではなかったのに。長い間、何かに苦しめられている状態が続くと、いつのまにかその状態に共犯《なれあい》のような親しみを覚えてしまうのだろうか。それが自分の属性のようなものになってしまうのだろうか。

テルミィは恨みを込めた目で部屋の中を見回した。無造作に散らばったTVゲームのカセットやクッション、スナック菓子の袋、雑誌に教科書、ノート……。

でも結局この部屋で私は養われたわけだ。私は、この部屋がいやで、しょっちゅう綾子の家や、そのおじいちゃんの部屋へ行っていたけれど。でも、確かにこの部屋にいると落ち着くのは、どんなやり方であったにしろ、この部屋が私を育《はぐく》んできたからなんだ。それは、もう、どうしようもない……。

テルミィは無力感と同時に、心の奥底で、抑えようのない破壊的な衝動が沸《わ》き起こるのを感じた。この部屋の全《すべ》てをめちゃくちゃに壊したい。それはテルミィが今まで感じたことのないような暴力的なものだったので、テルミィは慌てた。初めての服に手を通したときのように、それは自分に馴染《なじ》まない感情だった。

――さっき、あんな色の部屋を通ってきたからかもしれない。

あの赤は、やはりすさまじい怨念《おんねん》の色だったのかもしれない。

見回して、そこにはすでに純のいないことを確認すると、テルミィはその部屋から逃げるようにして次のドアを開けた。

雪が降っていた。

見渡す限り、真っ白な銀世界のまん中に、大きな鏡が立っていた。その前に、りすの毛皮を着たハイボウがいる。

――ここにいたのか。

テルミィは、何と声をかけていいものかわからなかった。

――私の弟、来ませんでしたか、なんていってわかるかしら。

考えあぐねている間に、ハイボウは毛皮を脱ぎ出した。

テルミィは固唾《かたず》をのんだ。鏡に映ったハイボウは、なんと、あのおかっぱの女の子の姿をしていた。

「あ」

テルミィは思わず声をかけそうになった。その気配で女の子が振り向くのと、潮が引くように周りの景色が消えていくのはほぼ同時だった。

――ああ、あれは四つ目のドアだった。

と、テルミィが呆然としながら思ったのも。

ツガとチガヤ

「ヌシは入ったな、四つ目の部屋に」

テナシが最初ににやりとしながらテルミィに声をかけた。

辺りはすっかり元の荒れ野で、ハイボウが脱いだりすの毛皮だけが残されていた。しかし、それも見る間に、土の中に溶けていった。

「ソレデとカラダの貸し衣装屋に戻っていったのだ」

テナシが説明した。

「じゃあ、ハイボウもあそこで毛皮を調達したのね」

テルミィは、自分の服を見ながらいった。妙に親近感がわいた。

「おう、ヌシは大変なことをしてくれた」

「ハイボウは二度と帰らぬ」

いつのまにか帰ってきたツガとチガヤが涙で顔をぐしゃぐしゃにしながらテルミィを責めた。

「……ごめんなさい」

テルミィも泣きたかった。これで、純も、あの女の子も永久に見失ってしまったのだろうか。なんと馬鹿なことをしてしまったのだろう。あらかじめ警告されていたというのに。

「ヌシら、あれほどハイボウをこき使えば、もう充分じゃろう。本来の仕事が戻ってきただけじゃ」

テナシがツガとチガヤに言い返した。

「片子なぞに」

「そんなことを」

「いわれる筋合いではない」

「わしらはこれでも」

「ハイボウを」

「ハイボウを」

二人はまた声を上げて泣きだした。

――そうか、ハイボウはかわいがられていたのかもしれない。外から見ただけではわからなかったけれど。

テルミィはそう思い、ますます申し訳なさがつのるのだった。

そのとき、また礼砲の音が鳴った。コロウプたちはそれぞれの感情を吐露したままの顔で一斉に跳び上がった。

「取り込み中悪いけれど、もうそろそろ出発しなきゃ」

スナッフがそわそわしながらいった。

「サエルミュラへいくのか」

「あそこはもう皆眠り込んでいるぞ」

ツガとチガヤが涙を拭《ぬぐ》いながらいった。

「ヌシら、行ってみたのか」

テナシが驚いてきいた。

「誰が行くものか」

「竜の骨のたたりで」

「手無しとなるのは」

「ヌシ一人でたくさんだ」

「橋から向こう」

「人の気配がまるでせぬ」

「死に絶えたにしては」

「死臭がせぬ」

「眠り込んでいるとしか思えぬ」

「そうとしか思えぬ」

スナッフとテルミィは顔を見合わせた。

「おばばのことはわからんだろうな」

「音読みの婆《ばば》か」

「婆がガスぐらいでまいるわけがない」

ツガとチガヤはきっぱりといった。

「とにかく急ごう」

スナッフがテルミィたちをうながした。

「あの、ハイボウのこと、本当にごめんなさい」

テルミィは振り向きながらいった。

「定めじゃろう」

「こういう習いじゃ」

二人はいうだけいって、ようやく諦《あきら》めがついたというように応《こた》えた。

河

「この河はいつごろこんなふうに涸《か》れてしまったの?」

河跡に沿って歩きながらテルミィはきいた。

「君、だんだん質問が多くなってきたね」

スナッフはうるさそうな嬉《うれ》しそうな顔をしていた。

「そうかなあ」

そういえば、この水のない河に関しては、最初から不思議だったのだが、なんとなく今まできそびれていたのだった。

「僕がきたときはすでに涸れていたんだ。あの子が根の国に行ってからの現象らしい」

「わしが生まれたときにも涸れておった」

「それにしては、テナシは、水のあったころの事を、見てきたようにしゃべるのね。結局、ハシヒメだって、実際に体験したわけじゃないんでしょ」

「何度も言うが、わしにもそれは何故《なぜ》だかよくわからぬのだ」

テナシは困ったように答えた。

「この、片割れの珠《たま》の力じゃろう」

そういって、頭の上を押さえた。

「それってテナシの才能かもしれないよ」

テルミィは、何気なく言って、またその河に目を戻した。本人にもわからないことを、あまり追求する気にはなれなかった。

「この河に水が流れているところなんてもうちょっと想像できないわ」

あちらこちらが茂った草地になっていて、灌木《かんぼく》さえ生えてきている。

スナッフは、

「昔は、氾濫《はんらん》したり、大洪水を起こしたりして、大変だったんだそうだ。ハシヒメのことでもわかると思うけど。根の国の力が強くなりすぎると水の量のコントロールもきかなくなるんだ。あの子の——今は幻の王女と呼ばれている、あの子の一族が、この国に出入りしている間は、河に水が涸れるなんてことはなかったらしいけど」

「よくわからないけれど……。魚なんかもいたの？」

「水底から魚が湧《わ》き、根の国からのメッセージを伝えてきた。今だってもしかすると、水と共に魚がこないともかぎらないだろう」

——それで、最初会ったとき、涸れた河に釣り糸を垂れていたのか。

「会えたらいいね」

テルミィは心の底からそう思った。

「誰にさ」

スナッフが不快そうにきいた。

「だから、その、幻の王女に、よ」

ふん、とスナッフが鼻を鳴らした。やれやれ、とテルミィはため息をついた。

神妙な顔をしていたテナシが、

「また何か変な匂《にお》いがしておるぞ」

テナシはまるで次に起こることの吉凶を嗅ぎわけようとしているかのようだった。

「本当だ。まったく、町が変わると匂いも変わるもんだな。骨によるのかな。藩によるのかな。今度のは何か新しい感じの匂いだぞ」

スナッフも同じように匂いの方角を探ろうとしていた。テルミィも。

「……プラスティックみたいね」

「セルロイドのようだ」

その変に人工的な匂いは霧にのって、波のように強弱をつけてやってきた。最初はかすかに打ち寄せて来る感じだったのが、次第に荒波のようにテルミィたちを取り囲んだ。

「なんだか嵐《あらし》のようだな」

霧の向こうに、かすかに白く輝く頂がみえる。

あれがクォーツァスだろう。あんな高い、険しい山に行けるわけがないじゃないか……。

テルミィはほとんど絶望的な気分になった。一つ目の竜の頭は、つまり、世界のはずれまで飛んだってことだ。おまけに根の国においてあるという骨だって、いざ、取りに行くとしたらとてつもなく大変そうだ。一体、竜の骨を元通りにするなんてことが本当に出来るのだろうか。出来るとしても、それはいつになるやら見当もつかない。

はたしてそれだけの労苦を払って戻る価値が『元の世界』にあるだろうか。テルミィにとって、『元の世界へ帰る』ということがそれほど切実な問題だろうか。それほどの愛着をあの世界に感じていただろうか。

「サエルミュラだよ」

スナッフの言葉に、思わず顔を上げると、霧が晴れてきて大きな白い岩山が涸れた河のまん中に現れていた。

「これが、町なの？」

テルミィは不審げにきいた。白い岩山はときどき虹色《にじいろ》に輝き、美しい氷山のようだ。

「やや。ハシヒメの祠《ほこら》は残っているというに」

テナシが大きな声を出した。

「うん。おかしいな。肝心の橋がなくなっている」

橋がないということは……。

「君、今、それほどあの町へ渡りたいと思っていないだろう」

テルミィは、今の投げやりな気持ちを見透かされたようで胸がどきっとした。

「だって、これから先のことを考えると、気が遠くなりそうなんだもの」

スナッフはあきれた顔をしたが、やがてため息をついた。

「まあ、気持ちの問題だから無理強いはできないよな。せっかくここまで来たんだが……。止《や》めて、引き返すか。そして皆で崩壊のときまで釣りでもして過ごすか」

――まさか!

テルミィは慌《あわ》てて顔を上げ、前方を見つめた。

「おっ」

その途端、目の前に橋が現れた。これも、服の威力だろうか。半信半疑で服を見ると、チェルミュラでついた傷の跡が、不思議な光沢を放って輝いていた。よく見ると傷が、黄金に輝く砂金のような物を造りだしているのだった。

「わあ、きれい」

「ヌシの服は魔物の仲間かのう」

テナシが恐れをなしたようにいった。

「まったく、その服のやることはよくわからん。とにかく、僕は渡るけど、君たちはどうする?」

「渡る、渡る」

テルミィは慌てて言った。スナッフなしで、この世界に取り残されることを考えると身震いする。

眠りの森

橋を渡りきると、細い道路が螺旋《らせん》を描きながら岩山の上までついていた。

「前とはまったく地勢が変わっているから、はっきりとはいえないけれど、たぶん、おばばと親王樹はこの頂上なんじゃないかな」

スナッフはおぼつかなさそうにいって、道を登り始めた。テルミィもテナシを手助けしながらその後に続いた。

岩山は、全体に白く、レリーフのようにぼこぼことあちこち飛び出していて、所々様々な色合いの模様がついている。それは一つ一つ味わいがあって、テルミィは古代遺跡でも鑑賞するような気分でそれを楽しんだ。

あの、変に人工的な匂いはまだ漂っていたが、匂いというものは、慣れればそれほど気にならなくなる。そして、気にならなくなったときは、すでに自らそれに染まっているのだ。

「あれ」

テルミィは思わず立ち止まった。さっきから、何か、目の前をちらついているような気がしていたが、今、確かにカブトムシぐらいの大きさのものが目の前の穴から出てきてどこかに走り去った。

「今の、見た？」

「ああ……もしかすると、ハッカクモグラだ。頭から、枝分かれしている触角が出ていた。まさか、あんなものが……。あれは捕まえられないだろう。見るのは初めてだ」

「見ぬようにしていたのだ」

テナシは硬い声でいった。どうも、テルミィより早く気づいていたらしかった。

「『ハッカクモグラ』って珍しいの？」

「とてつもなく深い海の底に棲《す》む深海魚が突然現れたようなもんだよ。天変地異の前触れって、おばばたちが騒ぐのも無理ないなあ」

「あ、ほら、くろみみずも結構いるわ。おみやげにするんでしょう」

テルミィの言葉に、テナシが低くうめいた。

くろみみずも、さっきのハッカクモグラも――モグラといっても、虫のように見えたが――真っ黒で艶《つや》がある。それがかえって不気味さを増す。この世界の人たちが忌《い》み嫌っているというのも無理はない。

「前、アエルミュラのおばばのところで、地中に棲むものは燃えるんだって、言ってたけど……。ハッカクモグラっていうのもそう？」

「たぶんね……。だが、ハッカクモグラが出てきたってことは、地いたちや、ひねずみも……」

「……いるみたい」

　岩山の、カーブになっているところを曲がりきると、そこは白い荒野のようだった。さっきのハッカクモグラより一回り大きい黒く底光りする生き物が、無数に穴を掘ったり岩を崩したり、出たり入ったりを繰り返していた。

　テナシはぎゃあと叫ぶなり、テルミィの後ろに隠れ、ガタガタと震えていた。

「……死臭を嗅《か》ぎつけて、地中から解体作業に現れたんだ……」

「死臭？」

「いや、少なくとも、何かの、変化を。生命活動の、急激な変化」

　テルミィはぞっとした。

「ほら、言い伝えがあるっていってたでしょ、『地中の生物がキツネツグミを咲かす』って……」

　いくらなんでも、まだその『キツネツグミ』は出ていないだろう、テルミィは早くそれを確認したかった。

「キツネツグミって、鳥なの？　動物なの？　それが『咲く』ってどういうこと？」

「さあ。だれもそれを見たものはいないんだよ」

　この世界が、絶望的な状況にあるということだけはよくわかった。だが、この世界が崩壊してしまったら、スナッフももう『幻の王女』に会えなくなってしまう。自分も元の世界に戻れなくなってしまう。

テルミィはそのことを口に出せないまま、気持ちだけがあせっていった。

「こいつら、案外とろいんだ」

スナッフののんびりした声に、テルミィが我にかえると、スナッフは真っ黒な小型のイタチのような動物の尻尾《しっぽ》を持っていた。

「うわあ、すごい」

テルミィは感嘆し、テナシは悲鳴をあげた。

「地いたちだ。土産にしよう」

「……それも薬にするの？」

「さあ。こんなもんが今まで地上でとれたためしはないからなあ。何かの役には立つだろうよ」

地いたちと呼ばれた動物は、体形こそイタチに似てはいたが、顔はのっぺりとして、目はほとんどなかった。イタチの仲間に共通の愛敬《あいきよう》がない。身体《からだ》もアルマジロのような甲羅に覆《おお》われている。指先だけはシャベルのように鋭く、穴掘りには有効そうに見えた。尻尾を握られても別段慌てるふうもなく身をくねらせている。

そのとき、テルミィの足元をまたカブトムシのようなものが走り去ろうとしたので、反射的に軽く踏みつけた。

「……捕まえちゃった」

スナッフは目を見開いて、口笛を鳴らした。

「何か、入れるものがいるなあ。こりゃ、帽子じゃ無理だ」

テルミィは足の下でもぞもぞと動く感触に辟易《へきえき》しながら、

「こんなに簡単に捕まるんだったら、まずおばばのところに先に行って、こういうものが欲しいかどうか、尋ねたらどうかしら。欲しがるかどうかわからないもの。おばばだって、くろみみずの処方は知っていても、地いたちやハッカクモグラはどう扱っていいかわからないからいらない、っていうかもしれないわ。もし、欲しいっていったら、そのときまた捕りに行ったら？」

「それもそうだ」

スナッフは珍しく素直にうなずいた。

もうそろそろ我慢の限界にきたテナシにせかされて、三人は先を急いだ。

それにしても静かだ。

ツガとチガヤがサエルミュラを「眠り込んでいる」と表現したのも無理はない、とテルミィは思った。

両側から白い崖《がけ》がせりだしてきて、レリーフの森のようになっているところを口を開

けて見上げながら、

「これ、きれいねえ」

と、テルミィはため息をついた。

「そうかい。何だか気味悪いよ。君、気づいていない？」

「何が？」

「いや、気づいていないんなら、いいんだ」

そういうふうにいわれると、とっても気になる。

「何なの」

そのとき、岩壁から、パラッと何かが剝《は》がれて落ちた。黒曜石のように黒く艶光りしていて、まるで刃のようだ。

こんな色の部分があったっけ……。とテルミィは不思議に思い、岩山を見上げた。なるほど、黒く傷のように縞《しま》状になっている部分があった。

「あ……」

その黒い部分を見ているうちに、テルミィには岩壁のでこぼこが、人の形に見えてきた。しかも、あの、おかっぱの女の子に。うつむいている横顔が、そっくりだ。見れば見るほど似ている。

「あれ、人の形に見えない？」

テルミィは黒い部分を指さした。

「あれだけじゃないよ」

スナッフは驚きもせずにいった。

「ほらあれもあれもあれも……。模様を中心に、その周囲をみると、それぞれ人の形に見えてくるよ」

その通りに眺めてみると、その通りなのだった。そしてそういう目で見渡すととてつもなく気味悪い。

「じゃあ、やっぱり、この部分は……」

あの四番目の部屋から消えた、おかっぱの女の子は、ここへきていたのだろうか。

テルミィが振り返ると、白い崖からいつのまにかあの子のレリーフがそっくり消えていた。

「マボロシじゃ」

テナシがしたり顔でコメントした。

「何で……」

テルミィは唇を噛《か》んだ。

「何でこんなやりかたで、私を振り回すんだろう。馬鹿《ばか》にされているみたいだ」

「ヌシに後を追ってほしがってるのじゃや。マボロシはしかし、呼ぶものがないと立ちはせぬものじゃが……」

――私があの子を呼んでる？

テルミィは腑《ふ》に落ちなかった。

「ハイボウの中にいたのはあの子なのよ。それでも、マボロシなの？」

「マボロシが、貸し衣装屋を訪れたということは、以前にもあったことじゃ」

テナシがまた昔語りを始めようとしたとき、礼砲の音が三人をせかせるようにまた響いた。テナシは跳び上がった。

「急ごう」

スナッフがせかした。テルミィは、立ち去りざま、そのぽろりと落ちた黒い石片を、そっと服の、胸の内ポケットのようになっているところにしまいこんだ。その石片だけが消えずに残っていたのも不思議だった。その様子をずっと見ていたテナシは、

「テルミィ。マボロシが残した物が消えずに残っていたということは、尋常《じんじょう》ではない。どんな災厄《さいやく》を招くかわからんぞ。おまえ、それを引き受けるのか」

と、心配そうにいった。

「え」

テルミィは思わず服の上からそれを押さえた。

――眠り込んでしまった人々。眠りに閉ざされた町。あの四つめの部屋から消え去った

あの子は、ここで眠りについて私を待っていたのだろうか。目覚めたのだろうか。少なくとも王子様のキスほどの効果はなかったってことだろう。またどこかへ消え去ったのだから。

「ええ。だって、手がかりはこれしかないんだもの」

サェルミュラの音読みの婆《ばば》

スナッフの推測通り、親王樹は、岩山の頂上にあった。

「おばばあ」

スナッフは入口から叫んだ。声がこだまのように響いた。スナッフはどんどん中に入った。テルミィたちもそれに続いた。

おばばは、奥で、薬草を仕分けしていた。

「おう、庭番。妹たちに会ってきたらしいな」

二人のおばばたちより、比較的大柄な老婆《ろうば》だった。心持ち、声も大きい。

「おばば、一つ目の竜の骨がきただろう」

おばばは仕分けの手を休めずに、

「おうさ、あの骨はまことにくせ者。一つだったものを分解して益になった例がないというに、あやつら、強行しおって、あんなざまになり果てた」

岩山の方に顎《あご》をしゃくった。

「やはり、あのレリーフは、ここの住人たちか」

「あの骨がやってきてすぐに礼砲が鳴った。わしはそれを『切り離すものがなくなる兆《きざ》し』と読んだ。実際、あっというまにこの町の刃物という刃物は用をなさなくなった。次に人々が争いを起こさなくなった。みんなまったく同じ、穏やかな、雌牛のような目付きになった。協調的で、平穏この上もない」

「いいことじゃないか」

「みんなそう思ったものだ。最初のうちは。皆が他を思いやり、皆が一つの考えにまとまるようになり、自他の境などないも同然になった。その平和に陶然となって、異質なガスが流れてきたのにも手を打たず、あっというまにあのざまよ」

「それで、あんな岩の塊になってしまったのか」

「そうじゃ。部分だけもってきてありがたがっても、結局ろくでもない仕儀にあいなる。もう、ほとんどみんな溶けおうて、自分というものはなくなってしもうた。結局、最後に残ったのは、それぞれの傷の色じゃった。傷の色だけが微妙に違《ちご》うた」

テルミィは服の間にしまった黒い石片——あの子の傷跡から落ちた——をしっかりと握りしめた。

「どんな心の傷でも、どんなひどい体験でも、もはやこうなると、それをもっていることは宝になった。なぜなら、それがなければもう自他の区別もつかんようになってしもうたから」

老婆は盲《めし》いた目をテルミィに向けた。

「傷は育てていかねばならん」

テルミィは握りしめた石片がかすかに熱を帯びたように感じた。

「傷をもっていない」

スナッフは呟《つぶや》いた。

「ってことはみっともないことなのか」

「わしは好んでひどい目にあえといってるわけではない」

おばばはむきになった。

テルミィは、私、何か、傷ってもってたかしら……と漠然と思い返した。そんなに激しい生き方をしてきたわけじゃないけれど、かすり傷のようなものならあるかもしれない。

「でも、結局は好みの問題じゃないか」

スナッフは言い返した。

「彼らが『自分』をなくしてそれに満足しているなら、外からとやかくいう筋合いのものではないだろう」

「もちろん、わしは自分の『好み』でものをいうとるのじゃ。人はみなそうじゃろう。それでなくては一語も発せられんわ」

テルミィは、このはっきりと自己主張する老婆にすっかり魅了されてしまった。すぐに怒鳴られそうで、ちょっと怖い気もするけれど、生き生きとした精神の躍動が感じられて楽しくなる。

「アエルミュラのおばばには『傷を恐れるな』、チエルミュラのおばばには『傷に支配されるな』と言われたわ」

「その通りじゃ……。おまえはその服を着ているのだな」

おばばは、その二人の妹たちとまったく同じしぐさで、右のこめかみをテルミィに向けた。

「でも、私、まだ、傷ってものがよくわからない」

「あんたはりっぱな傷をもってるじゃないか。それそこに。服が見せてくれておる」

「え？　これは私の傷なの？　服が勝手につけた傷じゃないの？」

「自覚のないうちは、自分のものにはできまいぞ」

おばばはそういってテルミィに近づき、その服の傷口の金の砂を両手に集めた。

「一つ目の竜の骨はそこじゃ。先ほどの礼砲の音でおまえたちがくることがわかったので出しておいた」

「すごいな、おばばの読みは。百発百中じゃないか」

「……まあ、八割方はあたるかのう」

おばばは謙遜《けんそん》とも照れともつかない奇妙に真面目《まじめ》な顔をして、鏡面のところへ行き、その金の砂を、据えてあった骨にぐるりと塗った。

「さあ、これですんだ。あとは根の国の分だけじゃな」

「それとクォーツァスのね」

「……クォーツァスか……」

おばばは少し下を向いて何か考えているようだった。

「クォーツァスは魔の山。誰も近づくことは許されておらん。……おらんかった、少なくとも今までは。クォーツァスで響く礼砲は威嚇《いかく》の意味をもつ。近づいたら全《すべ》てが滅びると。この藩も、根の国も」

「しかし、もともと礼砲の音自体が崩壊の響きを含んでいるんじゃないのか。クォーツァスに限らず」

「そうじゃ。礼砲は崩壊の音。崩壊を促す音じゃ。その基調音に、毎回毎回違う響きが付随する。わしらはそれを読み解く。礼砲の音の間隔が次第に短くなっている。崩壊が間近に迫ってきたのじゃ。アエルミュラでもチエルミュラでもサエルミュラでも、何度もあの音を止めようと試みた。クォーツァスへ向かったものもあった。根の国へ向かったものもあった。皆帰ってこなかった。……ほとんど皆」

「なぜクォーツァスでの礼砲の響きが威嚇だと？」

「わしらが実際行ってきいたからじゃよ」

「おばば、クォーツァスに行ったものは皆帰ってこなかった、といったじゃないか」

「ほとんど、皆、と言ったろうが」

スナッフの顔つきで、テルミィはスナッフもこのおばばとの応対を楽しんでいることを知った。

「一つ目の竜も王女もいなくなり、この国が三つの藩に分かれたとき、わしらは揃《そろ》ってクォーツァスへ出かけたのだ。あの峯《みね》のてっぺんに、この国の全ての親王樹を統《す》べる大王樹がある。これは聞き伝えで、わしらも見たことがない。一度拝みに行きたいものと、三人揃って詣《もう》でたのじゃ。しかし、クォーツァスへの道はそれは険しく、その半分まで行かぬうちに、眼前にそびえる氷の壁の、何億もの光源を集めたような光にわしらは一瞬にして目を失った。そのときにあの礼砲の音が鳴り響いた。

「明らかな威嚇じゃった。麓《ふもと》できく礼砲のゆるやかな崩壊の響きとは全然違うた。ここを侵《おか》すな。ここを侵すものは全てを滅ぼす。三人が三人ともそう読んだ。しかし、あの光はわしらを盲《めしい》にした代わりに、長命を与えた。『職を持つもの』とした。おかげで三人とも、ガスの影響をまったく受けずにすんだ。ええことか悪いことかようわからんがな」

「『職を持つもの』?」

テルミィがきいた。おばばはその一生で、必ずある「試し」にあう。わしらの場合はそれがそうじゃやった。コロウプは、その疑問を予想していたかのように、

「そうじゃ。コロウプは『試し』を見事に通り抜けたものは『職を持つもの』となり、そのコロウプは、この世の代が替わっても、繰り返し繰り返しその『職』を携《たずさ》えて甦《よみがえ》ってくることができるのじゃ。今は、『音読み』のわしらと、『貸し衣装屋』のやつらがそれじゃ。やつらの『試し』が何であったかは知らぬが、いずれかの代に、『試し』を通ったのであろう」

「じゃあ、おばばたちもコロウプだったのね」

テルミィは驚いていった。藩の住民でもない、コロウプでもない、何か別の種族のように思っていたのだ。

「そうじゃ。もっとも、わしらは変種じゃ。片子のコロウプも忌《い》まれるが、三つ子のコロウプも同じこと。変わり種じゃで、クォーツァスに詣でるなどということを仕出かせたんじゃろう。じゃが、おかげで『職を持つもの』になったわけじゃ」

――『職を持つもの』……。ああ、それで、ソレデやカラダたちが、ほかのコロウプと

どこか違っていたのがわかった。自分の『職』を持っていたからなんだ。

テルミィは納得した。

銀の手

「それ、そこの手のないコロウプ」

おばばがテナシの方を向いた。まさか盲の婆にその存在を気づかれているとは思わず、口を開かずにいたテナシはひるんだ。

「おまえは知りもしないことをよく語る癖があるな？　しかし、それがおまえにとって命取りになるのを知っているか？」

「どういうことじゃや？」

テナシはおびえながらも必死できいた。

「おまえの語る力は、その、おまえが大事に携えている、片割れの珠《たま》からくるものなのじゃや。その珠をおまえが携えている限り、おまえ自身は一生片子のままじゃや。そればかりでなく、おまえの生きる力の半分はそれに吸い取られてしもうておる。そのままでは、早晩、命まで吸い取られてしまうぞよ」

この言葉に、テナシの目は大きく見開かれたまま、何も返事はできなかった。テルミ

ィはテナシの心中を思いやって思わず両手を握りしめた。スナッフは、

「なるほど、片割れの片方がいなくなれば、もう片子ではないよなあ」

と、変に感心していた。テルミィはスナッフに腹が立った。

「そんな、ひと事みたいに……。でも、そうしたら、どうしたらいいの？」

おばばは、ゆっくりと、首を左右に振って、何事か思案しているようだったが、

「そうだな……。まず、その珠を、取り出して、鏡に納めることじゃな」

と呟いた。長い沈黙が続いた。テルミィが堪えかねて、

「テナシ、しようがないわ。気持ちはわかるけれど、命の方が大事よ。お願い」

とテナシに懇願した。テナシは、その勢いに押されるようにして、ぎこちなくかがみ、
頭をテルミィの前に出した。テルミィはそこから、その珠を取り出し、

「さあ、どこへおけばいいの」

「鏡面の真向い。祭壇の上」

おばばは厳《おごそ》かにいった。そして、テルミィがその場所に置くのを確認すると、素早い
動きで鏡面に近づいた。

「えいっ」

というかけ声もろとも、おばばは鏡面を反転させた。根の国の風が押し上がってきた。

その風の勢いで珠が転がり、根の国へと通じる穴へ落ちて行きそうになった。

その瞬間、テナシが、急に我に返ったかのようにその珠に向かって突進した。

――根の国の風に当たることは、コロウプにとっては命にかかわる事……

それを思いだし、テルミィは思わず叫んだ。

「だめよ」

「わしは語《かた》り部《べ》じゃ」

テナシは悲鳴のようにそう叫ぶと、今まさに落ちようとしている珠に向かって手を伸ばそうとした。

――テナシに手はない！

テルミィは、テナシの代わりに珠を摑《つか》もうと、その後に続こうとした。

その瞬間、信じられないことが起こった。

なんと、珠に向かって伸ばした肘《ひじ》の先から、銀色に輝く手が――五本の指までまちがいなく――現れた。そして、その手がしっかりと珠を摑んだのだった。

皆がそれを目《ま》の当たりにした。テナシは呆然《ぼうぜん》としながら起き上がった。おばばはすかさず鏡面を元に戻した。

「上々じゃ」

おばばは満足そうにいった。

「なんじゃ？……」

テナシはわけがわからない、という顔で、説明を求めるかのようにおばばの方を向いた。テルミィも、そのテナシの銀色に輝く長い手袋をしたような手に目を奪われたまま、声も出せなかった。

「今のがおまえの『試し』じゃったのじゃ。おまえ、もう片子ではない。ましてやただのコロウプでもない。『職を持つもの』となったのじゃ。おまえはもうテナシではない。これからは銀の手と呼ばれるようになる」

おばばは、そういうと、まだ夢を見ているような顔をしている『銀の手』を残して、奥へ去った。そして、小さな琵琶《びわ》のような、リュートのような楽器をもって帰ってきた。

「これをおまえにやろう。おまえの語りの手助けをするじゃろう」

その楽器を、その生えたばかりの銀の手で受け取った途端、銀の手の顔はまっかになり、身体《からだ》中が生気に溢《あふ》れた。まるで身体全体に初めて命が宿ったかのようだった。

「これは、わしのものじゃ――知っている。ずっと昔から、これはわしのものじゃった」

銀の手は噛《か》みしめるように低い声で呟《つぶや》いた。

「礼をいう、おばば、礼をいうぞ。それから、テルミィ、庭番も」

テナシは上気していたが、静かにいった。

「礼には及ばん。さあ、おまえはもうここから好きなところへ行くがよい。もうだれもおまえを拘束するものはない。おまえの行くところどこでも、皆がおまえの語りをききたがるだろう。おまえは場の中央に座し、皆に語ってきかせるだろう。皆の命を慰める唄《うた》を。それがおまえの生きる形。おまえの『職』なのだから」

銀の手はまっすぐにおばばを見つめ、うなずいた。そして、テルミィに向かって、

「わしは行く。テルミィ、おまえの旅に、起こるべき事が滞りなく起こるよう、祈っておるぞ」

そういって、さっきから握りしめていた銀の手の中の片子の珠を、テルミィに渡した。

「これをおまえにやる」

「これは……。こんな大事なもの、もらえないわ」

テルミィは慌《あわ》てていった。

「わしにはもう不要なのじゃ。おまえにもらってほしいのじゃ」

「もらっといたら」

スナッフが相変わらずそっけなくいった。テルミィはなんだか胸がいっぱいになって、

「わかった」

というのが、精一杯だった。銀の手はその銀に光る手で優しくテルミィの頬を触った。冷たかった。

「ではの」

そういって、おばばとスナッフに礼をして出て行った。テルミィは思わず後を追いそうになった。

「一緒に行けないの？」

すがるようにテルミィはスナッフにきいた。

「『職を持つもの』になったものは、仲間をもつことはできない定めじゃ」

おばばが代わりに答えた。

「でも、ソレデとカラダは……」

「やつらは二人で一組の『職を持つもの』なのじゃ。おまえはそうではない」

おばばは、ぴしゃっといった。

諦《あきら》めざるをえなかった。テルミィは心の中にぽっかりと穴があいたようだった。短い間だったのに、銀の手は、本当にテルミィの親友になっていたのだった。

「しばらく、寂しいと思うわ」

テルミィは呟いた。驚いたことに、スナッフも、

「そうだな」

と、うなずいた。

ハッカクモグラ

「さあ、おまえたちは、これからどこへ向かう？」

おばばは、薬草の残りの片付けをしながらきいた。

「クォーツァスに決まっている。だが道がわからない」

スナッフが、真面目《まじめ》な顔でいった。おばばはうなずいて、

「あそこはまともに向かうところではない。まず、根の国に行くことじゃ。それから、何か方法が見つかるかもしれない」

「根の国には行けないって、前のおばばたちがいってたわ」

「なに、おまえは行けるさ」

おばばはスナッフから、目をそむけていった。

「そのうちな……」

しばらく沈黙が降りて、

「ああ、そうだ、スナッフ、ほら、地いたちやハッカクモグラ……」

テルミィは、ふと土産にするはずだった『地中に棲《す》むもの』たちのことを思いだした。

「ああ……」

スナッフは気乗りしなさそうな様子でいった。

「外で、『地中に棲むもの』がやたら顔を出してるんだ。くろみみずだけじゃなくて、地いたちやひねずみなんかも……。もし、おばばが要りようなら捕ってくるが……」

「ふむ」

おばばは複雑そうな顔をした。

「……避けようがないと見えるな……。しかしわしも巫《かんなぎ》じゃ。『地中に棲むもの』が現れているときいては、子細に検分せぬわけにはいくまい」

これをきいて、スナッフは軽くうなずき、籠《かご》の中に重ねてあった麻袋を摑みながら、テルミィに向かって、

「ちょっと捕ってくるけど、君も行く？」

と声をかけた。テルミィは即座に首を横に振った。くろみみずには触れない、決して、と思った。

「私、待ってる、ここで」

スナッフは肩をすくめ、足早に出ていった。

「庭番はせっかちじゃな」

おばばはぽつんと呟いた。

「何だか、いつもいそいでいるの、彼は」

テルミィはスナッフの去った後の出口を見遣《みや》りながらいった。

「気を許しているようだね」

おばばが何げなくいった。テルミィはきょとんとした。

「私が？」

「庭番に」

おばばはうなずいた。そして、

「あやつが庭番でこの世界を離れないでいるのは、ただ一つの目的があるからじゃや。『幻の王女』を世に現す、という。そのためだったら、あやつは何でもする」

わかってる、そんなこと、とテルミィは心で呟いた。

「よいか、あやつが何をしても、そのためなのじゃ。そのためなのじゃと思うて」

おばばは身を乗り出すようにして、テルミィに近づいた。

「許しておやり」

テルミィは少しぞっとした。一体、スナッフが何をするというのか。

「庭番って、一体誰が言い出したの？　スナッフが自分から志願したの？」

おばばは顔を少し上にあげて、追想にふけるようにして言った。

「あやつがこの世界に現れたとき、皆あやつが庭番であることを知ったのだよ。わしらの読みをきくまでもなく。赤ん坊が人から教えられることなく母親を母親とわかるようになｏ庭番はいつの世にも現れるとは限らん。しかし庭番が現れた世界では、『幻の王女』も『再び世に現れる』といわれている。あやつはそれを知らんがね。庭番はそのために存在する」

「……じゃあ、『幻の王女』は……」

「さあ、言い伝えは言い伝えじゃや。今生《こんじょう》のことはわからん」

おばばはそっけなくいった。

そのとき何か引きずるような音をさせてスナッフが外から帰ってきた。

「結構捕れたがね」

麻袋の中が激しく動いていた。

「どう始末するつもりなのかね。殺しておいたほうがいいかね」

「いや……。しばらく様子を見させてくれ。それ、そこに……」

おばばはまたこめかみで、奥を指すようにした。大きめの籠を伏せたような形の編んだ檻《おり》があった。羽毛がついていたところを見ると、以前に鳥をおいていたことがあったのだろう。

スナッフはいわれたとおり、その檻の中に麻袋の中のものをあけた。二匹の地いたち、数匹のひねずみやハッカクモグラがごそごそとその中を這《は》い回った。

「おお、おお……」

おばばはこめかみを使って生き物の様子を感じ取っていた。

「ハッカクをくれ」

スナッフがハッカクモグラを取り出して、おばばの手に渡した。おばばは貴重な宝石でも触るように顔全体を動かしながらそれを調べた。

「この分かれた角でな、音を出すのじゃ。『地中に棲むもの』は、皆それぞれの音を持っている。それを聴くものに、この世のものとは思えん世界を現して見せるのじゃ。地中の世界では、それぞれの『地中に棲むもの』が出す音が、重なり合い、響き合って、ひとつの音楽を奏《かな》でている。それは耳にはきこえぬ楽曲じゃ。のう、縁あってここへ来てくれたかぎりは、このばばにもそのうち奏でておくれじゃないか」

おばばは優しく語りかけた。

帰りぎわ、おばばは入口まで送ってきて、テルミィの服をあごでしゃくり、はなむけのようにこういった。

「傷を、大事に育《はぐく》んでいくことじゃ。そこからしか自分というものは生まれはせんぞ」

「ありがとう、おばば」

テルミィはこのおばばが好きになっていたので、別れるのがつらかった。何度も振り返り、手を振った。見えないとはわかっていても。

そのとき

「しかし、崩壊の時を、やはり阻止しようとした連中がいたんだな」

スナッフは感心したように呟いた。

「要は、あの、礼砲の音が止《や》めばいいんでしょ。私が一つ目の竜の骨を——方法はまだ、よくわからないけれど——元通りにすれば、止むと思う？」

「一つ目の竜の骨が分解される前も、礼砲の音は鳴ってたんだよ。もっと間遠だったけど。だから、止みはしないまでも、こんなに頻繁には鳴らなくなると思うよ。これじゃあ、警報のようだもの」

「礼砲の音がこの国を崩壊させるの？　それとも、崩壊を予感して、礼砲がそれを知らせているの？」

「おそらく、同時進行なんだろう。でなければ、誰もやっきになって、音を止めようなんて思わないよ」

「まったく、どこで鳴ってるのかしら」

「君、前の世界にいたとき、なんで太陽が一つで月も一つなんだろう、って、考えた？」

それとこれとは、全然違う話でしょ、とテルミィはいおうとして、そうだ、スナッフも、元の世界で人間として過ごしていた時期があったんだ、と気づいた。

これは思いがけない新たな視点だ。どんな家族がいてどんな生活をしていたんだろう。

「あなたは、幻の王女を追って、この国へきたんだって、確かおばばの一人がいってたけど、その、幻の王女とあなたはどういう関係だったの？」

スナッフは少し緊張したような、こわばった顔をした。

「なんで、そんなことをきくんだ」

「なんでって……」

単なる、好奇心だ。幻の王女は、テルミィの推測によると、バーンズ家の、次女に当たる人だと思う。その人を追ってくるなんて、やはりスナッフもバーンズ家に関係のある人物なのだろうか。

「私、バーンズ家のこと、友達のおじいちゃんからきいたことがあるの。もしかして、あなたのこと、きいたことがあるかもしれないじゃない」

「この世界の住人が、前の世界の誰かなんて詮索《せんさく》するのは馬鹿《ばか》げたことだ」

スナッフはさめた口調でいった。

「この世界は確かにバーンズ家の人間によって、代々受け継がれてきたけれど、それぞれまったく同じじゃないんだ。幻の王女の裏庭は幻の王女の、君の裏庭は君のものだ。

あの子はバランスを崩してこの世界に引きずり込まれた。それは、失敗だったんだ。実際、君は今この世界の主人公なんだよ。この世界の豊かさは生きている君にかかっているんだ。崩壊もね。生きて、帰ることが大事なんだ」

主人公? 違う。私がそんなものであるわけがない。

けれど、裏庭! なんと久しぶりにきいたことだろう、裏庭という言葉を。

それは、バーンズ家のむせかえるような濃い緑の庭の匂《にお》いがした。それからおじいちゃんの優しい語りの記憶が蘇《よみがえ》った。

「ああ、そう、確か、男の人が、一人で英国からきたっていってたわ。戦後間もなく……」

スナッフの顔色が変わった。

「それ、もしかして……」

テルミィは続けようとして言葉を失った。スナッフが突然、別人のような冷笑を浮かべたからだ。なんだか、あたりの空気までざわっと一変したように感じて、テルミィは身震いした。

「そいつは僕も知っている。あの子を追ってその手がかりを探しにきたんだ。しかしどうしてもだめだった。裏庭には入れなかった。最後に自分の命をかけて、何とか入れはしたものの、あの子のいる場所には行けないことに気づいた。この裏庭はまだあの子の裏庭だったんだ。その奥津城《おくつき》の根の国には、生きている人間でないと降りていけないんだ。それ以外のものは、根の国では呪縛《じゅばく》にあって自由に動けない。生きているその人間が、自らその道を切りひらいていかないと。この庭を、自分のものに塗り変えながら……。それを知ったときはもう遅かった。そいつは水辺で待った。純粋な心の、生きている人間。自分の代わりに根の国へ降りて行ける……。やがてぴったりの男の子がやってきた。バーンズ家の池に。裏庭の陽炎《かげろう》が、一番たちやすい場所だ。そこで躊躇《ちゅうちょ》なく引きずり込んだんだ……」

スナッフは、ぞっとするような醜い形相になった。テルミィは思わず後ずさりした。これは、スナッフと違う、とテルミィは思った。

「引きずり込んだものの、そのやり方をまちがっていた。そいつは待つべきだった。きちんとした裏庭の継承者が、現れるまで。引きずり込んだ男の子はその衝撃で、命を落とした。純粋すぎて、そいつの手を抜けてどこかへ消えていった。この世界に留《とど》まらずに……」

テルミィの心臓が音を立てて鳴り始めた。かあっと、頭に血が昇るのがわかった。それは、もしかして……

「それは、もしかして、私の弟の話？」

低い、押し殺した声で呟《つぶや》いた。

「そうだ」

「そして、それをやったのは、あなたなのね」

「そうだ」

この返事をきくや否《いな》や、テルミィの体中の毛穴から激しい憤怒《ふんぬ》の気が発し、テルミィは我を忘れて服の間に手を入れ、あの黒い石片を取り出した。いつのまにかそれは切っ先鋭い細身の剣に変わっていた。

それを閃《ひらめ》かせ、あっというまにスナッフにおどりかかった。服がかしゃかしゃと鳴った。テルミィは気づかなかったが、服はその瞬間、鎧《よろい》に変わっていた。

鋭い刃《やいば》が、ああ、それはもう恐ろしいぐらいに鋭い刃が、二転三転してスナッフを切りつけた。血がほとばしり、テルミィはそのとき初めて冷水を浴びせられたようにぞっとして我に返った。

それから、必死になってその刃の暴走を食い止めようとした。しかし、どうしても止《や》まらないのだ。服が、攻撃を止めないのだ。

テルミィは動物のような叫び声をあげて、自分自身をコントロールしようとしたが、服や刃は容赦なくスナッフに向かっていく。

「逃げて！　早く！」

スナッフは倒れ、なおも剣はその上に切りかかっていく。テルミィの顔は涙で汚れ、ぐしゃぐしゃに歪《ゆが》んだ。

スナッフは逃げようとも、剣を避けようともしなかった。無力な死んだ魚のようにうつろな目で横たわっていた。

「スナッフ！　早く！　あっちへ行って」

辺りには血がどんどん溜《たま》っていき、テルミィの足元まで染める頃、ようやく剣の暴走は終わった。

スナッフはすでに血塗《ちまみ》れの骸《むくろ》となっていた。あんな恐ろしい力が自分のどこにあったのだろう。これほどまでに、人一人切り刻み、ずたずたに息絶えさせてしまうほどの。あれは自分のやったことではない。底知れないこの服の魔力がすべて行ったことだ。

――いや、あの瞬間的な怒りは確かに自分のものだった。服はそれに反応しただけなのだ。

体中の力が抜けて、テルミィはその場に座り込み、それから座ることもできなくなり、血の海の中に体を横たえた。鎧になった服が、スナッフの血に染まり、真っ赤になった。

スナッフはこれでもう二度と動かないだろう。

一体、これからスナッフの守りなしでどうやって生きていけるというのだろう。

スナッフはもはや一言も発せず、ぴくりとも動かなかった。なんとか、手を伸ばし、その骸に触ろうとしたその途端、テルミィは自分の体の奥から、またあの熱い溶岩のような、スナッフに対する激しい怒りがこみあげてくるのを感じた。

そしてその怒りが、鎧を染めた真っ赤な血に劣らないほどの鮮烈さで、テルミィの身の内から外へ吹き出した。

瞬間、何かが激しくスパークした。

真っ白になり、よく見えなかったが、テルミィははっきりと自分の胸の中からあの小さな子が飛び出したのがわかった。そしてその子はスパークの瞬間分裂したスナッフの一部と一緒になり、鳩《はと》のような真っ白の鳥になって飛んで行った。スナッフの残された部分は真っ黒の気味の悪い烏《からす》となり、ぎろりと辺りをひとにらみしてこれもばたばたとどこかへ飛んで行った。

後に残ったのはルビーのように真っ赤な不気味に美しい血溜りだけだった。もうスナッフの影も形もなかった。

「一度着たら最後、君は二度とその服を脱げないんだよ」

そう言ったソレデの声が、テルミィの耳の奥で響いた。

体中の皮をくるりとはいで、この服が脱いでしまえるのなら、テルミィは喜んでそうしただろう。

でも、それはできなかった。泣いても、叫んでも、死ぬほどおぞましく思っても、テルミィにはもうその服を脱ぐことはできないのだった。

テルミィはのろのろと立ち上がった。たとえ、その手が血で真っ赤に染まり、その服が殺人マシンで、スナッフも、テナシもなく、この見知らぬ世界にたった独りぼっちだとしても、テルミィには旅を続けるほか道はなかったのだった。スナッフの代わりにその恐ろしい服だけが、逃れられないパートナーとしてテルミィに残されたのだった。テルミィは放心した頭で、でもそのことだけははっきりと感じとった。

テルミィは足を引きずりながら、その血溜りを後にした。鎧のたてる、小さなかちゃかちゃとした音だけが、いつまでもいつまでもテルミィにまとわりついた。

8

「ここはとてもおいしいのよ。私はランチにはなかなか来れないんだけれど」

夏夜《かや》さんが、大柄の外国の老婦人を伴って、時間通り店に入ってきた。さっちゃんは窓際《まどぎわ》のテーブルに置いてあった、予約席の札をとった。

「いらっしゃいませ。こちらへどうぞ」

夏夜さんは、にっこりとさっちゃんに挨拶《あいさつ》すると、連れの方へ向かって、

「こちらはこの店の奥さんよ」

と、簡単に紹介し、今度はさっちゃんに、

「こちらはレイチェル・バーンズ。バーンズ屋敷のオーナーなの。昨夜この町についたばかりで、その先のホテルにお泊まりなの。しばらくこちらに滞在するから、このお店にもお世話になると思うけれど、よろしくおねがいしますね」

レイチェルはにっこりとうなずいている。さっちゃんも微笑《ほほえ》んで会釈《えしゃく》した。

「こちらこそ、よろしくお願いします。バーンズ屋敷なら、私も小さい頃こっそりとお

庭で遊ばせていただいた記憶があります」

これをきいて、夏夜さんは驚いた。

「あら、私、あなた方よそからここへ移ってらしたんだとばかり思ってたわ。もともとこの町の方だったの？」

「小さい頃、引っ越したんですけれど、主人もこの町の出身で。偶然、二人ともバーンズ屋敷の庭で遊んだことがあるということがわかって、結婚したようなものです」

「まあ。じゃあ、あの庭は縁結びまでやってのけたのね」

レイチェルが流ちょうな日本語で言ったので、さっちゃんは驚いた。

「日本語、お上手ですのね」

「だって、この人、日本で育ったんですもの」

夏夜さんは懐《なつ》かしくて嬉《うれ》しくて、という表情でいった。

「まあ、そうなんですか。どうぞ、今日はごゆっくりなさってください」

さっちゃんは、パパの手伝いにその場を去り、二人はテーブルについた。

「この町もずいぶん変わったでしょ」

「まあ、あなたの手紙で予想はしていましたけどね。五十年前と同じ風景が私を待っていたら、それは現実ではないでしょうよ。ジョージや妙《たえ》はどうしてる？」

夏夜さんの顔が少し曇った。

「あなたから連絡をもらって、すぐに丈次さんのところにも連絡したら、彼は、ちょうど、倒れて入院したところだったの」

「まあ」

レイチェルは低い声で続けた。

「お見舞いにいける？」

「今は無理でしょうね。意識不明だそうだから」

「なんてこと。もう少し早く来ていればよかった。で、妙は？」

夏夜さんはテーブルに料理を運んできたさっちゃんに軽くうなずいて、

「妙さんは……亡《な》くなったわ。もうだいぶ前の話よ」

といった。

レイチェルは肩を落としてため息をついた。

「……そう。私は彼女とはあまり話はしたことはなかったけれど。彼女はレベッカの親友だったのよ」

「そうだったわね。妙さんは社交的な人ではなかったし。……レベッカ。そう、あなたから、レベッカが亡くなったって手紙が来たとき、私、妙さんのところへ知らせに行ったのよ。そうしたら、彼女、『ああ、夏夜ちゃん、私、知ってたわ』って、真っ青な顔で言ったの。『レベッカが会いにきたの』って」

レイチェルの顔に憂《うれ》いが浮かんだ。夏夜さんは、「さあ」と、顔を起こして無理に微笑んだ。

「いただきましょう。おいしそうだわ」

レイチェルは皿の上の、サーモンを挟んだ薄い和紙のようなものを口にして、

「あら、これ……」

「え？　何かおかしい？」

夏夜さんも同じように口に入れた。

「ダイコンだわ。ね、そうでしょう」

レイチェルの顔が紅潮していた。

「……そうね。辛《から》みがあるわね」

夏夜さんも、吟味するような顔でいった。

「向こうでは、これ、蕪《かぶ》でつくるのよ。ああ、ダイコン、懐かしいわ」

「そう、よかった」

夏夜さんも、和《なご》んだ顔でいった。

「そういえば、あのお屋敷にしばらく男の方が滞在なさってたけど……。あなた方のご親戚《しんせき》か何かだったのかしら」

「ああ、そう、マーチン！　すっかり行方不明になってるの。彼はレベッカの婚約者だ

ったのよ」

「婚約者？　まあ、全然知らなかったわ。あまり、この辺の方とお付き合いがないようだったし……。姿が見えなくなったから、私、てっきりお国へお帰りになったものとばかり思ってたわ」

「もともと、放浪癖がある人だったから、私たちもそれほど大げさには考えなかったのだけれど……」

「あの、失礼ですけれど、お屋敷にいらっしゃった男性の外人の方のことですね」

魚料理の皿を運んできたさっちゃんが遠慮しながら声をかけた。

「ええ、そう」

「私、小さい頃、何度かお会いしてます。私たちがお庭で遊ぶのをいつもにこにこ眺めていらっしゃいました」

「まあ。消息をたった頃の前後を覚えていない？」

「さあ……。何だか浮世離れした、仙人のような方だったことは覚えていますけれど……」

「その人を幽霊に見立てて、姿が見えるとみんなで逃げまどっていたことまではいわなかった。

「そうね、確かにそんな人だったわ……。きっと『雇われ隠者《いんじゃ》』のように見えたでしょうね」

レイチェルが苦笑しながらいった。

「『雇われ隠者』？　それ、なあに？」

「昔、英国のお金持ちが、当時流行の東洋風の庭をつくったの。彼はそこにどうしても隠者を住まわせたくて、新聞に広告を出したわけ。隠者募集。報酬はこれこれ。住む場所はその広大な庭のどこかにある洞窟《どうくつ》で、食事はこっそり運ばせる。条件は決して人目にふれないこと。風呂《ふろ》に入らないこと。髪を切らないこと。七年間の契約で、かなりの高額の報酬だったらしいけれど」

「人目にふれないことっていうのがおもしろいわね」

「けっこう流行したらしいわ、『雇われ隠者』って。今の時代でも、そういう職業があったらいいのにね」

緑が散っている白いソースのかかった魚料理を口にして、

「これ、ほら、なんだったかしら。この香り。確かに知ってたんだけど……」

と、レイチェルはもどかしそうにいった。

「山椒《さんしょう》」

「そう、それ。……まあ、こんな道もあるのねえ」

「若い人は、何でも自由に考えるわねえ」

二人はそれから少しおしゃべりを中断して料理に専念した。しばらくして、

「そうそう、ジョージはどういう仕事をしていたの？」

と、レイチェルが手を休めてきいた。

「農業や園芸の勉強をしていてね、一時、そういう仕事についていたの。ごく最近まで、頼まれて、アドバイスにあちこち出かけていたらしいわ」

「それだったら、うちの同居人のマーサと気があったかもしれないわね。彼女も庭づくりにかけてはかなりうるさいのよ。同じようにいろんな人がアドバイスを求めにやってくるわ。……まあ、みんな素人《しろうと》だけれど」

「丈次さんの場合は、庭というよりは、畑の方だったけれど。土づくりに一番興味があったみたい」

「マーサも土にはうるさいわ。初めて庭をつくるって人には、とりあえず、水を抜いて、石灰を撒《ま》くようにっていつも言うので、私まで覚えてしまった。あの人が新しく庭になるところへ行って石灰を撒くのを見ると、私、いつも、日本の『浄《きよ》めの塩』を思いだしたものよ」

さっちゃんが、皿を下げて、肉料理を運んできた。赤ワインで煮込んであるらしい色をしている。

「さっきの、おいしかったわ。ヒラメ？」

「あら、私ったら、ご説明もしないで……」

さっちゃんは、少し赤くなった。

「まとう鯛《だい》です。この季節が旬《しゅん》なんです。ソースは……」

「山椒、おもしろかったわ」

「そうですか？　あれは個性が強いんで、どうかしら、と心配してたんですけど……」

さっちゃんは、何だか落ち着かなかった。いつもと勝手が違う。心が、変な方向を向いている……。サービスに専念できてない。

夏夜さんはそんなことは気にもとめずにレイチェルに、

「それはそうと、あなた、あのお屋敷どうするの？」

「そうねえ……」

「ほら、この間から、私、あなたに頼まれて、業者の人といっしょにお屋敷の査定やなんかに行ったりしているでしょ。一応、管理人という名目になってしまったものだから。その後、宅地開発や不動産関係の人たちから毎日のように電話が入って……」

「迷惑かけたわねえ。私も去年の初夏ごろにこようとしてたんだけれど、どうにも見捨てて置けないことがいろいろとあって、結局こんなに遅くなってしまった」

「確か、牛乳配達をしてらした方の、奥さんが身体《からだ》を悪くされたとか、手紙に書いてたわねえ。それから、もういいの？」

「ええ、今はすっかりホームに落ち着いてるわ。うちのマーサが、定期的に様子を見に行ってるし……」

「よかったわ。この年になると、そういう話が多くて、身の回りの片付けもしたくなるわねえ」

夏夜さんの目は少しいたずらっぽく笑っていた。そして、

「あれほどの敷地をもつお屋敷は、この辺じゃもうほとんどないのよ。その辺の貧弱な公園より、よっぽど子どもたちに寄与してきたものがあると思うわ」

と続けた。

レイチェルも日本に帰るまでは、大鏡はともかく、屋敷の方はさっさと処分してもらうつもりだったが、帰ってみると、なかなかそうばっさり切り捨てることもできないでいた。特に、いろいろな人からあの屋敷に対する愛惜《あいせき》の思いをきかされた後では。レイチェルは彼女にしては珍しく言葉を濁した。

「まだ、屋敷の中に入れないでいるのよ……。なんだか……」

怖くて、という言葉をのみこんだ。いつも、問題を明確にして、事を処してきたレイチェルらしくない態度だった。

「夏夜、後でいっしょに行ってくれない？」

「もちろんよ。私も何十年ぶりかに入って、懐かしかったわ。あそこだけ時間が止まっ

たようだった。うちにも、あなた方からいただいたリボンやレースやきれいなボタンがまだあるのよ。今でも私の宝物だわ」

ああ、そういうこともあった。少女の頃。戦争が何もかも破壊してしまう前。クリスマスに向けて、何ヵ月もかけて船便で旅してくる遠い外国からの贈物には、色とりどりの美しいサテンのリボンがかけてあった。それを丁寧にアイロンで伸ばし、大事に小箱にいれてとっておいたものだ。

レイチェルは目を閉じて微笑《ほほえ》んだ。

「絶対に忘れないわ。楽しかったわね。ボタンでおはじきしたり。水色のボタンが一番人気だったわ。それと、お手玉！　私、まだできるわよ。パーティの余興によくやるのよ。そうそう、みんなでお花見に行ったときのこと、憶《おぼ》えてる？　河べりの公園。春になると、あの辺は一変するのよね。この世のものとは思われない、すさまじいくらいの、花吹雪で……。美しいとか、きれいとか、そんな言葉では言い表せないくらいの光景だったわ」

「あなたが、桜が好きだったの、憶えてるわ。ほら、担任の水島先生が……」

「……水島先生！」

レイチェルは頰を紅潮させた。

「思いだした。ほんとにお優しくて……。私、お別れの時に桜の刺繡《ししゅう》のハンカチをいただいたのに……」

「そう、あなたが桜が好きだって知ってらしたから。淡い桜の花びらが幾重にも重なった図柄、見せていただいたとき、美しくて私、涙が出そうになって……」

レイチェルは、しみじみとした口調で、時をたぐりよせるかのようにゆっくりといった。

「ほんとに、あの先生にはいろんなことを教わったわ。民話採集がご趣味でいらして、よく御老人のいる貧しい家庭を訪問しては、昔話の聞き取りをなさってたわ。その家に役に立ちそうなものをいつも御用意なさってね。私も御一緒して回ったこともある」

「水島先生ご自身は、クリスチャンでも、何でもなかったのに、あの方のなさることには、隣人愛があふれていた。貧しい家の子たちのことを、いつも配慮されていたわね。その弟や妹たちのことまで。貧しかった妙《たえ》さんのために、ブラウスやなんかを用意されていたのを思いだすわ。洋裁の勉強をしているからって言って、妙さんの負担にならないように、偶然のように手渡されたりして……」

「私も先生といっしょに、母の古着を新しくしなおしたり、カバンなんかをつくったり、先生に喜んでもらいたいために、そりゃあがんばったものよ」

「がんばったわね」

夏夜さんは、いたわるように微笑みながらいった。

「市長さんにまでなって……」

レイチェルが笑った。

「それとこれとは……」

「違う？」

夏夜さんがにやりとし、レイチェルは一瞬真顔になった。

「……あら。そうだったのかしら？　先生に喜んでもらいたくて？」

今度は夏夜さんが笑い出した。

「さあ？　人生なんて、何がどう関係しているのか、本当のところはだれにもわからないわ」

レイチェルも微笑んだ。

「そう、そうよねえ……。妙さんも、水島先生ももうこの世にはいらっしゃらない……」

夏夜さんが優しいトーンで語り始めた。

「水島先生が生きてらしたら、妙さんの人生ももっと変わったものになっていたでしょうに。今でも水色のボタン、もってるわ。妙さんから譲り受けたの。レベッカの亡くなったことを伝えに行ったときね、妙さんが、『レベッカが来たの』、っていったって、さっき、あなたに伝えたわね。そのとき妙さん、『夏夜ちゃん、バーンズ屋敷の裏庭のこと、覚えてる？』ってきいてきたの。私、最初、何のことだかわからなかった。すっかり忘れてしまってたの。バーンズ屋敷の不思議のこと。私の様子を見て、『みんな、忘れてしまうんだ』って、彼女寂しそうにいった」

「レベッカは、裏庭を使って、妙に会いにきていたのね」

レイチェルはため息をついた。

「そうみたいだった。妙さんとレベッカはとても深いところでつながっていたのね。妙さんは本当に優しい、たよりなげな風情《ふぜい》の女の子だったわね。けれど、空襲でご家族を皆亡くされて……。本当に大変だったみたい……。遠い親戚の家で、ずいぶんご苦労されて……。結局祝福されない妊娠をして、子どもごと追い出されて、またこの町に帰ってきたの。レベッカのことで、彼女を訪ねて行ったとき、彼女は別人のような顔をしていったわ。『夏夜ちゃん、私はもう二度とああいう世界とは縁を持たないわ。あんな世界に関わりあっていたら破滅してしまう』。裏庭のことをいってたのよ。私は彼女に現実に根ざした、たくましい生き方をしていって欲しかった。とにかく、生き抜いてほしかった。それで、『そうよ、子どものためにも、まず、現実に目を向けなきゃ』っていったの。そのとき、彼女は、私にあのボタンを渡したのよ。『どんなときでも、これは肌身離さずもってたんだけれど……』っていって……。彼女にしてみれば、少女時代との決別のつもりだったのね……。私、彼女になんて馬鹿《ばか》なことをいったのか、彼女をいっそう不幸にしてしまったんじゃないかって、今になって後悔するのよ。それから、結局この町も住みづらかったようで、お子さんが小学校へ上がるのと同時に引っ越してしまって……。音信も途絶えて……。何年か前に、同窓会の名簿を見て亡くなったことがわかったの」

「……かわいそうに」

レイチェルは深いため息をついた。

「妙ちゃんはほら、簡単に人に心を許す方じゃなかったから。でも、レベッカとはどういうわけか波長があったのよね。あなた方が去ってから、彼女は本当に寂しそうだったわ」

「レベッカも、むしろ私よりもよっぽど妙の方と心が通じていたと思う。レベッカは昔から体が弱くて、両親から大事にされていたでしょう。裏庭を開けられるってことで、どこか神聖視されていたところもあったし。日本から英国へ帰ったばかりの頃、玄関脇《わき》に何の木を植えるかってことになったとき、私、迷わず桜っていったのね。でも、レベッカはオークを、っていってきかなかった。庭木にオークなんて馬鹿げてるって、私は反対したんだけれど、結局彼女の意見が通った」

レイチェルは、肉を口にいれ、物思いにふけりながらもぐもぐとしていたが、

「私は長女なのよ。でも、誰もそう扱ってくれなかったんですもの」

レイチェルが今更のように憤慨してみせたので、夏夜さんは笑った。

午後の陽光が、窓越しにテーブルの上に射《さ》してきた。何十年もの年月が、二人の周りで優しく哀《かな》しく懐かしく、たゆとうっていた。

デザートを運んできたさっちゃんが、口を挟んだ。

「あのう……。もし、違っていたらすみません……。つい、耳に入ったものですから……」

「どうぞ、何でもお話しして」

夏夜さんが励ますように言った。それで、意を決したようにさっちゃんは切り出した。

「お話しになってらした妙さんって、もしかして、君島妙子のことでしょうか」

レイチェルと夏夜さんは目を見合わせた。

「そうよ。どうして、あなたが知ってるの？」

「君島妙子は私の母です。君島は私の旧姓です。私は妙子の娘なんです」

さっちゃん自身も戸惑ったことに、私は妙子の娘、といった途端に、喉《のど》の奥がじんとして涙が出そうになった。

「まあ」

驚いたのは夏夜さんだ。

「あなたが、そしたら、さっちゃんだったの。まあ。私、覚えてるわ。あなたがこんなに小さかった頃。まあ」

「夏夜は知らないで、彼女とずっとおつきあいしてたの」

レイチェルが嬉《うれ》しそうにいった。

「ええ。ただ、自分でもわからずにこのお店にひかれて来ていたの。妙さんのお導きかもしれない。不思議なこともあるものねえ」

そういって、夏夜さんはさっちゃんの手をとった。

「母の、導き、でしょうか？」

さっちゃんは、その言葉をはんすうするようにいった。

「私は、あまり、母に愛されたような記憶がないのですが」

夏夜さんの目が強く光った。

「妙ちゃんのこと、許してあげて。わかってあげてね。大変だったのよ」

夏夜さんらしからぬ、無神経な言い方だ、とさっちゃんは思った。

人が人をわかろうと努力するときは、既にほとんど半分ぐらいは許せる気になっているものだ。けれど、さっちゃんは、母親のことをわかろうなんてしたことがなかった。正直いって、母親のことは努めて考えまいとしてきた。だれが痛む傷口をわざわざ開いて中を見ようとするだろう。

「母親に関しては、私には傷を受けたような記憶しかないんです」

さっちゃんは、夏夜さんから目をそらしながらいった。夏夜さんといえども、この領域には踏み込んで欲しくない。

「妙さん自身も深い傷を負った人だったわ……」

夏夜さんはつらそうに呟《つぶや》いた。

「結局、ダメージだけが、受け継がれて……」

さっちゃんが低い声で独り言のようにいった。

「プラスにしろ、マイナスにしろ、人は遺産からは逃げようがないのかしら」

レイチェルは漠然と裏庭のことを考えながらいった。

——あれこそが、バーンズ家の本当の遺産なのだ。あれはレベッカのもので、自分は、その継承からは無縁だと思っていたけれど……。

「あ、申し訳ありません。折角の席を、暗い話にしてしまって……。傷なら傷で、薬でも付けてさっさと治してしまわなければなりませんね」

さっちゃんは、急に仕事の顔に戻って明るく微笑んだ。

レイチェルがたしなめた。

「私には、あなたがたの間に何があったのかわからないけれど、さっちゃんには、きっとまだ生々しい傷なのよ。無理に治そうなんてしないほうがいい。薬付けて、表面だけはきれいに見えても、中のダメージにはかえって悪いわ。傷をもってるってことは、飛躍のチャンスなの。だから、充分傷ついている時間をとったらいいわ。薬や鎧《よろい》で無理にごまかそうなんてしないほうがいい」

鎧という言葉で、夏夜さんははっとした。

「あの、私は、自分の子どものことでとてもつらい思いをしたとき、傷つくまいとして、全体に鎧をまとっていたような時期があったの。……さっちゃんには話したと思うけど……。あなたはそれがまちがっていたと思う？　私は決してケンカ腰にきいているんじゃないのよ。ただ、私にも、あの時期のことはちょっとひっかかっていて……。参考までにきいておきたいの」

「鎧をまとってまで、あなたが守ろうとしていたのは何かしら。傷つく前の、無垢《むく》のあなた？　でも、そうやって鎧にエネルギーをとられていたら、鎧の内側のあなたは永久に変わらないわ。確かに、あなたの今までの生活や心持ちとは相容《あいい》れない異質のものが、傷つけるのよね、あなたを。でも、それは、その異質なものを取り入れてなお生きようとするときの、あなた自身の変化への準備ともいえるんじゃないかしら、『傷つき』って」

「まさか、だからおおいに傷つけっていうんじゃないんでしょうね」

「違う、違う。傷ついたらしょうがない、傷ついた自分をごまかさずに見つめて素直にまいっていればいいっていうのよ」

「いつまでよ」

「生体っていうのは自然に立ち上がるもんよ。傷で多少姿形が変わったとしても」

「レイチェル、あなたもだいぶ苦労したのね」

　夏夜さんはにやりと笑った。

「はっはっは。傷だらけの人生よ。私は面《つら》の皮が厚かったから、鎧なんか必要なかったの。ちょっとはこたえることもあったけどね。でも、そういうことが、私を変化させる唯一《ゆいいつ》のものだとある日気づいたのよ」

「面の皮だなんて……。あなたの日本語はすごいわねえ、まったく」

　夏夜さんは、さっちゃんに同意を求めるように視線を合わせた。

「なんだか、圧倒されてしまいました……。なんか……。とりあえず、しばらくうじうじしてたっていいってことですね」

「好きなだけ。いくらでも」

　レイチェルはウィンクしてうけあった。

「さあ、そろそろ行ってみようかしら、あのなつかしのわが家へ」

「すぐにも宿泊できるくらいなのよ、本当に。あなたが来る直前にも風を入れに行ったから。――さっちゃんもくる？」

夏夜さんは、もう長い間呼び慣れていたかのように、優しくさっちゃん、と呼んでくれた。さっちゃんはそう呼ばれることを素直に嬉しがっていいのかわからなかった。けれど、母親が幼い頃を過ごしたという、バーンズ屋敷の建物の中を見ておきたい気もした。

「もうすぐ娘が帰ってきますので、一旦《いったん》家に帰って、夕飯の準備をしてからお伺いします」

「あら、娘さんがいたの？」

「ええ、十三になります」

「悪いわね、娘さんに寂しい思いをさせては……。お連れしたら？」

「いえ、いつも、彼女は一人で夕飯を済ますんです。こういう仕事ですから」

「まあ……」

と、二人の老婦人は顔を見合わせた。照美に同情を寄せているのは明らかだった。

「一度紹介してね、妙さんのお孫さんになるのだから……」

「ええ。彼女の名前は、母がつけたんです」

「あら、でも、確か妙さんはあなたが学生の頃かに亡《な》くなられたはず……」

「ええ、そうです。でも、生前ふと、もし、私が将来女の子をもつようなことがあったら、この名前をつけるように、といっていたのを思いだして……」

「なんておっしゃるの？」

「照美です」

「照美、ちゃん……」

レイチェルはぼんやりと繰り返した。何かがひっかかる。何だろう……。

「ずいぶん長いことおじゃましてしまって……。私たちは、バーンズ屋敷にしばらくいて、それから私の家に行ってるわ。住所と電話番号をかいておくわね」

夏夜さんはそういって、お店の名刺の裏にかいた。

そこへ、厨房《ちゅうぼう》から出てきたパパが、二人に挨拶《あいさつ》した。夏夜さんは、

「おいしかったわ、本当に。ありがとう」

「私、久しぶりの日本だったんです。こんなお店が出来ているのかと、感激しました」

レイチェルもにこやかにいった。

「それは、よかったです」

パパも珍しく嬉しそうだった。

二人の生き生きした老婦人は、店をあとにしてからも、女学生のように絶え間なく会話している様子だった。その後ろ姿を窓越しに見ながら、さっちゃんは急に疲れを感じた。

――それにしても、夏夜さんが母を知っていたなんて。

さっちゃんは椅子《いす》に座り、ぼんやりと窓の外を見つめた。

「どうした」

パパが疲れた様子のさっちゃんに気づいて声をかけた。

「私の亡くなった母が、今のお二人の幼なじみだとわかったの。ちょっと、お付き合いしたいのだけれど、抜けていいかしら。夕方までには帰ってくるから」

「へえ。それはまた奇遇だったね。こっちは構わないよ」

パパはそれだけ言うと、夜の仕込のためにまた奥へ引っ込んだ。

——この人はいつもこうだ。必要以上の興味は示さないように見える。私に対しても子どもに対しても。

最初はそういう安定した穏やかさにひかれていたのが、だんだん、何に対しても無関心なのではないか、とさっちゃんは寂しく思うようになっていた。

特にそう感じるようになったのは、純が亡くなってからだ。二人で思いきり泣きたかったのに、いろいろなことに取り紛《まぎ》れてその機を逸《いっ》してきたような気がする。さっちゃん自身も、母親の死のときの自分の冷たさが、純の死の時まで尾をひいていたように思う。

今では純の話題はすっかりタブーのようになってしまった。二人とも、適切な処置もしないままに放って置いた傷口に触れるのが、いやなのだとさっちゃんは思った。

帰り道でも、さっちゃんはまだレイチェルたちの話で頭がいっぱいだった。

――傷って、鎧って、結局、何だろう。鎧をまとう前の自分って？

そういえば、パパと知り合って間もない頃、さっちゃんはパパに自分をもっとよく知ってもらいたいと思ったことがあったのを思いだした。そうしたら、幼い頃から続く、この寄る辺ない孤児のような気持ちから少しは楽になるのではないかしら、と、思ったのだった。

けれど、いざ、パパの目の前に自分の中身を取り出してみせようとして、そこでさっちゃんは、はた、と困ったのだった。……ええと、何か秘密を話せばいいのだろうか。つらかったこと？　泣きたかったこと？　あの出来事？　このエピソード？

さっちゃんは、胸の中にごろごろと転がっている胸の痛む思い出を取り出そうとして、でも、自分が本当に伝えたかったことは、もっと別にあるような気がした。

それで、そのごろごろたちを押し退《の》けて、もっと奥にあるものを取り出そうと手を伸ばして、さっちゃんはすくんでしまった。

そこには何もなかったのだ。

何もなかった。真っ暗な底無しの穴のようだった。向き合うと真空の穴のように自分が吸い込まれていきそうだった。

さっちゃんはぞっとして、慌《あわ》ててそこにふたをして、何事もなかったように振り向き、にっこりとパパに笑ってみせた。

あんなぞっとすることってなかった。そういえば、他人に自分を説明しようとするまでは、さっちゃんは自分について考えてみることすらなかったのだった。けれどあんなことはもうまっぴらだ。あんな恐ろしい穴を相手にしなければならないのなら、誰にも理解されずに一人でいた方がずっとましだった。


家に帰ると、ちょうど電話が鳴っていた。受話器を取ると、照美の担任からだった。連絡もなく休みだったが、どこか具合でも悪かったのか、という話だった。

さっちゃんは仰天《ぎょうてん》した。思わず、いえ、いつもの通りきちんと学校へ行きました、と返事をしそうになったが、何故《なぜ》だか思いとどまり、ええ、少し頭が痛かったらしくて……と、言葉を濁した。

担任はその言葉に納得して、ではお大事に、と電話を切った。

受話器をおいたさっちゃんの顔からは血の気が引いていた。

――どこに行ったんだろう。あの子の行きそうなところ……

さっちゃんは、そのとき初めて、自分が照美のことを、ほとんど何も知らないことに気づいたのだった。あの子の好きな遊びは？　興味を持っていることは？　好きな音楽、好きな作家、好きな服、何も、知らない。

――そういえば、今朝は元気がなかった。私、何も気遣うことなく家を追い出したんだ……

さっちゃんは、そのまま家を飛び出して駅前まで走った。別に当てがあるわけではなかったが、行き交う雑踏の中にその姿が見えることを祈ったのだった。

そうやって暗くなるまで、駅前から繁華街に続く道を歩き続けた。ゲームセンターや、若い女の子が好きそうな喫茶店やブティック、目につくところはすべて覗《のぞ》いた。さほど大きな町ではないので、見て回るのは造作なかった。

だが、照美はどこにもいなかった。もう一度家に戻った。普段ならとっくに帰っているはずの時間だった。なのに一度も帰った気配がないことを確かめると、いよいよ追いつめられたような心境になった。

そのまま、レストランまで走り、客で込み合う中、厨房まで入った。パパはもちろん仕事中だった。

「パパ、照美がいない」

さっちゃんの血走った目を見て、パパはすぐアルバイトの女の子に、

「クローズドの札をドアに下げといて」

と指図した。それから、料理の手を休めずに、

「いつから?」

ときいた。

「今日、学校へ行かなかったんですって。担任の先生から連絡があったの」

「家にも帰らないんだな」

「ええ、繁華街も、駅も、ずっと探したんだけど、どこにもいないの」

「わかった。とにかく、注文を受けた分をつくり終わるまで、そこで待ってて」

パパの顔は普段と取り立てて変わっているところはなかった。フライパンを操る手さばきだって、皿に盛る手つきだって、ソースをかけるタイミングだって、いつもと何の変わりもなかった。デザートの分は昼間つくりおきしてあるのでアルバイトの子にまかせておいてもだいじょうぶだった。

「それで、照美の行きそうなところは？」

パパは手を拭《ふ》きながらきいた。

「……わからないの」

ママは両手で顔を抑えながらいった。

「今朝、何も言ってなかった？」

「何も……」

「とにかく、警察に連絡しよう」

「パパ、それは……。大騒ぎして、あの子の将来に傷がついたら……」

「何いってんだ。傷なんか、命に比べたら問題じゃないだろう」

パパはさっちゃんが見たこともない形相で一喝《いっかつ》した。

さっちゃんは、そのとき、自分の知らないパパを見た気がした。

――私の知らない夫。それから娘。ああ、そういえばあの子、何かしゃべりたそうにしてた。私、何もきいてあげなかったんだ……。

さっちゃんは、パパが、警察へ連絡している間、懸命に照美の言葉を思いだそうとしていた。

――ええと、確か綾子ちゃんのおじいちゃんが倒れた話と、ああ、そうだ、バーンズ屋敷の裏庭がどうとか、いってた。確か今日夏夜さんもそんなこといってたわ。

さっちゃんは何やら急に胸騒ぎがしてきた。パパが受話器をおいたあと、すぐそれを取って、メモを見ながら夏夜さんの電話番号を押した。

すぐに夏夜さんが出て、さっちゃんから大体の話をきくと、自分たちはバーンズ屋敷に入るには入ったものの、そんなに隈《くま》なく見たわけではない、とにかくこれからまた屋敷へ行くので、向こうで落ち合おうということになった。

「照美は昨日バーンズ屋敷のことをいってたの。もしかして何か手がかりがあるかもしれないから、私、これから行ってみる」

「じゃあ、僕は家に帰って警察の到着を待って、それから……。照美の一番仲のいい友達は？」

「……多分、綾子ちゃんだと思う。綾子ちゃんのおじいちゃんにも確かずいぶんよくしてもらってたみたいだけれど」

「考えてみれば、あの子の生活全然知らないな……」

パパは呟《つぶや》いた。


バーンズ屋敷には、電気が再び入り、ところどころ蠟燭《ろうそく》も灯《とも》されて、いかにも血の通った屋敷になっていた。その扉をノックして、開くのを待っている間、さっちゃんはまるで現実のことではないような気がしていた。

「ああ、さっちゃん、心配ね」

扉が開くと同時にレイチェルが両手でさっちゃんの手をにぎりしめた。

「すみません、ご心配かけて。罰があたったんですわ。ろくろくかまってもやらなかったから」

さっちゃんは力なくいった。

「屋敷の中には見つからなかったけれど、庭のどこかに倒れている可能性もあるから、探してみましょう」

夏夜さんの提案で、皆、庭に出た。

ほとんどジャングルのようになっている、昼間でさえどこか謎《なぞ》めいたバーンズ家の庭は、夜になるとますます異界じみてきていた。パパが入ってきたときはさすがにみんなほっとした。

「綾子ちゃんのところにもいなかったよ。今日は一日照美は見なかったらしい。警察の人には僕がこっちへ回ることは伝えたから、じき、やってくると思う」

「わかった。私たちも、今、ちょうど庭を探そうとしていたところなの」

「じゃあ、とりあえず僕はこっちを探すから」

「私たちは三人、組になっていっしょに裏手を探します」

夏夜さんが少しうわずった声でいった。

パパは懐中電灯を手に塀沿いの藪《やぶ》に沿って丁寧に探した。塀を越えて屋敷に入ろうとし、誤って落ちてしまった可能性だってある。

その古い石垣を、懐中電灯で照らしながら、パパは突然奇妙な思いに取り付かれた。

昔、子どもの頃、やはり今と同じようにこうやっていたことがある。

――ええっと、あれは……。

思いだせそうで思いだせない。

子どもの頃、バーンズ屋敷にはしょっちゅう遊びにきていた。外国人の男の人がいたが、姿を見かけるのは稀《まれ》だったし、見つかっても微笑《ほほえ》んでいるだけで、別にとがめだてされることもなかった。なのにやはりこうして夜のバーンズ屋敷にこっそりやってきたことがあった。

——あれはなぜだったんだろう。

子どもの頃、パパの名前は徹夫《てつお》といった。今だってそうだけど。

最近は「パパ」だったり、「桐原さん」だったり、「ご主人」だったりして、ほとんど「徹夫」になることはない。

パパが百パーセント徹夫だった頃のことだ。

——そうだ、あれは、昼間石垣の蛇を見かけたときだ。

石垣というのは、特に古い石垣は、一見何の変哲もない静かなものに見えても、実は様々な生き物のにぎやかな生活の場となっている。徹夫は石垣の周囲でそういうとかげや昆虫類を見つけるのが好きだった。

バーンズ屋敷の石垣を越えて、庭の中に入るということは、当時、徹夫たちには、少年仲間の一人として数えてもらえるための条件の一つのようになっていた。その地方の石垣はどれもそうだったけれど、バーンズ屋敷のそれは特に隙間《すきま》なくしっかりと組まれていた。

徹夫は小さい頃、年上の少年たちについていけず、十円玉を使って石と石の間の苔《こけ》をこそぎとったり、なんとか向こう側に小枝が通せないかと工夫したりしたがだめだった。

ある日、徹夫は一匹の蛇がするすると石と石の間から抜けでてくるのを目撃した。そんなことは別段普通の石垣では珍しいことでも何でもない。だが、それがこのバーンズ屋敷の石垣で起こったというのであれば話は別だ。徹夫は霊感に打たれたように一瞬身震いした。そして、その石と石の間の苔やシダ類を丹念にこそげると、そこにはわずかだけれども奥行きのある隙間があった。思いきり押してみた。ほかの石で同じことをやってみたときの、とりつくしまのない、うんともすんとも動かない感じと違う、何か、もしかして死ぬほどがんばれば何とかなるかも、というような感触があった。

徹夫は辺りを見回した。こんなところ、誰かに見られたくなかった。それで、夜になって人通りが絶えた頃、この計画を実行することにした。

夜中、家族が寝静まったのを見計らって、徹夫は布団《ふとん》から抜け出した。そして、懐中電灯をもってバーンズ屋敷に向かった。懐中電灯に照らされた夜道ってなんて不気味なんだろう、と徹夫は恐怖よりも驚異で目を丸くした。

電灯を消した方が、夜の闇《やみ》はずっと親しみやすい。光源を近くに持つと、闇はいつも敵対するもののようにうずくまり、飛びかかるチャンスを窺《うかが》おうとする。

やっとの思いで、昼間目印の小枝を差し込んでおいた石のところまでたどりつき、両手で思いきり押してみた。動かない。

今度は左足を下げて、腰に力を入れ、ふんばるように端っこのほうを押した。かすかに石が身じろぎした。反対側も同じようにした。

何しろ、徹夫は石垣を乗り越えることもまだ出来ないほどの、小さな男の子だ。力はそれほどない。交互に押しては、持参した太い金釘《かなくぎ》で目当ての石を掘り出すようにした。それを何度も何度も繰り返した。しまいには、汗びっしょりになり、シャツを脱いだ。初秋に近く、夜はもう寒いくらいの時期だったにもかかわらず。

結局真夜中近くになって、とうとう石は向こう側にゴロンと落ちたのだった。

そのときはもう、達成感というよりも、虚脱感の方が強く、中に入ってみることもせずそのままくたくたになって家まで帰った。

翌朝になると、昨夜《ゆうべ》のことが夢だったかどうか不安になり、まっさきに確かめに行った。それは夢ではなく、庭への入口として開いた抜け穴が徹夫を待っていた。

徹夫はそのときはまだ、自分のつくった入口からどれだけの数の小さい人たちが庭へ出入りすることになるのか、想像だにできなかった。ましてや、やがて自分の妻になる人や、娘や息子までそれを利用することになろうなんて。

徹夫は今はもうただの徹夫ではなく、レストランの主人や、パパだったりするのだけれど、何十年かぶりでそのときのことをまざまざと思いだした。

明るくなってから、石垣に見事に開いた穴を見たときの、誇らしさと、大変なことをしてしまったんじゃないかという不安と脅《おび》え。そして初めて石垣の内部を覗き見たときの驚き。昆虫の大好きだった徹夫には、別天地のように思えたものだった。

――そうだ、あのときの夜の感じに似ているんだ。照らされた木々の葉裏が不気味に白くて……あれは、確か、このへんだったはず……。

徹夫は頭の中では、今はこんなことをしている場合ではない、照美を探さなければ、と必死で自分に言い聞かせるのだったが、皮肉なことにそう思えば思うほど、徹夫の手は、もうすっかり蔦《つた》やオオイタビの根に覆《おお》われて、その所在もわからなくなった抜け穴を探っていた。

子どもたちがこの穴を使わなくなって、どのくらいの年月がたつのだろう。

「あ、あった」

絡《から》み合った蔓《つる》の、向こう側が空洞になっているところを探り当てた徹夫は、思わず大声をあげた。そして、力任せに、そこを覆っている蔓や根を引っ張ったり、剝《は》いだり苔を落としたりし始めた。依然として頭の中ではこんなことをしている場合ではない、という声がひっきりなしにしているのだが、もうどうにも止まらなかった。

その作業をしながら、徹夫は、純が肺炎で亡《な》くなる前、最後にここをくぐっていたのを思いだした。

当時から客足が途絶える午後になると、徹夫はいつも店をさっちゃんに任せて、ぶらぶらと町を散歩する習慣があった。本屋で料理や食堂関係の本を調べたり、パチンコ店に顔を出したり、その日によって気の向いたところに行くのが日課なのだが、たまたまその日は、バーンズ屋敷の道を通って、町外れの書店に行くところだった。

遠くから、照美が悪戦苦闘しながらこの穴をくぐろうとしているところが見えた。なんとか向こう側へ入った照美は、今度は手助けして純を中に入れようとしていた。二人とも、徹夫には気づいていない。徹夫も、用事もなく自分の子どもに声をかけるようなタイプではなかった。

最後に純の足が引き込まれようとしたとき、徹夫はすぐ側《そば》まで近寄っていた。その穴は、もう数え切れないくらい子どもたちが出入りしていたので、昔とはだいぶ様変わりしており、徹夫もそのときは自分がその穴を開けたことすら思いだせないでいるくらいだった。

一旦《いったん》内側に全身が入ってしまったあと、思いがけないことに、ひょいとまた純の頭が塀の外へ出てきて、外を見渡した。そして徹夫と目が合うと、嬉《うれ》しそうに、本当に、世の中にこんな幸せなことはないとでもいうように嬉しそうに笑った。

徹夫も微笑みかけようとしたのだが、子どもに微笑むということに慣れていないので、そういうとっさの表情の変化には時間がかかった。その隙に、照美にせかされた純は、ぴょこんとまた頭を引っ込めた。

遅くきた微笑みの波が、徹夫の顔に浮かんだときには、すでに純は消えていた。

そのときは、そのことが後々まで徹夫を後悔させる種になろうとは、徹夫自身思いも寄らぬことだった。目を開けている純に会ったのは、結局それが最後になってしまった。

蔓を引きちぎりながら涙が出てくる。

なぜ、あのとき温かく声をかけてやらなかったのだろう。

もう一人の子どもまで行方不明という事実が、徹夫にあのときの感情を蘇《よみがえ》らせた。六年もかかって、ようやく自分の悲しみが表出してきたのだろうか。

暗い闇の中ではどんな顔をしても誰に見られることもない。

「純よお。純よお」

徹夫はいつか泣きながら純を呼んでいた。

隠れていた穴がすっかりきれいに開いてしまうと、徹夫はぼんやりとそこに座り込んだ。

徹夫は待っていたのだ。

それは馬鹿《ばか》げていて、理不尽なことだった。頭のどこかでは、早く照美を探しに行け、何を馬鹿なことをしているんだ、と盛んに自分を罵倒《ばとう》する声が続いている。

だが徹夫は待った。

そして、やはり、それは現れた。ぼんやりとした光を帯びながら、あのかわいい純が穴の向こうから顔を出した。

純はにっこりと徹夫に微笑んだ。徹夫は、今度は、顔中くしゃくしゃになるほどの涙混じりの笑顔で応《こた》えた。

それを見て、純は嬉しそうに笑った。そして、するっとこちら側の庭に入り込むと、

「僕、もう行くよ」

とささやいて消えた。

あっというまのことだった。

人に話したって、夢幻の類《たぐい》ととられるだろう。けれど、徹夫には、この一瞬の出来事は、何よりもリアルな現実だった。呆然《ぼうぜん》として座り込んだ。

門の方から徹夫を呼ぶ声がしている。どうやら警官が到着したらしい。徹夫ははっと我にかえって門の方へ急いだ。

裏手の方から女性たちも集まってきた。

「あちらの方をざっと探したんですけれど何の手がかりも見つけられなくて……」

夏夜さんが疲れた声でいった。

「僕の方もまだ……」

徹夫の声は低く力がなかった。

警官たちは、ざっと庭に目を遣《や》ると、池を見つけ、互いに目配せした。

「何か長い棒のようなもの、ありますか」

「棒ねえ……」

レイチェルはしばらく思案していたが、

「ああ、カーテンをはずして、カーテンレールを使いましょう」

そう言うが早いか、家の中へ入り、あっというまに手ごろな長い棒を二本もってきた。

「これでどうかしら」

「充分です」

警官たちは棒を受け取ると、池の中をかき回し始めた。その様子に、さっちゃんは真っ青になり、ガタガタと震えだした。徹夫も顔色を変えたが、さっちゃんを支えてしっかり立っていた。

警官の棒が、がまや葦《あし》などで一番藪《やぶ》になっているところに入ると、その動きがぱたっと止まり、力を入れているらしくて変に水はねした。二人で再度目配せしあい、一人が膝《ひざ》まで中に入って、ひっかかっている物体を持ち上げた。

「ぎゃー」

ライトを照らしていたレイチェルがまず声をあげた。みなが息をのんだ。
それは泥に汚れた白骨死体だった。

9

　ほとんど何も考えられない状態だったが、心の隅では、テルミィはクォーツァスに向かって歩いている気でいた。

　それなのに、あたりのもやが次第に晴れて、目の前に現れたのは、どうもどこかで見覚えのある景色だ。小さな森のような、巨大な木。枝に吊《つ》り下げられた古びた看板。

　　　貸し衣装あります
　　　　カラダ・メナーンダ
　　　　ソレデ・モイーンダ

　なんと、自分はクォーツァスの麓《ふもと》をぐるりと一周しただけだったのだろうか。テルミィは目を疑った。こんなことがあるだろうか。空間が歪《ゆが》んでいるとでもいうのだろうか。

しかし、どう見ても、それは紛れもなくあのカラダとソレデの棲《す》み家のように見えた。

テルミィはしばらく呆然《ぼうぜん》とその看板を見上げていた。どうやらここがあの最初に入ったカラダとソレデの棲み家であることはほぼまちがいなさそうだった。

この貸し衣装屋でこの服を選んだときから、こうなることは決まっていたのだろうか。今となってはここで衣装選びをしていたころが、夢のようだ。

テルミィの耳奥で、そのときがきたら帰っておいで、といったソレデの声が再び響いた。ソレデはこうなることがわかっていたのだろうか。いや、ソレデだけでなくカラダも、スナッフも。

テルミィがドアを叩《たた》こうとした瞬間、ドアの方がひとりでに開いた。

「やあ」

にこやかに、ソレデが立っていた。

「それで、よかったんだよ」

そういうと思った、とテルミィは思い、そう思うほどには元気が出たのかな、でも口に出して言えるまでには至ってないな、とひと事のように思った。

あのおぞましい出来事を話す必要がないことだけはありがたかった。

「お入りよ」

と、ソレデが道をあけた。

「やあ」

ていた。

と、奥からカラダが出てきて、「だから……」と言いかけ、ソレデから袖《そで》をひっぱられ

「いいのよ」

と、テルミィは力なく言った。この二人に会えたことが今は本当に嬉《うれ》しい。泣きだしたいほどだ。

だがテルミィの顔は、その激しい使用に感情がほとんど擦り切れてしまったように、表情が変わらない。こわばった微笑《ほほえ》みが張り付いているだけだった。

「私、本当に馬鹿《ばか》だった」

「そんなことないさ。庭番はそれを望んでたんだよ」

「え？」

実はテルミィも心のどこかで、こんな結果になってもなお、この全《すべ》てがスナッフの仕組んだことのように思えてならないのだった。ただ、そう思うことは自分自身の責任逃れのような気がして、テルミィを後ろめたい気持ちにさせるのだった。

「本当にそう思う？」

テルミィは乾いた声できいた。

「彼が幻の王女を探しにこの国にきたことはきいただろう。幻の王女は根の国にいる。だが、庭番はあの姿のままでは根の国へ行けなかった。分解される必要があったんだ

よ」

「じゃあ、なぜ、最初からそういってくれなかったの？」

「最初からそういっていたら、君は庭番を分解するほどの怒りを発したかね？　わしらだって、君があの服を選ぶことがどんなに君を苦しめるか予想できたからこそ、避けられるものなら避けて欲しいと思ったんだ」

「彼はそのためにわざと私を怒らせたの？　嘘《うそ》をついてまで？　あれは、嘘だったの」

そうだったらどんなにいいだろう。だが問題はそう単純ではないと、テルミイは心のどこかではわかっていた。

「嘘といえるかどうかはわからん。君のいう嘘というのが何を意味するのかよくわからんから。大体この国では嘘という言葉はほとんど使われんのじゃ。全ては嘘だともいえるし、半分は嘘を含んでいるともいえる。あまり意味のない言葉なんじゃ」

珍しくカラダが噛《か》んで含めるようにいってきかせた。なんとなくわかるような気がした。

スナッフのいったことが嘘だろうが本当だろうが、それでテルミイが純を池の淵《ふち》においてけぼりにした事実は変わらないのだ。むしろ、あのスナッフへの怒りは自分自身へのものだったのかもしれない。純の死の原因が自分にあることを長いこと気づかないでいたのは、あの怒りが自分自身を破壊してしまうことをどこかで知っていたからなのかもしれない。

「実際、庭番のいうとおり、君を元の世界に戻すには、一つ目の竜の骨を元に戻すしかないんだ。それに、君は、結局自分でその服を選んだんだからね」

「自分の意志で」

厳《おごそ》かにソレデが付け加えた。

本当にそのとおりだった。自分で、選んだのだ。この、自分の内面をそのままひっくり返し、外套《がいとう》に仕立てたような服。

「わしらはアドバイスはできても、着せることはできないんだよ。服を摘みとり、それを陳列する、それがわしらの仕事だ。『幻の王女』を『再び世に現す』、それが庭番の仕事だった。まだ終わってはいないがね」

――じゃあ、私の仕事は？

テルミイはまだ鎧《よろい》のままでいる服を悲しく見つめた。これが、スナッフを分解したのだ。……え？　分解？

テルミイは、あっと思った。急に光が射《さ》してきたような気がした。

「さっき、スナッフが分解されたっていってたでしょ、ということはスナッフはまだ生きてるってこと？　私、鳩《はと》と烏《からす》のようなものが飛んで行くのを見たわ。あれがスナッフなのね」

カラダとソレデは一瞬顔を見合わせた。テルミィの顔には生気が戻り、すがるような必死さが漂っていた。

「残念ながら庭番ではないんだ。あいつらはあいつらで、勝手気ままにこの世界で生きている。もう庭番とは関係ない」

「むしろ、とんでもない奇体な奴《やつ》らなんだ。気を付けた方がいいぐらいのものだ」

カラダとソレデは声をそろえてテルミィの希望をくじこうとしていた。

「じゃあ、なぜスナッフは分解されてまで根の国に行こうとしたの？　もし、あれがスナッフと何の関係もない生き物だというのなら……」

「それが庭番の仕事なんだ。それをいうなら、むしろ、庭番は分解されてまでも君を根の国に行かせたかったんだ。このままここで根の国にも行けず無為《むい》の日々をおくるよりは」

重苦しい沈黙が辺りを包んだ。

テルミィは混乱していた。スナッフはテルミィが『幻の王女』を自由にしてくれると信じていたのだろうか。

「それなら、私、根の国に行かなければ」

テルミィは、そっと鎧の奥にある剣に手を触れた。もともとはあのおかっぱの女の子の傷だったものだ。それがこの服の中で剣に変容してしまった。スナッフもまったく違う生き物に変容してしまったのだろうか。

テルミィはあの不思議な気配を漂わせている鏡面の前に行った。今はなぜ、この鏡にあんな独特の雰囲気があるのかがわかる。それは根の国へ通じているからなのだ。おばばたちによって封印されていない、唯一《ゆいいつ》の道。

「でも、その鏡面の向こうへいって戻ってきたものはいなかったよ、テルミィ」

ソレデが静かにいった。

「あの子がそもそも『幻の王女』になってしまったのも……」

「それでは『幻の王女』もこの鏡を通っていったのね」

「そうだ。あの子もその服を着て、一つ目の竜を倒したのだ。そして竜の目をもったまま、根の国へ降りていった。そして長い年月が過ぎて、その服がもう一度カラダの畑に生えてきた。それで、わしらはあの子に結晶化がおこり、『幻の王女』になってしまったことを知ったのだ。わしらの貸し衣装は、借りたものがそれを脱ぎ捨てた途端、地に帰り、カラダの畑へ帰って来る。だからこその『貸し』なんだよ」

「結晶化って？」

「行ってみればわかる」

カラダは重苦しくいった。

「こうなった以上はわしらにはあんたを引き留めることはできないよ。何かわしらの考える以上のことが起こっているような気がするのでのう。だが、テルミィ、あの子だけじゃない、誰もその鏡の向こうへいってこちらへかえってきたものはいないんだよ」

ソレデは泣きだしそうな顔で言った。静寂が洞の中に満ちた。

「じゃが、テルミィ、あんたにはもっとその服を楽しむ道もあったはずだよ。その服は、あんたが望めば何にでもあんたの姿を変えたはずだ。あんたがなりたいものにね」

カラダがいった。

──私がなりたいもの？　私が……

テルミィは、ついに自分の生きる形を明らかにした銀の手のことを思った。

「なりたいのは、私しかいない」

絞り出すような声でそう言うとしゃがみこんだ。

──もう寄せ集めの自分なんか嫌だ。他の何者にもなりたくない。私が私になりたいと思うのは、息する方法を手にいれたいと思うのと同じだ。どうしてもどうしても必要な事なのだ。生きていくのに欠かせないのだ。私は、頭のてっぺんからつまさきまで、ぴっちり私になりきりたい。

「テルミィ、勇気と真実だけが、あんたをあんたにする」

カラダが静かにいった。

「真実なんて……。真実なんて……。一つじゃないんだ。幾つも幾つもあるんだ。幾つも。幾つも。幾つも。そんなもの、そんなもの、つきあってなんかいられない」

テルミィは怒鳴るように叫んだ。今までそのことを意識したことはなかった。けれど、自分のこれまでの人生で、学んできたもっとも確実なことはこのことではなかったか。怒鳴りながら、テルミィは自分がいかにその事実にダメージを受けてきたか初めて知った。そうだ、自分は腹を立ててさえいた。

唯一無二の、確かな真実なんて、どこにも、存在しない。という事実に。

「テルミィ」

ソレデが今までできいたことのないような静かな落ち着いた声でいった。

「真実が、確実な一つのものでないということは、真実の価値を少しも損ないはしない。もし、真実が一つしかないとしたら、この世界が、こんなに変容することもないだろう。変容するこの世界の中で、わしらはただわしらの仕事をもくもくと続けるだけじゃ。それがわしらの『職』なのだから。変容する世界に文句をつけるより、その世界で生きることをわしらは選ぶよ」

それから、長いこと誰も何も言わなかった。

——テナシもテナシの『職』を見つけた。それはテナシが自分自身に到達したのと同じ事だ。

怒鳴るだけ怒鳴った後は、すっきりして覚悟も定まってくる。

その場のちょっとウエットなムードを打ち破るように、テルミィは立ち上がり、淡々といった。

「行かなくちゃ、根の国へ」

これは自分の意志で決められる類《たぐい》のことではなかった。泣こうがわめこうがどうにもならない決まり事だ。生まれた赤ん坊に歯が生えてくるのを止められないのといっしょのことだったのだ。テルミィは諦《あきら》めた。

「テルミィ、もし、おまえさんが幻の王女に会って、それからどういうことになろうとも、わしらのことは気にせんでいいんだよ。わしらはそれ、その貸し衣装のようなもの。作物なんじゃや。地に還《かえ》りまた蘇《よみがえ》る。元のままで、とはいわんがの」

カラダが信じられないほど優しくいった。

「きいたわ。サエルミュラのおばばから。あなたがたが『職を持つもの』だってこと」

二人は微笑んで、それについては何も言わなかった。

そのとき、明り採りの窓の一つから、あの白い鳩——スナッフから分解していった——がすーっと降りてきて、テルミィの肩に止まった。

「ああ、本当に行くんだねえ」

ソレデが大きなため息と共に呟《つぶや》いた。

「テルミィ、これからは、もう誰にも、『じゃあ、どうしたらいいの?』ってきけないんだよ」

カラダがいった。テルミィは少し笑った。確かに、自分はずっとその言葉を口にし続けてきた。

テルミィはおばばたちがしていたように、鏡面を回転ドアのように力いっぱい押した。あの、すさまじい風が噴き上げてきた。カラダたちは風に当たらないように奥へ避難した。

「ありがとう、おじいちゃん」

なぜ、そのとき、カラダとソレデに、おじいちゃん、と呼んだのか、テルミィにもわからなかった。けれど、カラダとソレデはにっこりとそれに応《こた》えた。

その見覚えのある静かな優しい笑顔に、テルミィが驚いて何かを確かめようと振り返るのと、鏡面が回転してテルミィを中へ押しやるのと、それから何か黒いシミのようなものが飛び込んだのは、ほとんど同時、一瞬の出来事だった。

タムリン

中は真っ暗だった。おまけにあの、細胞の一つ一つの隙間《すきま》にまで入り込んでくるような、独特のしっとりした空気がテルミィを取り囲んでいた。

何も見えない闇《やみ》。見ているだけで吸い込まれていきそうな闇。

テルミィはわけのわからない恐怖を感じて、思わずソレデたちのところへ戻ろうとした。が、一歩も動けなかった。足がすくんでいた。

「ここは暗い」

耳元で声がした。なんと、あの鳩が声を発したのだ。テルミィは思わず飛び上がりそうになった。

「しゃべれるの？」

「僕はしゃべれる」

「あなたは——あの、よく見えないけれど、あの、こういう言い方が失礼だったらあやまるけど——鳩、よね」

「今は、違う」

声の主ははっきりといった。

「名前は、タムリン」

「……タムリン？」

テルミィがそういったとたん、肩の辺りから、柔らかい光があふれてきた。タムリンはふっとテルミィの肩から離れた。

それは、五、六歳ぐらいの男の子の風貌《ふうぼう》をした、小さな妖精《ようせい》だった。空中に浮かんでこちらを見ていた。

「明るくなった」

そこは幅の狭い通路のようなところで、木質なのか粘土なのかよくわからない壁がずーっと先の方まで続いていた。隅ずみまで見通せるというほどには明るさが足りないが、これなら前へ進むことができるだろう。タムリンはまたテルミィの肩へ戻った。重さはほとんど感じなかった。

「タムと呼ばれても僕はかまわない」

「わかったわ」

テルミィはなんだかおかしくなった。真面目《まじめ》くさった、記号のようなしゃべり方をする子だ。

「一緒に行ってくれるの？」

「そうではない」

「ふうん」

まあ、別にいいや、とテルミィは思った。

湿った、腐葉土のような匂《にお》いがしてきた。懐《なつ》かしい、もくもくと黒い土の匂いだ。土になりかけの木片や植物の根、筋だらけの葉っぱの集積。

黙っていつまでもそういう洞窟《どうくつ》のような道を下っていくと、テルミィはいつしか、ここがどこで、自分が何のために歩いているのだかわからなくなっていた。もう、ずっと前から、それこそ生まれたときから、こうして一人で暗い洞窟の中を歩き続けているような気がした。

場所によって、土の匂いにもいろいろあるのがわかった。

テルミィは歩きながら、ほとんど使わないでいる視覚の代わりに、鋭くなった嗅覚《きゅうかく》でそのことを確認していった。

春の雨に柔らかくなっていくような芽生えの匂いの土。夏の生命力にむせかえるように発酵した土。その熱を取り去っていくような静まりゆく秋の豊かな土。凍《い》てつく岩のように眠り込んでいる冬の土。

しかもそれぞれのなかにも、微妙な違いがある。心が安心して開かれていくような善なるものの匂いと、思わず足早に遠ざかりたくなるような品性の低い匂い。それは単に芳香とか、悪臭とかでは言い表せない。刺激の有無ということでもない。

一体、その差異がどこからくるものなのか、テルミィは不思議に思った。

——一体どこで自分はそれを知覚するのだろう。

この嫌悪《けんお》感《かん》は決定的だと思われるのに、それがほかとどう違う、という明確な差異はどうしても言語化できないでいた。

傍らでタムリンがずっと黙ったまま、ついていてくれるのは有難かった。実をいうと、軽い調子でおしゃべりする気分にはどうしてもなれなかった。スナッフを手にかけてから。

綾子の声

だんだん乾いた風が吹いてきた。最初は心地よかったのが、次第にそれどころではなくなった。急に明るくなり、広いところへ出たと思ったら、そこは嵐《あらし》のような風が荒れ狂っていた。まともに前が見られない。

そのとき、風に乗ってかすかに、「おーい　おーい」という声がきこえてきた。

耳をすますと、ただ風の音が、ヒューヒューと高くなったりゴーゴーと低くなったり、あらゆる音階をためしているかのように吹いているのがきこえるだけだった。その組合せが、あの呼びかけるような誘うような声にきこえたのだろうか。

「何かの声が、きこえなかった？」

久しぶりで、テルミィはタムに声をかけた。

「くろみみずだ」

タムは相変わらず落ち着いて答えた。

「え？　くろみみずって、あの……」

「『地中に棲《す》むもの』は、ときどき音や何かで人を化かす。地中では、その姿は見せないけれど……」

風はますます強くなり、立っていられないほどになった。髪は吹き上げられて総立ちだ。テルミィはうずくまり、両手で目を覆《おお》った。よくもまあ、タムはつかまっていられることだ、とそっと肩の上に片手をやると何もなかった。

どこかに飛ばされたのだろうかと思い、慌《あわ》てて立ち上がった。途端に突風で殴られるように倒された。

このままではおしまいだ。うつぶせになり、息を確保するのがやっとだった。鎧《よろい》の下に手を入れて、剣が無事であることを確かめた。

そうやって、目を閉じ、じっとしていると、次第に意識がぼんやりしてくる。自分は眠りに入っていくのだろうか、こんなとんでもない状況の中で……。テルミィがそう思うと同時に、頭のどこかで声が響いてきた。それは親しい、懐かしい、声だった。

「まったく照ちゃんたら、いつも勝手なときに家に入り込んでるんだから……。すっかりおじいちゃんと仲良くなって。あれは、私のおじいちゃんなのよ。私がおじいちゃんの本当の孫なのよ」

それは確かに綾子の声だった。しかし、きいたことのない意地の悪い口調だ。テルミィはあっけにとられた。

「ずうずうしいったらありゃしない。おうちの人はどう思ってるのかしら、うちに入《い》り浸《びた》ってること。親にほとんどかまってもらえない、かわいそうな子なんだから優しくしてあげなさいって、ママはいうけど。でも少しぐらい勉強ができるからって、偉そうにして……。おじいちゃんの容態のことなんか教えてあげるもんですか。これは家族のことなんだから」

テルミィはショックだった。こんなことがあるだろうか。綾子は本当にこう思ってるのだろうか。綾子は陰で私の悪口をいっているのだろうか。

テルミィの胸の中に重い重い何かが流れ込んできた。それは溶岩のようにひりひりと柔らかい心を灼《や》いた。

これは現実の声だろうか。テルミィはそう思いたくなかった。しかしたとえ実際には綾子がそんなことは言ってなかったとしても、頭の中で響いているのは確かに綾子の声だ。紛れもない綾子の声だ。そのことがテルミィを傷つけるのだ。

悪口は次から次へと続いた。これが外からきこえるものなら、耳をふさいででもこの声から逃げだしたものを、頭の中で響いているものからは逃げられない。気持ちがどんどん沈んでいく。胸が痛い。

――けれど、この声の綾子が言っているのは本当のことだ。私はおじいちゃんに実の孫のように思ってもらいたい気持ちは確かにあったもの。パパやママにだって、私はそれほど大事にされていない。人からみたら、ちぐはぐのお下がりばかり着て、哀れな子だったのだろう。

自分では意識しなかったけど、綾子からしたらそう見えたのかと思うようなことばかりだ。なるほど、これも『真実』なのだろう。

裏切られたような怒りが、最初一瞬テルミィを通り過ぎたが、次第にそれはただただ悲しい思いに変わっていった。

声はだんだん遠くなっていったが、風は相変わらず吹き荒れていた。テルミィはうつぶしたままじっと微動だにしなかった。

突然、邪悪な臭《にお》いが流れてきた。テルミィは、はっとして目を開けた。匂いに善や悪があるなんて今まで考えもしなかった。けれどそれは邪悪としかいいようがなかった。さっき通った、土のトンネルの様々な匂いの中に、時折ちらと鼻孔をかすめた、思わず緊張するような細いが強烈な流れがあったが、きっとそれの元凶が、今、その正体ごと近づいてきているのだと、テルミィは察した。

途端に圧倒されるような恐怖がテルミィを襲った。わけがわからなかった。本能的に叫んで走りだしたくなるのをかろうじて押さえた。そして、息を殺して、臭いの流れてくる方を窺《うかが》った。

シュー、シューと、ひどく耳障りな音が定期的にしていた。破れ障子に風が吹き抜けていくようだ。それは、おじいちゃんのしてくれた話の中にあった、無数の屍《しかばね》から部分を寄せ集めてつくったという化物の破れた声帯から出てくるような音だ。殺傷能力のある摩擦音――この世に現れた瞬間から、全《すべ》てに敵対していて、音としてはそういう形にしかならなかったのに違いない。

その音は次第に大きくなった。そして臭いも強くなった。テルミィはその眼のはしで、何か動くものを捉《とら》えた。見たくない、という気持ちと、確かめたい、という義務感にも好奇心にも似た気持ちが同時に動いた。

それは巨大な蛇だった。

瞬間に、テルミィの背筋に冷たいものが走った。そのぬらりとした表面の光り具合いは、離れていてもテルミィを蒼白《そうはく》にさせるに充分な力があった。先がふたまたに分かれた舌を、出したり引っ込めたりしている。そのときに、あの、シュー、シューという音がもれるのだった。

蛇は何かを探しているかのように、ゆっくりと這《は》いながらこちらへ向かっている。テルミィはもうたまらなくなって、立ち上がり、膝《ひざ》ががくがくするのを必死で転げるように駆けだした。

――見つかっただろうか。見つかっただろう。しかたない。じっとしていて発見されるよりは……隠れるところ、どこか隠れるところは……。

荒涼とした原野を、テルミィは必死で逃げまどった。やがて朽ち木が一かたまり木立のようになっているところへ、テルミィは身を隠すように入り込んだ。だが、身を隠すどころか、こちらから向こうが丸見えなので、向こうからもこちらが丸見えなのに違いない。少しも安心できなかった。

――早く飛び出していってもっと先まで逃げた方がいいんじゃないだろうか。でも、今から飛び出したんでは遅い……

テルミィは焦《あせ》った。

また、あの、シュー、シューという音が近づいてきた。

とてつもなく緊張しているはずなのに、そして今こそその緊張が最高潮に達しているはずなのに、テルミィは急に身体《からだ》中の力が抜けていくのを感じた。意識が薄れていく。

大勢の人間がいつのまにかテルミィを取り巻いていた。

みんな知っている顔だ。両親も友人もみんないる。さっきの蛇の化物が、立ち上がっている。よく見ると手足が生えていて、とかげの化物になっている。

とかげの化物は細いロープのようなものを手にしている。テルミィは、なぜだかそれは水蜘蛛《みずぐも》のものだと知っている。とかげの化物は、動かない人間たちの首に次から次へとそのロープを一巻し、器用に結び、にたり、にたりと笑う。テルミィの側《そば》まで来たとき、テルミィは恐れよりも怒りの方が強くなり、声は出せないまま心で、

「さっきまで地面を這いずってたくせに」

と叫ぶ。その声を化物は聞き逃さず、生臭い息をシューシューと吐きながら、

「おまえが逃げるので、追いかけるうち、手足が生えたのだ」

という。

その声が実際しゃべったものだったのか、テルミィの心に感じ取られたものだったのかはよくわからない。まちがっても慈悲のかけらもない、残酷さが青黒い影となってにじんでいるような声だった。

化物は眼を細めて、悦楽に浸るようにそのロープの端をぐっと引いた。途端に動かなかった人間たちが、「くえっ」と蛙《かえる》のように一声叫んでこと切れた。

それから、また何もわからなくなった。

気が付いたら、口の中に砂が入っている。砂地にうつぶせになっていた。

――今のは幻覚だったんだろうか。あの中には、確かに綾ちゃんもいた。

手足が、水に濡《ぬ》れた衣服を纏《まと》っているように重かった。テルミィはもう動きたくなかった。

ショックを受けたのだ。

あの化物の行為の残酷さにではない。むしろ、ロープを引いたのは自分かもしれない、ぐいっと、引いた感触が掌《てのひら》に残っているような気がする。そして、その瞬間の、爽快感《そうかいかん》

にも似た、すっとした気持ち。ドミノ倒しの最後の一押しのように、破壊的な快感。あの化物がロープを引いたとき、確かに自分の心のどこかが、シンクロするように化物に寄りそい、その快感を共にした。

何ということだろう。

それに気づいて、もう立ち上がるのも嫌になった。つくづく嫌になった。スナッフを殺したのもこういう自分だったではないか。

テルミィは四肢を砂にめりこますようにした。このままさらさらの砂に分解されたら、どんなに清潔になれるだろう。

砂地には、ときどき思いだしたように風が吹き、テルミィの髪を砂まみれにした。

風は次第にまた強くなり、砂が舞い上がり、テルミィの身体を覆い隠し、また露《あらわ》にした。

やがて、辺りに静寂が訪れて、テルミィの心も動かない湖の表面のようにしんと静まった。

すると目を閉じたテルミィの真っ暗な世界の、ずっと奥の方から、突然蛍《ほたる》のような光が点滅した。あれ、とテルミィがそれに意識を集中するとそれはやがて確かな一つの光明となり、まっすぐにテルミィの目元まで射《さ》した。そのとき、テルミィの気持ちの中で、何かが変化した。

――ああ、でも、私はずっと綾ちゃんの友達でいよう。もし綾ちゃんがそれを許してくれるなら。ううん、許してくれなくても。

そう思ったとき、不思議なことに、じっと悪口をきいていたときには出なかった涙が、今初めてぽろぽろと流れてきた。

――綾ちゃんが私をどんなに軽蔑《けいべつ》していても、私自身は綾ちゃんの友達であることをやめたりはしない。だって、綾ちゃんは私に本当によくしてくれた。それは本当に本当のことだもの。私は綾ちゃんのおかげでどれだけ救われたかわからない。私は綾ちゃんが好きだ。この気持ちを本当に本当にするためにも私はずっと、綾ちゃんの友達でありつづけよう。綾ちゃんのためになることなら何でもしてあげよう。

そこまで決心すると、大粒の涙がもっともっと溢《あふ》れてき、しまいにテルミィは声をあげて、小さい子のようにうわーんと泣いていた。

これまでのいろいろな感情のうっせきが、堤防のほころびを見つけた濁流のように噴き出してきたのだ。

それで、ずいぶん長いこと泣いた。気が付くと風も止《や》んでいた。

テルミィはゆっくりと立ち上がった。砂漠のようなところだった。まん中辺りで不思議な光がずーっと上の方まで立ち昇っている。その中空に、宙づりになって青白い光を放っている物体があった。

——竜の骨だ。

テルミィは近づいて、鎧になってもなお金の砂をにじませている服の傷から、その砂をこそぎとり、その竜の骨に塗り付けた。少し傷が広がっているような気がした。金の砂がたっぷりととれたのだ。

「ほら、あそこ」

急に耳元でタムの落ち着いた声がした。近くの岩の陰で、赤い炎がちろちろと燃えている。

「くろみみずだよ」

何で、と疑問を投げかけようとして、テルミィは我に返った。

「タム！　あんた、どこへ行ってたの」

「わからない」

まあ、いいや、こんな小さな子どもを問い詰めたって、と思い直した。無事だったんならそれでいいんだ。

「この上がアエルミュラの親王樹なのかなあ」

そう思って見上げても、ただ光がどこまでも伸びていくようでよくわからなかった。

「行かなくちゃ」

テルミィは呟《つぶや》いた。

「どっちへ？」

タムがきいた。

「あっち。ほら、傾斜がついている」

テルミィの勘では、そっちはずっと奥に続いている。テルミィはまた歩き出した。

餓　鬼

途中から、道がまた細くなり洞穴の中のようになってきた。なんだか生臭い風が吹いてくる。

はっとして後ろを振り返ると、あの、ぞっとするような化物の姿が目に入った。殴られたように、テルミィは思わず立ち止まった。だが改めて見ると、何もない、ただえんえんと今歩いてきた通路が続いているだけだ。

「何か、見た？」

タムがいった。

「……うん」

あの化物のことをタムにはまだ話していなかった。

「信じられないくらい気持ちの悪いものがついてくるの。なぜだかわからないけど、つきまとっているの。最初は蛇のようだった。今はとかげのようだった」

タムはしばらく黙ってから、

「それは、しかたがない」

といった。

そういわれると、テルミィもなんだか、しかたがない、という気がして、

「うん」

と呟き、先に進んだ。

そのまま、何日歩いただろうか。

昼も夜もない、大きなもぐらの穴のような通路をタムの明りを頼りにもくもくと歩いた。ときどき、あの邪悪な生臭い臭いが流れてきて、テルミィはあの化物が見え隠れしながらも同行していることがわかった。吐き気を胸の途中で止めているような気持ちだった。

「ついてきているの、わかる?」

テルミィはタムに声をかけた。

「何が」

「あの、化物」

「さあ」

タムは興味なさそうにいった。

「僕は光があまり近くにあるので、暗いところはよく見えない」

「ふうん」

そんなものかな、とテルミィは思った。

――そうすると、案外、化物がつきまとう理由は、タムの光にあるのかもしれない。蛾《が》や、毒虫が光にひかれてやってくるように。……じゃあ、タムと離れれば、あの化物もどこかへ行ってくれるかしら……

ふと、そんな考えが頭に浮かんで、慌《あわ》ててテルミィは首を振った。

――そんなことができるわけがない。

道はゆるやかな下り坂になっているので、それほどつらくはないが、ただただ歩いているといろんなことが脳裏をよぎる。何でこんなことになってしまったのだろう。おじいちゃんはだいじょうぶだろうか。パパ、ママは心配してくれているだろうか。そういえばこの国にきてからお腹《なか》がすかない。この国の人たちがきちんと食事をしているのも見たことがない。

「ねえ、タム、この国の人たち、食事どうしてるのかしら」

「この国は裏庭。庭の生き物は光と土と空気があればいい」

「……ふうん」

生えている、ってことなのかしらとテルミィは漠然と思った。

生臭さが急に強くなってきた。あの、化物のものとはまた違う。食事のことなんかを考えていたのは、この変な生臭さの影響だろうと思った。食事をとるって、どこか生臭い、本能的なものを連想した。

臭《にお》いと同時に、低い太鼓の音のような響きが伝わってくる。それは礼砲の音より暗く、地の底から湧《わ》いてくるような不気味さがあった。

「ひどい臭いね。それにこの耳障《みみざわ》りな音」

「地いたちだ。姿は見せないけど、ぼくたち、地いたちの棲《す》み家に入ってきている」

「やっぱり、化かす、の？」

「それが彼らの仕事だから」

——仕事ね、テルミィは小さく呟いた。

ここの世界の仕事という言葉は、その生きる形、のようなものなんだ、とわかってきた。

『元の世界』での、パパやママの仕事は、レストランだ。

あのお店のドアの向こうにパパやママのすべてがあるように思える。

——私はそこに入れない。役に立たないから。

その強烈な臭いや音に、もうこれ以上は耐えきれないと思ったとき、先の方から妙なうめき声のようなものがきこえてきた。

「なんだか気味が悪い」

「引き返す？」

「……いや、行くわ」

けれど、これ以上進みたくないという気持ちはどうしようもない。自然と歯を食いしばる表情になってしまう。

ついに通路を抜けた。

――何、これ。

岩だらけの風景がひろがっていた。ただ、何もかもがぼんやりと朱色に染まっている。美しいと感じていいのか、不気味と感じていいのかわからなかった。ただ、ひどく異常な何かが伝わってくる。

その何かはすぐにわかった。最初その朱色に圧倒されて、よく見えなかったが、目の前の大きな岩から向こうをのぞいて、「あっ」と声を出した、と同時に、テルミィは手で口を覆《おお》った。

なんという有様だろう。ほとんど全裸の、骨と皮ばかりの亡者《もうじゃ》の群が、地獄絵図のように互いに襲いかかっていた。ほとんどが眼球を喰《く》い破られたり、肋骨《ろっこつ》を半分露呈していたり、髪は肉ごとひきむしられたりしていた。

残っている、あるいはつりさがらんばかりになっている眼球は血走って、互いの体で互いの飢えを満たそうとむさぼりあっているのだ。

そこは岩や石がごろごろした、あちこちで噴煙の上がっている火山の火口のようなところだった。岩の陰で潜んでいるものも、すぐに傷の臭いを嗅《か》ぎつけられ、喰い物にされる。

このすさまじい貪欲《どんよく》さはどうだろう。醜悪さがテルミィを圧倒した。人格などというものはとっくに消え失《う》せた、餓鬼の世界だ。どんなに相手を喰らい尽くしてもまだ足りないのだ。

臭いはすさまじく、にぶく響いてくる音は皮膚を通して身体《からだ》を侵していくようだった。ずっと向こうの方では、老いさらばえて立つ気力もなくなった餓鬼たちが、砂地獄にのみこまれていた。声すらも立てずにただ無気力になすすべもなくのみこまれていく。静かなのは唯一《ゆいいつ》そこだけで、あとはまさに阿鼻叫喚《あびきょうかん》だった。

それらの全《すべ》てが、茜色《あかねいろ》に染め上げられているのだった。岩も、石も、砂も、餓鬼たちも。

テルミィは一歩も動けないでいた。どういうふうに自分を鼓舞《こぶ》してもこの中には入って行けなかった。鎧《よろい》の下の、あの剣を握りしめた。

「タム、どうしよう」

返事はなかった。

「タム?」

肩の上にはなにものっていなかった。

一人なのだ、とテルミィは改めて悟った。

一人の餓鬼が、テルミィの側《そば》に寄ってきた。テルミィは恐怖と嫌悪《けんお》から叫び出しそうになった。剣を振りかざそうとした。けれど、もう二度とこの剣は使いたくない。スナッフを切り刻んだときの悲痛な思いが甦《よみがえ》る。

近づいた餓鬼の目を見た瞬間、テルミィはその剣を下に降ろした。その血走った眼球に限りない悲しみの影を認めたのだ。

それは、決して満たされることのない、ひりつくような飢えを抱えて、その飢えに支配され、それの命ずるままに動くしかないことを訴えていた。その悲しみは、あっという間に奔流のようにテルミィの心に流れ込んだ。

——ああ、これも私は知っているような気がする。

どこでだったか、いつだったかわからない。前世というものがあるなら、それかもしれない。

哀れさで、爆発するかと思われた。

その餓鬼が襲いかかってくるのをテルミィは静かに受け止めた。なんでそんなことができたのか、自分でもわからなかった。自分の身を与えながら、その哀しみを共有していることを確かめていた。それは自分が喰われていくのではなく、むしろ限りなく広がっていく感覚だった。痛みすら自分だけに属しているのではないように感じた。この、鎧になっている服のせいもあったかもしれないが。

テルミィはもう恐怖も嫌悪も感じなかった。そういう態度は、その餓鬼にはひどく食欲をそぐことらしかった。テルミィから身を離すとまたどこかへ立ち去った。テルミィは地を覆うように倒れている他の多くの骸《むくろ》と同じようにそこに崩れ落ちた。

物のように、そこに崩れていることは、思いのほか気持ちの落ち着くことだった。自分の身体も、他人のそれも、そんなにたいそうなものではないのだと、テルミィはぼんやり思った。それから、もう、ほとんど何も考えられなくなった。時間の感覚も定かではなかった。一生そうしていたのかもしれないし、それから先は夢の中のことなのかもしれない。だから、あの化物の近づいてくる気配がしたのが、そのすぐ後だったのか、それとも幾世も後のことなのか、テルミィにはそれすらよくわからなかった。

——ああ、あれが来る。

薄れていた意識の中で、テルミィはただその近づく気配を感じていた。こうなってさえ、なお、頭のどこかが冷たくなっていくのを感じた。眼を開けているわけではないのに、テルミィには全てが見えた。

化物は、シューシューと、この地獄絵図にふさわしい息を吐きながら、屍《しかばね》の一つ一つを丹念に調べて回っていた。

――腐肉の臭いを嗅ぎつけてきたんだ。私がどうなったか、確かめに来たんだ。とてつもない邪悪の臭いをぷんぷんさせて……

途端に、残っている身体中のとり肌が立ち、髪の毛が逆立つような悪寒《おかん》がした。そんなことが我慢できるわけがない。あんな化物の検分にあうなんて、餓鬼に喰われることより遙《はる》かに屈辱的だ。

テルミィは死にもの狂いで、それから逃れる方法を考えた。身体はもとより動かない。とかげの化物は屍の一つ一つをいたぶることを無上の楽しみのように続けていたが、明らかに、何かを探していた。

――私を、探しているんだ。

テルミィはほとんど絶望的になった。

――タム！　タム！　出てきて。

藁《わら》をもすがるような思いでテルミィは祈った。

そのとき静かに雨が降り始めた。

茜色の雨だった。

その雨が、岩山を、砂地を、餓鬼たちを朱色に染めあげていく。おそらく、そんなふうにもう何万回となく降ってきたのだろう。そして、今、彼らと同じようにテルミィも朱色に濡《ぬ》れていった。何もかも、あの化物まで、同じ色に染まっていた。

——ああ、みんな同じ色に……

そう思った途端、何かが弾《はじ》けて、世界がまっしろになり、何もかも消えた。餓鬼に喰いつかれていたはずの肩も、あの服はいつのまにか修復していた。

やがて中央にまたあの光が現れ、宙づりになった竜の骨が現れた。

テルミィはためらうことなくその骨に金の砂を塗った。

「ほら」

肩の上で声がした。と、同時に蠟燭《ろうそく》のような炎がぼうっと燃えているのが目に入った。

「地いたちが一匹、燃えている」

「……私、化かされていたの？」

「さあ。地いたちだって、準備もないものを引きずり込むことはできない」

「私が見たものの責任は私にあるというのね」

テルミィの口調は投げやりではなかったが、どこか諦《あきら》めた響きがあった。

「タムはいつも、ああいう場面になるといなくなるのね」

「そうじゃない」

タムは珍しく否定した。

「テルミィが、いなくなるんだ。見えなくなるんだ」

「なるほどね」

テルミィは寛容に笑った。

――タムは別に逃げているわけではないんだろう。ただ、タムと共有できる場に、私がいなくなるということなのかもしれない。

こんな小さなかわいい子に、あんな凄惨《せいさん》な場面を見せずに済んだことに、テルミィは内心ほっとしていた。どこだかしらないが、安全なところで遊んでいてくれた方がはるかにいい。なりふりかまわずタムを呼んでしまったことを恥じていた。

テルミィ自身は疲れてくたくただった。倒れ込んでしまいそうなぐらいだ。

「行こう」

タムが無邪気に促した。

テルミィは努力して重い足を引きずった。

――一人で歩いているつもりだったのに、結局タムに引きずられているのかなあ……

幻の王女と彫像たち

今度の通路は前よりももっと急な下り坂になっていた。だんだん寒くなってきているような気がする。

タムは天使のように光輝いていた。地下に深く降りれば降りるほど、タムはピュアな美しさをたたえていくような気がした。言動も、どんどん無邪気で可愛《かわい》らしくなっていくようだ。

テルミィは、ひたひたと自分たちの後をついてくるものの気配を、また感じていた。

さっきから、振り返って確かめたいのだが、なかなか勇気が出せないでいる。

「やっぱりついてきている……」

「ついてくるのは、しかたない」

タムはのんきなのか優しいのかよくわからない。けれど、そういわれると、また、し

かたないかな、という気にもなってくる。

よし、と思い切って振り返った。一瞬だったがはっきりその身の毛のよだつような姿

を確認した。前よりも、もっと醜悪で、しかも大きくなっているようにさえ思えた。小

さな恐竜のように、後肢《あとあし》でのし歩いている。

「いたわ、いたわ。ああ、気味悪い……」

テルミィは思わずそう呟《つぶや》いた。

「そう」

動じないタムは、そのとき信じられないくらい清純そのものに見えた。

坂はますます急になり、足に力をいれて踏みしめないと走りだしてしまいそうだ。この世界を深く降りれば降りるほど、タムはまぶしいほど光輝き、あの化物は醜悪になっていくように思えた。

前方が、だんだん明るくなり、やがて輝くような光が出口の方からこぼれてきた。春の雪解け水が、清流になっていくような、美しい音もきこえてくる。

「きれいな音」

「ハッカクモグラだ。ハッカクモグラのテリトリーに入ったんだ」

「私、見たことあるわ。まさか、こんなきれいな音を奏《かな》でるなんて……。地上で見たときは、気持ち悪いただの虫のような感じだったのに……」

「『地中に棲《す》むもの』は、地上に出るとほんとにみっともない、ただの虫以下みたいに見える。あれたちの真価は地下でしか発揮できない」

美しい音のせいもあって、今度は前のようなおぞましさは感じないが、やっぱり足を踏み入れるのが怖い。

テルミィは立ち止まり、そこに座り込んだ。やはり、疲れが出てきている。この先、たとえ、今度は楽しいものが待っていようと、新しい環境に入っていくのはいつだって力仕事だ。身体はそのまま、そこで溶けるように横になりたがっている。けれど、テルミィの心の芯《しん》のようなところが、さあ、早く立って歩くのだと絶えずテルミィをせかすのだった。その声に背中を押されるようにして、テルミィは通路を出た。

雪の降る晩に感じるような静けさが、その世界一帯に満ちていた。雪山や、氷山を思わせる明るさだ。聖堂の中のような厳《おごそ》かな気配が漂っていた。

あちらこちらに氷の彫刻のような像が立っている。見ると、ギリシャ彫刻の神々のようでもあり、インドの神々のようでもあった。

——えっと、こういうの、ヘレニズムっていったっけ。

学校の教科書にはそういうふうに出ていたように思う。ヘレニズム文化は、西洋と東洋の接点になるところで発祥《はっしょう》した、と。

「タム？」

返事はなかった。何だかまたタムの気配が消えたような気がしていたのだ。

やっぱり、と、テルミィはため息をつき、改めて辺りをじっくりと見回した。

動かない彫刻の林の中を、一体だけ、優雅なゆっくりとした歩調で歩いているものがいた。と思ったら、次の瞬間その人はテルミィのまん前で微笑《ほほえ》んでいた。

「よくここまできましたね」

その人は口も動かさずにテルミィの心にしゃべりかけた。テルミィがびっくりしていると、

「この彫像たちは、あなたが見た餓鬼の世界で何千年も苦しんだ末、浄化されてここに

やってきたのです。ほらあそこから……」

指された方角に目を遣《や》ると、白銀の雪のようなさらさらした砂のなかから、美しい彫像がもう一体、ゆっくりとわきあがってくるところだった。

「餓鬼の世界で数千年過ごしたあと、砂の世界でさらに数千年の修行の時を過ごします。皆、美しい神々の風格を備えているでしょう」

本当にそうだった。皆、信じられないほど、そのおもざしに静かな美しさをたたえていた。その中でも、この人の神々《こうごう》しさは抜きんでていた。

「人に用意されている道は、何も高みへ向かうだけではないのです。その魂にあった修行の仕方がある。けれど、浄化も経ないでここまでやってこれたのは、あなたと、もう一人……」

その人はすぐ隣に立っている彫像の一つを指さした。その彫像は女の子の像だった。

「レベッカ！」

思わずテルミィは大声を出した。

今、ようやく思いだした。この名前が、今まで不思議なくらいにどうしても出てこなかった。会ったこともないのに、テルミィはその彫像を見た途端、その名前を叫んだ。

テルミィはこの旅の最初からずっと、レベッカのことを考えていた。いや、そもそもの初め、おじいちゃんからレベッカのことをきいたときから、ずっと、心のどこかでレベッカのことを考え続けていたのだ。

そして、この王国へ来てからは、テルミィは名前こそ思いだせないものの、レベッカその人が『幻の王女』であると確信していた。

「この子の名前を取り戻しましたね」

その人は微笑んでいった。

「じゃあ、やっぱりこの少女がレベッカなんですね」

確かおじいちゃんはレベッカは成人してから亡《な》くなったといっていた。でも、目の前にいる、大きな瞳《ひとみ》のやせっぽっちの女の子の像は、どう見ても十三歳ぐらいにしか見えなかった。

「そういう名前で呼ばれていたこともありました」

「じゃあ、こういう像になってしまったことが、『結晶化』ということなんですか」

「そうです」

その人は典雅《てんが》にうなずいた。

その像たちは、皆澄んだ静寂に満ちて美しかった。

レベッカももちろんそうだったが、彼女には他の像たちとは明らかに違う何かがあった。それが何なのか、テルミィが考えていると、その人はテルミィの疑問を察したように説明した。

「他の像は、全《すべ》ての仕事をやり終えて、今ようやく安息の時に入ったのです。けれど、この少女の像は、竜を鎮《しず》めるという使命をもっています。まだ仕事を続けているわけです」

「じゃあ、この仕事は永久に続くんですか？」

テルミィは深く同情しながらいった。

「あなた次第です」

その人は静かにテルミィを見つめていった。

「あなたがその竜の一つ目を再び元に戻し、復活させれば、彼女もこの結晶化から解放されるでしょう」

「あ、一つ目の竜の目は、確かレベッカが持っていったんじゃ……」

テルミィははっと気づいて、いたずらに空《くう》をかき抱いている手の形をしたレベッカの像を見つめた。

「ええ、彼女がずっと持っていました。けれど、あなたがこの根の国に入った瞬間、それは目覚めて姿を消しました」

わけがわからない、という顔をしているテルミィに向かって、その人は静かに、

「出会いませんでしたか」

ときいた。

テルミィは首を振った。

「そのうち出会うでしょう」

表情を変えずにその人は言った。

「……目玉が、どこかに転がってるんですか」

テルミィは気味悪そうにきいた。

「まあ、それなりに形は変わっているかもしれませんが、あなたが一つ目に出会えば、すぐに正体は知れますから、心配することはありません」

「じゃあ、とにかく、それを、元に戻せばいいんですね」

「ええ」

その人は少し間をおいて、

「けれど、そのときこそ、この世界は崩壊します」

「じゃあ、どうすればいいの？」

テルミィは悲鳴のように叫んだ。銀の手や、カラダやソレデやおばばたち。ビャクシンやキリスゲたち。

「あなた次第です」

その人は再び厳かに宣言した。テルミィは座り込んで、両手で顔を覆《おお》った。もう、何が何だかわからなかった。

「ごらんなさい」

テルミィが顔を上げると、その人はあぐら座になって、ボールでも抱くように、ドリアンのようなフルーツを抱えていた。

「ほら、これは新しい世界の胞子《ほうし》」

そういって、その鱗《うろこ》のように全体を覆っている皮の一片をはいで、ふっと息を吹きかけた。すると、それは小さな白い鷺《さぎ》となって、すーっと、彼方《かなた》へ消えていった。微《かす》かに、悲壮の匂《にお》いが残った。

「どこかで新しい根付きをして、新しい庭が育っていきますよ」

そしてまた、一つの鱗をかきとり、息を吹きかけた。それは、小さく真っ赤な火の鳥となって、長い尾をひらめかせ、くるくるとテルミィの周りをいたずらっぽく回っていたが、これもやがて別の彼方をめがけて消えていった。華やかな、頽廃《たいはい》の匂いが少し残った。

「あれも、どこかで新しい世界の芽を出すでしょう」

「それでは、この世界もそうやって……」

「丹精《たんせい》されて育てられました」

その人はうなずいた。

「裏庭は数え切れないくらいの可能性がいつも重奏されています。今、この瞬間も、別の世界のための準備はなされているのですよ。それはやがて裏庭を訪れる運命の人の意識と、微妙に相関していますけれども……」

「でも、少なくともこの世界の種子《たね》を根付かせ、芽生えさせ、成長させたのはやはりレベッカなのですね」

この世界は、結局、すべてレベッカが庭師として全権を揮《ふる》っていた庭の名残に過ぎないのだろうか。

「そうです。けれど、この少女は自ら造りだした根の国の呪縛《じゅばく》から逃げられずにいるのです。あなたの根付きは既に始まっています。あなたはあなたの庭を育てているのです」

違う、と、激しくテルミィは思った。

「これは、レベッカの造りだした庭です。私は最初からレベッカの――幻の王女の跡を辿《たど》ってここまできたのです。私には、私の世界なんてないんです」

どこにも、と、テルミィは心の中で絶望的に付け足した。

――私はいつだって世界の外にたった一人でいた。

「道がないのだから、ある程度先人の跡を辿るのはやむを得ますまい？　使えるところは使い、使えないところは新しくしていく。何も更地にしなければすべてが始まらないわけではないのですよ。この世界はすでにあなたの庭。けれどもまた、同時に別の人の庭であることも始めています」

その人はこともなげに応《こた》えた。

「この少女がいかに力のある庭師であったか、もう巫《かんなぎ》たちからきいたでしょう。けれど、その力も、自分一人で培《つちか》ったものではなかったのです。何世代もの庭師が何百年もかけて連綿としてつくりあげた豊かな土壌あってのことだったのです。その大地の歴史が、彼女にああいう力をあたえたのです」

何世代もの庭師たちが何百年も……。テルミィは一瞬気が遠くなりそうだった。

「自分の心に深く降りてきいてごらんなさい。自分がどうしたいのかを」

テルミィは真剣に考えた。自分はどうしたいと思っているのだろう。

内側に目を向けると、心は滑らかな湖の表面のようだ。テルミィはその底の方へ深く沈潜した。

やがて、静かな一つの結論を携えてテルミィの意識は浮上してきた。

「私、レベッカを結晶化から解放してあげたい。そのために世界が崩壊したって」

「わかりました」

その人は相変わらず微笑んだままでいった。テルミィが別の結論を出したって、やはり同じように微笑んだだろうと思われた。

「向こうに竜の骨があります。行って、やるべきことをやっておいでなさい。それから竜の目を探し、クォーツァスを目指しなさい。心配しなくても、先に進めば一つ目は見つかります」

「クォーツァス？　今来た道を戻るのですか？」

「いえ、今来た道を、更に進むのです」

10

タムの仕事

その人に礼をいい、いわれたように竜の骨のところで『やるべきこと』をやると、テルミィは、いくつかの赤い炎が狐火《きつねび》のように燃えているのを見た。

――どこかで……。

たぶん、また『地中に棲《す》むもの』が燃えているのだろう。

赤い炎の消えた向こうには、澄んだ美しい湖が広がっていた。あの、静寂に満ちた世界から、透徹した浄水が小川をつくって溜《たま》ったものらしかった。

湖の周りには何十メートルもありそうな細いガラス細工のような立木が点在していた。水辺には、ガマやヨシなどが、ごく薄いベージュから、所々深いブラウンをおき、これも透明感をいっぱい漂わせて茂っていた。

テルミィは深呼吸した。なんて気持ちのいいところだろう。そして、なんと心からくつろげるところだろう。

こんなところは初めてだった。あの、レベッカのいるところは、あまりにも人間離れしていて凍ってしまいそうだった。けれど、ここはもっとテルミィの皮膚が呼吸しやすい感じがする。

テルミィは近づいて、そっと爪先《つまさき》から足を入れた。森の松の香のようなすがすがしい香気がテルミィの身体《からだ》を包んだ。テルミィはそのまま湖のまん中まで泳ぎだして、それから仰向けにぷかりと浮かんだ。

テルミィの身体中がその清浄さを歓喜で迎え入れていた。

まるで故郷に帰ったような気がした。

様々な疲れが、急に一度にテルミィを襲って、張りつめていた糸があっという間に緩むようにテルミィは深い眠りに落ちた。そして、実際湖の底の方へ沈んでいった。

なんだか水に溶けてしまったような夢を見ていた。意識が拡散して湖の端から端まで広がっていき、何も考えず、ただ澄んでいた。満天の星の一つ一つになったような、宇宙そのものになったような、それでいて塵《ちり》として漂っているような、感情というものが眠り込んだ、ただそういう、漠とした状態。

突然、ああ、これではまとまらない、と、どこかが微かに訴えた。その小さな訴えは木霊《こだま》のようにあちこちに飛び始めた。

途端に鏡のような湖面に小石が投げられたように波紋が広がり、拡散していた意識が収れんして中央に寄ってきた。

同時にテルミィの身体が浮かびはじめ、再び湖面にぽっかりと浮かんだとき、意識は戻った。すると、裏庭に足を踏み入れてからのことが、一つ一つ、恐ろしいぐらいにリアルに思いだされてきた。

テルミィはそれがすべて過ぎ去るまで、懸命に耐えた。本当にひどい経験だった。

——もう、ここから一歩も動きたくない。

なんだか涙が出てくる。

——そうだ、私はここに属している。私はここから生まれて、そしてここに帰るんだ。やっと、たどり着いたんだ。もうどこへも行くものか。せっかくここを見つけたんだ。ここまでくるのにどんなに苦労したことか。

けれど、涙が出て来るのは、心の奥の奥の方で、いつまでもこうしてはいられないことを知っているからだ。

——何でここにこうしてずっと浮かんでいられないんだろう。この世の終わりまで。それが一番平和で安定していて幸せなのに。なんでわざわざ傷つきに、そして人を傷つけに歩き出さなければならないんだろう。

テルミィは、よし、決めた、もうここを出ていくまい、と決意した。

そのとき、今までテルミィに好意的だった湖の水が突然、異臭を放った。

——これは、まさか……。

頭の芯《しん》が冷たくなるような思いで、テルミィは上体を起こして辺りを見回した。

あの化物が、そのてらてらと光った体軀《たいく》を今度はワニのようにくねらせながら、今まさに湖に入ろうとしている。

気が付くと、その邪悪な、吐き気で感覚がまひしそうな臭気のために、湖の周りの木々は黒く枯れ始めていた。そして原油のように黒い流れが、その化物の辺りから広がっていた。その流れは、思ったより早くテルミィに達しようとしていた。

テルミィは思わず悲鳴をあげそうになった。まるで熱湯に触れたようにテルミィは慌《あわ》てて水に潜った。——深く、深く。

湖の底はしびれるほど冷たかった。濃い緑のガラス玉の内部に入り込んだようだった。

——いくらなんでも、こんなところまではこれまい、ここはあの化物の入り込めない場所に違いない。

テルミィはそう自分に言い聞かせて、安心しようとした。が、彼方から流れてくるあの黒い筋は何だろう。テルミィが、ぞわぞわとする嫌な予感と共にその筋を見極めようとしている間に、それはすぐ近くまで寄ってきた。

そして、その中心にはもうすっかりワニのような姿に化身し終わったあの化物が、確かにこちらに向かっていた。

テルミィの目は嫌悪《けんお》と憎悪と恐怖のために見開かれた。急激に浮上しようとしたので、耳がキーンと鳴った。

――卑《いや》しい、化物！　その、姿は何？

テルミィは心の中で唾《つば》を吐きかけるように言った。すると、その化物の声がどこからか響いた。

――おまえが、こんな水の深みにまで逃げるので、追っているうち、こんな姿になったのだ。

テルミィは全力で岸辺に泳ぎ着き、湖から出ると、脇目《わきめ》もふらずに逃げ出した。

――何ということ。こんなところまで。こんなところまで。こんなところまで。

怒りのために目の前が真っ暗になった。どこまでもしつこくまとわりつき、ことごとく汚《けが》していくあの化物に。そして、いつもいつも逃げ出さなければならない自分にも。

テルミィを追うようにどんどん枯れていく木立を抜けると、その先は急激に下り坂になっており、真っ暗な闇《やみ》になっていた。テルミィがためらっていると、

「行こう」

と、また耳元で無邪気な声がした。

——ああ、タムだ。

テルミィは心からほっとした。と同時に、少し腹が立った。

「タム！　どこ行ってたの」

頼りにしてるわけじゃないけど、本当に頼りにならない同伴者だわ、とテルミィはつくづく思った。

「遊んでたわけじゃない」

タムはテルミィの正面に浮かび、ちょっとふくれたような表情をした。

「じゃ、何してたの」

「仕事」

「楽しかった？」

「うん！」

タムは目を輝かせていった。

「それって、遊んでたんじゃない、やっぱり」

「そうだろうか……」

タムは首をひねった。

「それより、こんなとこ、どうやって、降りていけばいいと思う」

テルミィは絶望的な気持ちで通路を指し示した。それは、通路というよりはほとんど穴だった。

「飛び降りればいい」

タムは淡々といった。テルミィはぞっとした。学校のプールの飛び込みだって、テルミィには恐《こわ》くて仕方がないのに、こんな底しれない穴、考えただけで身震いする。

「ほかに、何か方法はないの、ほかに」

「いやだったらやめればいい」

テルミィは恨めしく思ったが、確かにその通りだった。それに、もうこの時点では、ほとんど自暴自棄のような気分にもなっていた。

「わかったわ……。行くわよ、一、二の、三」

目をつぶって飛び降りた。

一瞬、鳥肌がたった。下りのエレベーターに乗ったときのような、胃がきゅうっと持ち上げられるような感覚が、体中を締め上げた。

落ちる……落ちる……落ちる……。

いつまでたっても底につかない。

「タム、もうどのくらい落ちてるの？」

テルミィは深さをきいたつもりだったが、タムは、

「よくわからないけど、百年ぐらい？」

と、悠長な声で応えた。テルミィはあきれて、

「百年もたったんだったら、私なんか、とっくにおばあさんよ」

といって、何気なく手を見ると、なんとしわしわになっていた。

「何、これ」

ぞっとして頬に手を遣《や》ると痩《こ》けてたるんだ皮膚が手の中で遊んだ。

「うわっ」

慌てて服を見ると、鎧《よろい》だった服はほとんど擦り切れ、布のようにたよりなくなっている。

「本当に百年がたったのかしら」

テルミィは心細そうに呟《つぶや》いた。

だが、それでもまだ底につかない。だんだん、乾いた粉雪のようなものがひらひら舞うようになった。それでも、まだ落下の止まる気配はなかった。

「タム、もう、どのくらい？」

「……千年ぐらい？」

勇気を奮い起こして手を見ると、ほとんど骸骨《がいこつ》だ。それを見ると頬に触る勇気なんかまったくなかった。服はテルミィが最初ソレデたちの棲み家で見つけたと同じ形になっていた。ただ、傷だけは相変わらず残っていて、静かに点滅する砂金のように輝いてい

た。

その金粉がますます降りしきる粉雪といっしょになって、あまり美しいので、テルミィは哀《かな》しいような不思議な気持ちになった。

そのうちひどく体中が冷えてきて、周りを見渡すと、粉雪はいつのまにか小さな雹《ひょう》に変わっていた。何百、何千、何万と、数え切れないくらいの小さな氷の粒が、きらきらとゆったりとした速度で回転しながら、テルミィとともに落下していた。

「タム、タム、もうどのくらい？」

「……一万年？」

――そうか、一万年もたったら、私はどうなってるんだろう……

テルミィはぼんやりと思った。ほとんど気が遠くなって、自分の体が分解され、落ちていく氷の一粒、金の粉の点になったようだった。

そして、自分の意識も、いつかこの落下という動きそのものに溶けてしまったと思われる頃、降り積もる小さな幾万もの宝石のような音で、テルミィはようやく我に返った。

そこは、月に照らされた雪山のように明るかった。真っ暗の穴の底はもっともっと暗いのだろうと覚悟していたテルミィには意外だった。

テルミィの落ちてきた方角からは、小さな金剛石の粒のようなものが、しゃらしゃらと降り続いていた。

「ここが根の国の、一番深いところ」

タムが耳元でささやいた。

「なのに、どうやってクォーツァスに行けるの？」

こんなところまで、降りてしまって、とテルミィは絶望的に思った。

「あっち、風が吹いてくる」

どこまでも明るく、落ち着いてタムはテルミィに方角を指し示した。

テルミィはふらふらしながら立ち上がった。確かに一万年落下を続けた気分だった。

ふらふらするのはあたりまえだ、あんなおばあさんになってしまったんだもの、と改めて自分の体を見ると、すっかり元に戻っている。

「あれ、夢だったのかなあ」

それとも、幻覚だったのだろうか。それにしては鎧がなくなり、服が元の型に戻っている。

「タム、私、すっかりおばあさんになってしまったような気がしてた」

「長かったから」

タムはあたりまえのようにいって、蛍《ほたる》のようにテルミィの周りをぶんぶん飛びながら先導した。

そこからまた上の方へ伸びている通路があった。今までの通路は磨かれた木のようだったが、今度の通路は木の部分と土の部分がはっきりと分かれていた。まるで山道を登山しているような感じだ。

だんだんあたりに深山幽谷の趣が出てきた。

「なんだか、中国の山水画のようだね」

タムに話しかけたつもりが返事がなかった。

「タム？」

またた、とテルミィはため息をついた。どうせ頼りにならないんだもの、どこかで楽しく遊んでてくれればその方がいいわ、と思った。

通路は次第に大きく広くなった。テルミィは通路のまん中にある、大木とも、山ともつかないそびえるものの、螺旋《らせん》状についた道を登っている格好になっていた。

道は細くて急だった。体を横にして進まなければならなくなった。一歩、歩を進めるたび、小石や砂がパラパラと谷底に向かって落ちていった。

風がひゅうと吹いて、テルミィがはっと気づいたときは、もう戻ることも先に進むこともできなくなっていた。道はいよいよ狭くなってきて、しかも谷底に向かって少し傾いていた。

上を見上げると、気味の悪い濃い灰色の雲が渦を巻いている。谷底に吸い込まれるように落ちていった小石は、音さえたてなかった。

——なんて遠いところまできてしまったんだろう。

テルミィはぼんやりと思った。

ため息をつくことも身じろぎをすることもできなかった。山肌にしがみついた手に、汗がじっとりとにじんだ。

少しでも重心を山の方へ移そうと足を動かした瞬間、ざざっと地面が一塊崩れ落ちた。このまま、進むことも退くこともできなくなって、岩山の一部と化してしまうのだろうか。

テルミィは頭の芯《しん》が冷たくなったように感じた。その冷たくなった芯のところから、——でも、この道しかないはずだ。

という、確信のようなものがにじみ出てきた。

それは絶望にも諦《あきら》めにも似た、不思議な確信だった。

「どうしたらいいの？」と誰かに助けを求めるとか、後戻りするとかいう考えは微塵《みじん》も頭に浮かばなかった。人は生まれるときも死ぬときも、多分その間も、徹底して独りぼっちなのだ。テルミィはこの絶体絶命の瞬間に、お腹《なか》にたたき込まれるようにそのことを知った。

それは不思議に清々《すがすが》しい気分だった。

次に打つべき手は、タムを待つことでも、運命を呪《のろ》って泣き叫ぶことでも、絶望して身を投げることでもなかった。

全神経を集中して、何とか次の場面に展開させる地味な作業を、もくもくと続け通すことだった。

テルミィは覚悟を決めた。もう疲れきっていたはずの体に、静かな、落ち着いた力が湧《わ》いてくるのを感じた。

崖《がけ》っぷちの道は、十メートルぐらい先でほとんど見えなくなっている。けれどその辺りで向こう側の壁がうんとこちらに近づいてきているので、なんとか飛び移れるかもしれない。

向こう側の壁は道こそついていないが、カズラのようなものがいっぱい絡《から》んでいるので、なんとかそれを伝って上に登れそうだ。

けれど、それもそこまで行き着いたらの話だ。今でもすでに道幅は三十センチあるかないかなのだ。テルミィは蜘蛛《くも》のように手足を壁に沿わせ、ずりっ、ずりっと一センチずつ進む気持ちで慎重に動き始めた。少しずつ、少しずつ、とテルミィは自分に言い聞かせた。

少しずつ、けれど確実にテルミィはその地点まで辿《たど》り着いた。

さあ、と自分自身にかけ声をかけ、飛ぼう、という決意が、飛べる、という自信に変わり、ジャンプした瞬間、なんとテルミィの服は、あのソレデたちの貸し衣装屋で試着したときの、羽の生えた服に変わっていた。

それと気づくとすぐテルミィはまた肩胛骨《けんこうこつ》のところに力を入れ、平衡《へいこう》をとり、上昇を始めた。

胸の奥から充実した喜びが押し寄せた。まだまだクォーツアスに辿り着いたわけではないけれど、これなら何とかなりそうな気がする。

あの、自分でもコントロールできない力で上昇していくことに、不様《ぶざま》にもうろたえていたころとは違う、とテルミィは思った。自信と、確信に満ちてテルミィは昇り続けた。

背筋の力がそろそろ限界に近づいても、出口はまったく見えなかった。

少し休もうと思って、止まれそうな、突き出た崖などを探していると、目の前を蛍のようにぽわんとした光が通り過ぎた。タムだった。

「タム！」

テルミィは嬉《うれ》しくて声をかけた。

「おもしろいね、おもしろい服だね。ぼくのと似ている」

タムは珍しくはしゃいだ声を出した。

「タム、多分、このずっと上がクォーツアスなのよ。一番深いところと、一番高いところって、つながってたのよ」

テルミィは興奮していった。

「ううん、つながってたって、つなげなきゃ意味ない」

タムはすぐにいつもの調子に戻ってそっけなくいった。

まあ、いいや、二人でずっと、飛んでいけたら楽しいね、とテルミィも声をかけたが、タムの返事はなかった。その代わりのように突然体が重くなり、ずずっと下がってしまった。

何かがしがみついている。

羽の下あたりから、おへその方にかけて、ぞっとするような鳥の足の爪《つめ》がしっかりとテルミィの体を掴《つか》んでいるのが見えた。そのいやらしい黄色い鱗《うろこ》の一つ一つまではっきりと見える。

テルミィは総毛立った。

顔らしきものまで、ちらりと見えた。途端にテルミィは度を失って急速に落ちていった。

それは奇怪なカラス天狗《てんぐ》としかいいようのない顔だった。顔の中央部分まで密生した羽毛は真っ黒で不気味に艶《つや》光りしていた。そして身体《からだ》は、あのてらてら光る爬虫類《はちゆうるい》のそれだった。目も紛れもないあの化物のものだった。それはテルミィを嘲《あざけ》るようにぎょろりとにらんだ。

――つかまったんだ。とうとうつかまったんだ。こんなところまで。なんという……

パニックになって悲鳴をあげながらそれを払い落とそうとするのだが、どんなに暴れても、それはまるで楽しんででもいるようにテルミィから離れようとしなかった。

「テルミィ」

タムの必死の声がきこえた。姿は見えない。

「テルミィは、根の国の餓鬼だってやり過ごせたじゃないか」

耐えられるおぞましさと耐えられないおぞましさがある。テルミィはそう叫びたかった。人によっては根の国の餓鬼の方がはるかに恐ろしいというだろう、そんなカラス天狗などより、ずっと命が脅《おびや》かされる、と。しかしテルミィにしてみれば、命の危険の方が、生理的な嫌悪感《けんおかん》よりはるかに望ましかった。

「地面を這《は》いずっていたくせに。腐肉を漁っていたくせに」

テルミィは叫んだ。せめて言葉で、その化物を切り離そうとするかのように。すると、化物が返答した。

「おまえがどこまでも、高みにまで逃げようとするので、空をも追う身体になったのだ」

なんという、おぞましい声だっただろう。地獄の底から響いてくるようだった。

そして、一瞬その気配はそのままに化物の姿が見えなくなった。けれど、それが見えないだけで、まだそこにいることはテルミィには明白だった。そのとき、上空に明りが感じられ、タムが現れたのがわかった。

このままだと私は気が狂ってしまう、タム、なんとかして、と、見上げると、タムは困ったような申し訳ないような顔をしていた。

すると、急に日が射《さ》すようにテルミィにはタムの気持ちがわかった。

――ああ、そうか、タムは私にこの化物を引き上げて欲しいのだな、ずっとずっと上の方まで。

そのとき、急にテルミィは納得した。

――それがタムの願いのすべてなんだ。たぶん、それがタムの『仕事』なんだ……

不思議なことに、それなら、やれる、という新しい力が、今まで出していた力とはまったく別の方からやってきた。タムを経由してやってくる醜悪さなら話は別なのだ。

上昇させようとする力と、下降させようとする力。肩に力を入れすぎてもいけないが、抜きすぎてもいけない。静かな覚醒《かくせい》。

その様々なバランスを、テルミィは実践しながら学んでいった。あまりに注意深く集中したので、驚いたことに再び現れた化物への嫌悪もテルミィの心のまんなかを占めなくなった。

ふと、タムと、その化物との間に、意外にも相通ずる何かがあるような気がした。

――あれ。まさか。でも、同じだ。この二人、もしかして……

そう感じた瞬間、テルミィは思わず、化物に向かって叫んでいた。

「タム・リン!」

パシーンとすさまじい火花が散り、何かがスパークした。目の前が真っ白になり、何が何だかわからなくなった。

一つ目の竜

どーん、どーんと、今は間断なく鳴り続ける礼砲の音で気が付くと、テルミィは氷室《ひむろ》のような洞《ほら》の中にいた。何か大きな水晶の玉のようなものを両手で抱きしめている。

紛れもない、竜の一つ目だった。

――ああ、そう……

竜の一つ目は、最初からテルミィのそばにいたのだった。

――二つのものが、今、一つになったんじゃないんだ。もとは一つだったんだ……みんな、みんな、一つのものだったんだ……

激しい脱力感で、テルミィはしばらく呆然《ぼうぜん》とした。

そして、冷たい水滴が顔にかかったのではっとして、体を起こした。

外へ出ると、そこが、高い高い山の上だとわかった。

眼下に、涸《か》れた河の跡が、うねうねと森や草原を縫って続いているのが見える。その支流や大きく蛇行して沼をつくっている様子が、そのまま竜の手足や腹に見えた。

——ここは、もしかして……

振り向くと、そこには、今まで見てきた親王樹とは比べものにならないくらい巨大な城のような樹木がそびえていた。テルミィは目を見開き、ポカンと口を開いたまま、圧倒的なその威容に打たれた。

樹肌は氷のようにつるつるとして、時折、紫水晶や紅水晶のように輝きながら、幾万もの、うろや瘤《こぶ》をつくり、テルミィの足元を通過し、そしてそれからずっと下までも続いていた。

それは確かに樹木だった。

幹自体は山のような形をなしながら、そのあちらこちらで礼砲の音に細かく震える葉は貧弱で、生命力の衰えを思わせるものの、確かに広葉樹のそれだった。しかも、あちらこちらに一つ、二つ、とついている、小さな薄い色の花は、どう見ても桜のようだった。満開の、あのゴージャスなイメージからは程遠いけれど。

——あの花びらの形。まちがいない、これは桜の木だわ。もしかして、これがクォーツアス?

遠くから峯《みね》のように見えていたのは、それ自体が想像を絶するほど大きな一本の桜の木なのだった。大王樹というのはこの峯そのものだったのだ。そして、その巨大なうろの一つに、あの竜の頭が鎮座していた。

——いそがなきゃ……

竜の目玉の水晶を両手で抱いて、けれど一瞬テルミィはためらった。

——これでレベッカを根の国の呪縛《じゅばく》から解き放っても、同時にこの王国のすべてが壊滅するんだ。ソレデや、カラダや、おばばたちも、皆……

そしてその中にはもちろん自分も含まれている。

——それでも、私はレベッカを結晶化から解放したいのだろうか。そこまでして……

テルミィは首を振った。

——この期《ご》に及んで。もうわかってるじゃないか、スナッフのときで。自分がそういう残酷なことをなし得る人間だということは。この止《や》むに止まれぬ衝動にしたがって生きているのだということは。

是も非もない。今はもう自分がそういう人間だということを引き受けるしかしようがなかった。

テルミィの心に開き直りのようなものが生まれた。それは、自分はかつて人を殺した、そして今また国を滅ぼす、という冷たく静かな自覚だった。

テルミィは目をつぶり、思い切って、一つ目の竜の目玉をその頭の化石の眼窩《がんか》に押し込んだ。

——元に戻って……

テルミィは願った。心の底から。すると、何か手応《てごた》えのようなものがあった。更に祈り続けた。竜の再生がかないますように、と。

礼砲の音が、もうこれ以上ないほどに激しく速く鳴り始めた。そして、何もかもこれでは持ちこたえられるわけがないと思われたとき、激しい地鳴りがして、振り向いたテルミィは、遙か遠くの三つの藩のそれぞれの親王樹が動きだしたのを見た。大地が割れ、草原が崩れていく。

それぞれの骨の部分につけた、テルミィの服の印が光りだし、宙に浮き始めた。

——こっちに呼ばなければ。合体させなければ。でも、何といって?

テルミィは深く自分の心に降りて問うた。

——死んで、ばらばらになっていた竜を呼び覚ますには?

この問いかけの方法は、裏庭にきて学んだことのひとつだった。

そして、テルミィは自分がどう呼べばいいのか知った。突然、光が射すようにすべてがわかった。

だれがまちがえるものか。ああ、このためにこそ、私はここまできたのだ。この世で何を残すこともなく逝《い》ってしまった弟。ほとんど皆から忘れ去られていた、私の大事なふたごの弟。

「純！」

竜の頭骨は光りを帯び、動きだし、やがて洞からはずれて飛び出した。その影響で、大王樹に大きなずれが生じ、激しく揺らいだ。足元が大きく揺れ、テルミィは座り込んだ。

それぞれに納められていた竜の骨を手放して、今は自由になったすべての親王樹も、それと同時に浮き上がった。そしてその下に連なる、網の目のように精緻《せいち》な、しかも地上に現れている部分よりも遙かに膨大なその根の大系が、忽然《こつぜん》と姿を現し始めた。

大王樹のずれはたちまちその末端に至るまでに波及し、歪《ゆが》んだりたわんだりきしんだりした。

暴風雨のようだった。

根の国の全《すべ》てが、互いに呼応しあいながら宙に浮いた。

呆然と見守るテルミィの目の前で、骨の全ての部分も、空中高く見事な竜に合体し、うねりをつくった。

「純！」

テルミィはもう一度叫んだ。

竜はひらりと一回うねりながら舞い、一瞬そこで硬直した。

やがてその内部が薔薇色《ばらいろ》に染まったのが透き通って見えた。それがわずかに動いたかと思うと、背中に亀裂《きれつ》が走り、あっというまに広がった。

そしてさなぎから蝶《ちょう》が生まれるように、殻の中からレベッカの姿が現れた。

「レベッカ？」

純のはずだった、あの一つ目の竜は。けれど、それほど違和感も不思議な感じもしなかった。

「じゃあ、もう、自由になったのね」

テルミィの頬を涙がぽろぽろと伝った。

レベッカは晴やかににっこりと手を振った。そしてその手を振る姿のまま瞬時にスナッフに変わった。これも見たことのないほど穏やかな表情をして微笑《ほほえ》んでいた。

——ああ、レベッカはとうとう解放された。スナッフもレベッカに会えたんだ……。

根の国も、親王樹も、大王樹も、それが育《はぐく》む生命も国々も、今は全てが一つであることがあらわになった。

そして、塊《かたまり》がほぐれるようにその分裂が始まったのだった。

落ちていくテルミィの意識に、様々な場面がフラッシュした。

子どもの頃のおじいちゃんが一度だけ見たという裏庭で、芽生えたばかりの幼い桜の苗木に水をやる小さなレベッカ。彼女はその木にクォーツアスと名付けた。

苗木はどんどん大きくなる。四方に枝を伸ばし、葉を繁《しげ》らせる。やがて天をも衝《つ》かんばかりの大木になる。その張り巡らせた地下茎からはどんどん新しい芽が育ち、大地からしっかりと水を吸い上げ、生命の循環を営んでいく……。

――これがこの大王樹の一生なんだ。崩れ去るクォーツアスが、名残の夢として、このビジョンを送っている。そうだ、クォーツアスというのは、単にこの峯だけを指していたんじゃないんだ。レベッカの、裏庭の世界そのものだったんだ……。

そして、その瞬間、何百万もの蠟燭《ろうそく》が一斉に灯《とも》ったように、空が真っ赤に燃えた。様々な種類の音が、重なり合い、響き合い、荘厳《そうごん》な楽曲となり天地に満ちた。『地中に棲《す》むもの』たちだった。『地中に棲むもの』たちのそれぞれ奏《かな》でる旋律が、今、一つに溶け合っているのだった。

それは、テルミィがこれまでに見た、そしてたぶんこれから見る、どの夕焼けよりも鮮烈な炎を放っていた。

――そうだ、ストロベリー・キャンドル。バーンズ屋敷の奥庭で、狐火《きつねび》が燃えるように咲いていたという。それから、あの、戦争の時の夕焼け。

テルミィの心に刻まれていた、おじいちゃんの語り。その一つ一つが今、燃えるような光を放ってこの壮大な光景を創《つく》り上げている。

――大地が、挙手の礼を送っている、崩壊していく世界に。哀惜《あいせき》や、いたわりや、畏敬《いけい》の念を込めて……キツネツグミの、真っ赤な群を咲かせている……。別れを告げている。

――ああ、そうか、「礼砲」とは、そういう意味だったんだ……。

それきり、テルミィは何もわからなくなった。

帰還

水の流れる音で、気が付くとテルミィは見渡す限り何もない草原にいた。

「気が付きましたか？」

誰かが声をかけた。その声は、根の国で出会った美しい彫像の林を歩いていた人のものだった。

「ええ」

テルミィはまだ自分が涙を流し続けていたのに気づいた。ゆっくりと立ち上がると、

「クォーツアスは？」

ときいた。

「まだ残っていた『地中に棲むもの』により、すべて分解され大地に吸収されました。大地はさらに豊饒《ほうじょう》になりました。クォーツアスが崩壊するとき、大地ははなむけとして多くの『地中に棲むもの』を放出しましたが。『地中に棲むもの』自体は、もともと善

でもない、悪でもない、ただの触媒、なのです。それとかかわって、どう世界を変容させていくかは、かかわるものにかかわっています」

――かかわるものにかかわる。

テルミィはぼんやりとその言葉を頭の中で繰り返した。それから、急に思いだして、ときいた。

「一つ目の竜は？」

「一つ目の竜の抜《ぬ》け殻《がら》は大地に横たわり、水を吸い上げて河になりました」

ああ、それで水音がしているんだ、と、テルミィが河をのぞき込むと豊かな水がとうとうと流れ、魚が飛び跳ねていた。

「そうだ、レベッカ……」

「レベッカもスナッフもハシヒメたちも、皆解放されました」

「ハシヒメたち？」

「あなたの出会った餓鬼たちは、そのほとんどが、地中に分解されえなかったハシヒメのなれの果てです」

「え？」

テルミィは面食らった。

どういうことだろうか。

やはり、どこかで自分の運命を理不尽なものと納得できなかったハシヒメたちもいたということだろうか。

テルミィはその声の主の方へ身体《からだ》を向けた。

それは、あのおかっぱの女の子だった。けれど、もう、女の子ではなかった。あの彫像と同じように、静かな美しさをたたえた、輝くような女の人だった。

「ああ、やっぱり。どうして、私からずっと逃げてたの？」

「あれは私のマボロシ。あなたと出会うことはできませんでした。私はずっとあの餓鬼の国にいましたから。レベッカが、あの聖像の国に封じられていたのと同じように」

まさか、と、テルミィはまじまじとその人を見た。その人はにっこりと微笑んでいった。

「あなたに救いを求めて喰らいついた餓鬼を、あなたは許して救いましたね」

「え？　じゃあ、あの……」

その、神々《こうごう》しいばかりに美しいその人を、信じられないという面もちでテルミィは見つめた。そして、その美しく穏やかな目の奥に、あの、見覚えのある限りない悲しみの影が、それだけはまだ消えずにいるのを確かめた。

「おかげで、私ももうすぐレベッカたちのところへ行けます」

その人は、少しはにかんだようにいった。

「レベッカ……。とうとうスナッフも幻の王女に会えたんだ……」

「幻の王女？　王女はあなたです。レベッカの『幻の王女』の尊号は彼女が根の国にいる間だけのもの。もう、生きてこの世に現れることが、あるはずがないのです。『幻の王女』を『再び世に現す』というのは、根の国から再び生きて帰る少女を出すことなのです。スナッフが本当にこの『世に現し』たがったのは、今のあなたなのです。ご自分をごらんなさい」

言われて、びっくりしたテルミィが自分を見ると、あの傷口からあふれていた金の砂が今は服の全部を覆《おお》いつくしていた。そしてそれがまぶしいほど輝いていたので正視できないほどだった。

そのとき、またあの礼砲の音が鳴った。

「また？　おかしいわ。もう崩壊は終わったはずなのに……」

「これは崩壊の響きではありません」

女の人がはっきりといった。

「よくごらんなさい」

また礼砲の音が鳴った。その音で世界が勢いづき、生き生きと活動を始めているのがわかった。あちらこちらで木の芽が吹き出し、天へ向かっていく。

――ああ、そうだったのか。崩壊を促す礼砲の音は、同時に新しい国を生み出す音でもあったのか……

衝撃を受けたときのように、テルミィは世界に立ち尽くしていた。

また、礼砲の音が響いた。

河の水は、流れることの喜びを唱《うた》うように一瞬揺らぎ、銀紙をくしゃくしゃにして張り付けたようにきらきらと輝いた。木々の若葉は震えながら柔らかく伸びていき、小鳥は空を舞って営巣《えいそう》の計画を立てた。

まちがいなく、この音は建設へと向かっている。

そのとき、世界中に光が溢《あふ》れた。

テルミィのあの服は今、新しい光を世界に向けて放っていた。

それはさっきの、目も眩《くら》むようなまぶしさではなく、もっと穏やかな、けれども明らかに世界の中心に位置している光源だった。テルミィはその明るさを自分で調整が出来ることに気づいた。

「ああ、テルミィ、あなたの服から出る光はなんて美しいのでしょう。この世界の美しさをすべて、あまねく照らしだしています」

女の人が声を震わせてそう叫ぶのと、テルミィの耳に突然、

「照美！」

という声が届いたのはほとんど同時だった。

——ああ、ママの声だ。ママが私を呼んでるんだ。

テルミィはそのとき心から帰りたいと思った。するとまた突然霧のようなものが辺りを包み、石灰のような匂《にお》いが漂った。

「今、私の名前が呼ばれたわ。行かなくちゃ」

帰る準備が整ったのだ。女の人はうなずいた。

「あなたに預けていたものがあります」

テルミィは一瞬何のことかわからなかった。

「私の傷」

「ああ」

テルミィは思いだした。

「これですね」

胸にしまっていた剣を取り出した。それは光り輝く宝玉に変容していた。

世界が一層明るくなり、テルミィはその美しさに呆然《ぼうぜん》とした。

「ありがとう」

女の人はそういって微笑み、それを受け取り、慈《いつく》しむようにその宝剣を見つめた。

「あなたがこんなに美しく仕上げてくれた」

テルミィは心から、その女の人が好きだと思った。女の人はそれを察したのか、ふわっと照美の肩に手を回した。

「照美、本当にありがとうございます」

そして、一回ぎゅっと抱いた。

「そしてこれはママへ」

もう一回ぎゅっと抱いた。

テルミィは、未《いま》だかつてないほど満ち足りた気持ちだった。あんまり幸せだったので、もうその人と別れてもだいじょうぶだと思われるほどだった。思えば、最初から、おかっぱの女の子だったこの人を追ってここまできたのだった。

テルミィはゆっくりとその人から離れ、別れを告げた。

そして、そこから霧の流れてくる場所に立つ、二本の若い樫《かし》の木の間に向かった。

しかし、テルミィとその二本の若い樫の木の間には、満々と水をたたえた深い河が横たわっていた。

テルミィは深呼吸した。

――河の向こうへ渡る。

懐《ふところ》から、銀の手からもらった片子の珠《たま》を取り出した。

――銀の手、これを使うよ。

そして、しばらくじっとその珠を見つめ、思い切って、向こう岸の樫の木めがけて投げた。

「テナシ！」

大声でその古い名を呼んだ。

その珠は、まるで途中で羽が生えでもしたかのように弧を描いて向こう岸に届き、消えた。やがてそのアーチをなぞるようにして、ゆっくりと虹色《にじいろ》の橋が現れた。テルミィは迷う事なくその橋の上を歩き、河を渡った。

橋のたもとに、誰か立っている。

銀の手にそっくりだ。

――テナシ？　違う。手があるし、銀の手じゃない。じゃあ、あれは……銀の手の片割れ？……ハシヒメ？

テナシそっくりのハシヒメは、テルミィが橋を渡りきるのを待っていた。そして、古くからの約束のように、何のためらいもなく二人は抱擁《ほうよう》した。

その瞬間、テルミィの中で、何か確信に似たものが閃《ひらめ》いた。

今、抱いている相手が、本当は、誰か、ということ。

抱き合っているそのとき、テルミィの意識のレベルに対応するように、相手が変容していったのをテルミィはリアルに実感した。その相手は、抱擁の最初、純真だけれどもか弱々しい、保護を必要とするような存在だった。それが抱き合うその間に、それこそあつという間に、テルミィと対等の強さと大きさを持った存在に変わった。

正体が、現れた、と思った。

テルミィはゆっくり身体を離し、微笑《ほほえ》んでいった。

「戻ってきてくれたんだね」

すると、今はたくましい少年に成長した純が、テルミィにささやいた。

「片割れ」

と。微笑んで。秘密の言葉をそっと漏らすかのように。

かつて純は、ふたごでありながらテルミィより一回りも小さく、いつまでも幼いままだった。だれも二人がふたごだとは思わなかった。

だが、今、純はテルミィの相似形のように対等に向き合って微笑んでいる。

そしてレベッカやスナッフたちと同じように、この世界の大気に溶けこむようにして消えた。

テルミィは目を閉じた。不思議な充実感が内側から沸《わ》き起こってくるのを感じた。かつて感じたことのない力が満ちていた。目を開けた。これで、帰れる、と思った。

最後にもう一度だけ振り向くと、あの美しい人が微笑んでいた。全《すべ》てを見守ってくれていた、その人のその周囲に立つ震える若い木々には、あの、世界の種子《たね》がいっぱい詰まった、ドリアンのような実が、枝のしなるほどたわわに実っていた。テルミィは、その人とこの美しい世界に向かって、ゆっくりと両手を上げた。消えていった純が、スナッフが、レベッカが、そして数多くの名もないハシヒメたちがこの実り豊かな世界を残していったのだ。

「照美！」

ママの呼ぶ声が再びきこえ、照美はそちらに向きをかえた。もう振り向かなかった。

11

どう考えてもその白骨が照美であるわけがないのに、動転したさっちゃんは、徹夫の制止も振りきって、その泥だらけの着衣を確かめようと駆け寄った。

「違います、違います」

慌《あわ》てた警官の声と同時に、すでに着衣が判別できない状態にあることを悟ったさっちゃんは、火に触ったように手を引っ込めた。

それでは今、何をしたらいいのだろう。

体中の血液がざわざわと泡立ち、鼓動は大きな音をたてて、早くしろ、早く何かしろ、とさっちゃんに迫ってくる。

もう一人の警官は車に戻り、本署と連絡をとっている。

――この白骨が照美の失踪《しっそう》と何か関係があるのだろうか。このお屋敷がおばけ屋敷と異名をとっていたのは、それなりの理由があったのかもしれない。

「あの、お屋敷の中を見させていただけませんでしょうか。一度目を通していただいたのに、失礼ですけれど……」

思いがけない展開にすっかり青ざめていた老婦人たちは、さっちゃんからのこの申し出に、我に返ったようだった。

「ああ、そうね、その方がいいわ。母親の目から見て、何か手がかりになるようなものが落ちているかもしれないから。どうぞ、ご主人も」

「いや、僕はもうしばらく庭を探してみます。警察の方と」

徹夫は、おそらくこれからかなり慌ただしいことになるだろう、とすでに覚悟していた。白骨死体の身元の確認、事情聴取、いなくなった娘との関連。

「では、私たち、中の方におりますから、何かあったら呼んで下さい」

夏夜《かや》さんは警官の一人に声をかけて、あとの二人を促した。

「さあ、行きましょう。私とレイチェルは、二階をもう一度見てみるわ。レベッカの部屋とか。あなたはどこでも、思うように探してみて」

さっちゃんは返事もろくろくせずに、小走りにかけだした。

開け放された玄関に入り、玄関ホールを、知らないはずなのに結局まっすぐに大鏡に向かっていた。

――歪《ゆが》んだ鏡。だいぶ古いものなのだわ。

さっちゃんは、それどころではないというのに、なぜかその鏡の前で足が釘付《くぎづ》けになり動けなかった。

鏡は、さっちゃんの心労のあまりやつれた顔を、倍も歳《とし》をとって見せた。落ちくぼんだ目。痩《こ》けた頬。この顔は、見覚えがある、とさっちゃんは思ってはっとした。

――ああ、これはおかあさんだ。

それは、さっちゃんが、夏夜さんの中にまで探していた、自分の母親そのものだった。

――おかあさんだ。おかあさんだ。ここにいたんだ。やっと、見つけた。

さっちゃんは、自分の中の母親を逃がすまいとでもするように、自分で自分をしっかりと抱いた。そして顔を覆《おお》うこともせずに、口を歪め、声をあげて泣いた。

そんなことをするのは子どもみたいだけれど、大人でもしたければそうしたっていいのだ。

そうやって泣きじゃくる顔は、びっくりするぐらい照美の小さい頃に似ていた。

鏡の歪みは、今度は急にさっちゃんを若返らせてみせた。それは、確かに照美の顔だった。

「照美!」

さっちゃんは思わず大声で叫んで、鏡に向かって手を伸ばした。

――そうだ、これは照美だ。泣きたいときにも泣けずにいた、独りぼっちの私の娘だ。

私の娘の泣き顔だ。

「照美！」

さっちゃんはもう一度叫んだ。

その途端、あの不思議な霧が鏡の向こうからわきだした。

そしてあっけにとられているさっちゃんの目の前に、今朝とは別人のようにぎらぎらとした目をした照美が忽然《こつぜん》と現れたのだった。

「照美？　どうして？」

さっちゃんは、こんなことが起こるはずはない、これは幻覚に違いないと思い込み、二、三歩後ずさりして、近寄る照美を遠ざけようとした。その子は、さっちゃんの知っている照美とはどこか違った。

照美はもう、母親が自分を見て、避けるようにしたぐらいではたじろがなかった。それは、抱いてくれるに越したことはないけれど。ママならこんなもんだろう、と、どこかで思った。

「私、綾子のおじいちゃんの話してくれた裏庭へ行ってたの」

その口調はどこか大人びて感じられた。

娘に何が起こったのだろう、とさっちゃんは不安がかきたてられた。さっちゃんの目が、何か見知らぬ他人を品定めするような、警戒する光を放った。さすがに、その目付きは照美にショックを与えた。

——このひとは、私を怖がっている。

「パパが今、外であなたを探してるのよ。呼んでくるわね」

さっちゃんは、戸惑いを隠せないままに、外へ走った。

照美は、捨てられた子どものように後に残された。

——ママと自分ははるかに遠い場所にいるんだ。

その認識は、照美に、自分と母親はまったく別個の人間なのだ、という事実を肌で理解させた。

突然、裏庭の世界で経験した感情のダイナミックな動きが、再び照美を襲った。雷に打たれたように、照美はそのことを理解した。まったく別個の人間。

それは、何という寂しさ、けれど同時に何という清々《すがすが》しさでもあったことだろう。

——そして、そう、それなら、私は、ママの役に立たなくてもいいんだ！　私は、もう、パパやママの役に立つ必要はないんだ！

それは、照美の世界をまったく新しく塗り変えてしまうくらいの衝撃だった。なんで自分はあんなにパパやママのことばかり考えてきたのだろう。

「私は、もう、だれの役にも立たなくていいんだ」

全世界に向かって叫びたかった。

自分が今まで、どんなにそのことにがんじがらめになっていたのか、たった今、気づいた。

クォーツァスから落ちていくときの感覚が、デジャヴュのように照美の中で甦《よみがえ》った。あのときの、世界を崩壊させた時に感じた切なさと、レベッカが解放を遂げたと知ったときの嬉《うれ》しさが、ごちゃまぜになったような気持ちだった。

寂しいのは、絆《きずな》が切れたように思うからだ。たとえそれが呪縛《じゅばく》であったとしても、家族を結び付けていたものには変わりないのだから。そのことが、柔らかい照美の心を痛めつけるのだ。長年張り巡らせた根を、力任せに抜いて、細いデリケートなひげ根をことごとく擦り切ったような痛みだ。けれどそれは、やがて必ず回復するだろうという確信を、どこかに伴なっている痛みでもあった。

玄関の方からぱたぱたと音がして、徹夫とさっちゃんがやってきた。

「……おう」

徹夫は照美の姿を見て、絶句した。そして、やっとのことで、

「早く帰らないとだめじゃないか」

と呟《つぶや》くようにいった。

階段を駆け降りてくる音がして、レイチェルと夏夜さんもやってきた。

「え？　これが照美ちゃん？」

夏夜さんは、泣きそうな顔で、まあ、まあ、まあと照美を抱きしめた。

照美は夏夜さんとは初対面なので、いきなりそんなふうにされて最初びっくりしたが、すぐになんだかほっとして、温かいものを感じた。

レイチェルは大鏡と照美を見比べながら、

「あなた、まさか、裏庭へ？」

照美は本当は疲労困憊《ひろうこんぱい》していたのだが、しっかりとレイチェルを見つめて応《こた》えた。多分、この方が、おじいちゃんのいっていたバーンズ家の姉妹の一人、レベッカの姉のレイチェルさんだろう、と直感した。

「ええ、行ってきました。黙って入ってごめんなさい。私レベッカにも会ってきました」

「……そんなことが……」

レイチェルは信じられないという表情で照美を見つめた。それから慌てて一枚の写真を取り出した。

「今、夏夜と二人でレベッカの部屋で見つけてきたの。レベッカがまだ丈夫だった頃の少女時代の写真よ」

その写真には十数人の、外国人や日本人の少女が満開の桜の木の下でお花見を楽しんでいる風景が写っていた。

「あ、この人」

照美が指したのは、明らかにレベッカだった。

「この人がレベッカさんだわ。あれ、それから……」

見覚えのあるおかっぱの女の子が、レベッカの隣に写っていた。

「この人もいたわ。私、ずっとこの人を追っていってたの」

夏夜さんとレイチェルはぞっとしたように顔を見合わせた。

「……それは、妙《たえ》さんよ」

「……妙さん？」

照美は不思議そうな顔をした。さっちゃんは真っ青になっていた。

「あなたのおばあさんよ」

「うそお。だって、最初は私と同じくらいの女の子だったよ」

照美は急に子どもの口調になって、信じられない、という表情をした。レイチェルは憮然《ぶぜん》としていった。

「私たちにだって、あなたと同じ少女の時代があったのです」

それは、照美には少し想像力のいる話だった。だが、賢明にもそれ以上言及しなかった。

「ああ、ママ、それから私、純にも会ったわ」

「照美、今なんで純のことを……」

「さっちゃんは、ただならぬ顔つきで照美に迫った。徹夫ははっとしたが、何も言わなかった。純のことを話題にするのは、もう何年もタブーのようになっていた。けれど、照美はそんなことにはもう動じなかった。

「あのね……」

どこから話したらいいんだろう。大体信じてもらえるんだろうか。けれど、話さなければならない。そうしなければこの場が納まらないだろうし、何よりも、照美自身が、何か強い使命感のようなものに衝《つ》き動かされていた。

それに、少なくともレイチェルには、裏庭の世界のことをしっかり受け止めてもらえる何かがあった。

照美は慎重に言葉を選びながら話した。最初にこの屋敷に入ったときのこと。大鏡から裏庭に入ったこと。一つ目の竜の骨を元に戻す旅をしたこと。銀の手に出会えたこと。ただ、どうしても話せなかったこともあった。それは誰にも話さないでおこう、と照美は秘《ひそ》かに思った。

「……照美。ありがとう」

話を聞き終わったレイチェルは、目頭をぬぐった。

――レベッカ。とうとうあんたのクォーツァスに火が灯《とも》ったんだね……

「歳をとると涙もろくなってだめね」

夏夜さんも同様だった。

徹夫は、今はもうだいぶ落ち着いていたので、普段のペースをほぼ取り戻していた。よくわからないが、ともかく照美が戻ったんだから、大目にみようか、という表情をしていた。大体、学校をさぼって、ここで眠りこけ、夢を見ていただけ、という可能性だってあるのだ、と頭のどこかで考えていた。そして、別のどこかでは、それが疑いようのない真実だということ、純が抜け穴の中から現れたのと無関係ではないことを、納得していた。

さっき体験した不思議な純の出現については、自分の身の上だけに起こったパーソナルなこととして、誰にも言わずにいるつもりだ。だが、他人の不思議については、どこまでどう信用していいものやら、判断を保留にした方がいいと思った。

さっちゃんは普段の営業用のきっちりした姿勢も忘れて、疲れきった様子だった。

「でも、結局妙さんの傷って何だったんだろう。よくわかんない」

最後に照美は呟いた。

「それは続きよ。照美ちゃん。もうしばらくしたら、ゆっくり話してあげるわ。妙さんのことも。何もかも、一度は無理よ」

夏夜さんが優しく微笑《ほほえ》んだ。

「でも、もうわかる必要もない気もしてるんです」

照美は大人びた口調で微笑み返した。

「今夜は本当にお騒がせしまして……。夜も遅いので、そろそろ……」

パパが切り出した。

「あ、そうね。私はもう少し、警察の方とここに残りますけれど、あなた方はもう帰った方がいいわ。照美ちゃんも疲れているはずだし」

「私も残るわ。ああいうものが出るなんてねえ……」

夏夜さんが眉間《みけん》にしわを寄せていった。

「……悲しいことだけれど、誰だか予想はついているのよ」

レイチェルが寂しそうにため息をついた。

白骨体に手をとられている警官たちに照美の無事を報告した後、三人はレイチェルと夏夜さんに見送られてバーンズ屋敷を後にした。パパとママは何度も振り返ってお辞儀した。照美は手を振った。

真夜中の道をこうやって三人で散歩するなんて、ほとんどはじめてなんじゃないか、と三人とも心の中で思っていた。

三人が三人とも、何十年か分の感情の動きを一日で経験して、心底疲れきっていた。三人がそれぞれ、ほかの二人の知らないところで大泣きに泣いたのだから。

嵐《あらし》のような一日だった。

なんとなく気まずかった。

――慣れてないのだ、団らんということに。

と、さっちゃんはぼんやりと思った。

「そうそう」

パパが急に思いだした、というように声をあげた。

「綾子ちゃんのところにいったら、ちょうどおかあさんと綾子ちゃんが病院から帰ったところで、おじいちゃんがだいぶ良くなったといっておられた」

「え？　本当？」

「ああ、綾子ちゃんが、おまえに、お見舞いにきてあげてね、っていってたよ」

やったあ、と照美は心の中で喝采《かっさい》をあげた。

「照美、純のことだけれど……」

さっちゃんは、純のことを話したいと思った。あの子がどんなにかわいかったかということ。あの無邪気さ、純真さにどんなに救われていたかということ。封印が解けたように、さっちゃんに純の思い出が押し寄せてきた。

「幸せそうだった？　本当に？」

「幸せそうだったよ、妙さんも、とてもきれいで」

「本当にあの写真の女の子だったの？」

「まちがいないったら」

照美はさっちゃんをまっすぐに見つめて繰り返した。

「本当に」

さっちゃんは、自分が照美から、心理的にサポートされているのを感じていた。そして、そのことは不快ではなかった。なんだか重い荷物がふうっと降りてしまったようだ。ようやく今ごろになって、だんだんじわっと涙がわいてきた。

「ああ、あんたが帰ってきてくれて、よかった」

「本当だ。もうこれ以上子どもを失うのはまっぴらだ、とずっと思ってたんだ」

パパが間髪をおかず付け加えた。この一言で、さっちゃんは初めてパパもずっと苦しんでいたことを知った。

さっちゃんは横を歩く照美の肩に手を回した。ぎゅっと引き寄せた。さっき、お屋敷でなんのためらいもなく夏夜さんが照美を抱いたのを見て、ああ、そうすればよかったと、さっちゃんは後悔したのだった。それができなかったのは、きっと誰からもそういうことを学ばなかったからかもしれない。

けれど今、心から、大事なかけがえのない子だと思った途端、さっちゃんの手は自然に動いた。

照美の方はそんなことをされたのは初めてなので、自分でも顔が赤くなったのがわかった。どきどきした。おまけにパパまで一瞬だったけれど、ママごと頭をぎゅっと抱いてくれたのだ。

裏庭で経験したことよりも、今のこの状況の方がはるかに現実離れして思えた。パパは、自分でも混乱したのか照れているのか、すぐに足早に先に進んだけれど。

照美は戸惑った。そして、ふと思いだした。

「ああ、そうだ、ママ。妙さんが、ママにって……」

照美は自分からもママに抱きついた。

「こうしてくれたの。外国の人みたいね」

そのとき照美は、それをきいたママの、心臓の鼓動をはっきりと感じた。しんとした夜更《よふ》けだった。先を歩くパパの鼓動もきこえたように思った。

——ああ、そうだ、これは礼砲の音だ……

照美は目を閉じて思った。

——これは礼砲の音。新しい国を造り出す、力強いエネルギーの、確実な響き。

忘れないでおこう。

エピローグ

「やっぱり、あれはマーチンだったわ」

レイチェルは今、少し落ち着いた屋敷からマーサに電話している。

「そうですか。でもなんでまた、そんなことに……」

「警察の方は、池のほとりで発作でも起こして、落ちたんじゃないかといってるけれど。あんな浅い池で溺《おぼ》れるわけがないからね。まあ、それも一つの真実かもしれないね」

「それで、照美さんの具合いはどうですか」

レイチェルは、バーンズ家の『裏庭《バック・ヤード》』について、マーサにはあまり詳しく説明していない。話そうとしたのだが、そもそも、裏庭《バック・ヤード》という言葉自体がマーサには気に入らなかった。打ち捨てられた、とるに足りないものを思わせる、庭を侮《あなど》った言葉だというのだ。「二度と私の前で裏庭《バック・ヤード》なんて言葉を使わないで下さいな」マーサは憤然としていったものだ。

マーサの性格をよく知るレイチェルには、あらかじめ予想されていたことだったので、方をしている。


以来、『裏庭』のことを話す必要があるときは、適当にマーサの納得のいくような話し方をしている。

マーサはそういう種類の人々の一人なのだ、『裏庭』のようなところを必要とせずに生きていける。マーサとの間では、照美はバーンズ家の屋敷の中で倒れていたことになっている。それも嘘《うそ》ではない。

「今は元気に学校に通っているようだよ。父親の仕事に興味を持ち出して、よく店に来るようになったって、夏夜がいってた。ジョージも幸い経過がよくって、退院して……。少し左半身にまひが残ってるけれど……」

「ああ、それはよかったですね」

「それで、相談なんだけれどねえ、マーサ。私はしばらく日本に滞在しようかと思ってるんだよ。それで、あんたもねえ……」

話の方向が読めたマーサはすかさず話題を転換させた。

「こちらは、ほら、ルースがまた来ましてね、どうやら結婚するらしいんですよ。それで、しばらく、この家で、間借りさせてもらえないかって。子持ちのベアトリスも同じ頃にここに帰ってきたいっていってるんですけれどねえ……」

「親離れできてないのかねえ」

レイチェルは嬉《うれ》しそうに嘆いた。

「養子たちとはいえ、あなたと私はいい家庭《ホーム》をつくってきましたよね」

「日本ではねえ、マーサ。家庭って、家の庭って書くんだよ。フラット暮しの庭のない家でも、日本の家庭はそれぞれ、その名の中に庭を持っている。さしずめ、その家の主婦が庭師ってとこかねえ」

「なるほどねえ……。庭は植物の一つ一つが造る、生活は家族の一人一人が造るってことですかねえ。深い、重みのあることばです」

マーサはレイチェルの思った通りの反応をした。

「ねえ、そうだろう、そういう、国なんだよ」

「レイチェル、あなたは本当に私の扱いを心得ていますね」

マーサは電話の向こうで力が抜けたように笑った。その笑いをきいて、レイチェルは自分の勝ちの近いことを知った。もう一押しだ。

「そっちの屋敷はしばらくルースたちに任せて、こっちへ来てくれないかい？　私もあんたに倣《なら》って庭作りを始めようかと思うんだよ。実は、ある知合いの女の子に感化されてね、この庭を子どもたちのために残そうと思うんだよ」

「どこぞに寄付しようっていうんですか。どうなるかわかったもんじゃありませんよ。ちゃんと見届けないと」

「現状のまま残すってことで、委託しようと思ってるんだけどね。ここまでこの土地に根付いてしまった屋敷だもの。私の死後も子どもたちに開放するつもりだよ」

「オープンってのはどうでしょうねえ……。むしろ、照美のような子どもが、こっそり忍び込むために残しておくのがいいと思いますけどねえ」

「まあ、その相談はともかく、何しろ今はここの庭は荒れ果てていて……。手を入れなければならないんだよ。よかったら、あんたにここの庭を任せて、私は『裏庭』を……」

しまった、とレイチェルが口を抑えたのと、マーサが（電話の向こうでおそらく）血相を変えて遮ったのはほとんど同時だった。

「レイチェル・バーンズ！　私があれほど『裏　庭《バック・ヤード》』って言葉を使わないでくれっていったのを忘れたんですか。『前庭』なんて、ただの玄関に過ぎないんです。いわゆる『裏庭』こそが人生の本当の表舞台。『裏庭』こそが生活の営みの根源なんですからね、きちんと『庭《ガーデン》』と呼んで下さい」

「マーサ、あんたはまったくいやになるぐらいいつでも正しいのね」

レイチェルはため息をついた。


まあ、この話はゆっくり詰めていこう、と、内心、策を練り直すことにしたレイチェルは、また電話するから、と受話器を置いて外に出た。

荒れ果てた庭だ。だが、コーナーごとに段をつけて区切ってある煉瓦《れんが》は遺跡のように残っていたし、レイチェルの両親が故郷の風景を懐《なつ》かしんで植えた、ハリエニシダやサンザシもまだ僅《わず》かに残っていた。しかしジャングルのようにその上を覆《おお》うクズやカズラの旺盛《おうせい》なエネルギーといったら、見るのも恐ろしいぐらいだった。

——おまけにこの蓬《よもぎ》にイタドリ！　まったくどうしたもんやら……

レイチェルはため息をついた。

——この庭も、あの庭も……

実は、レベッカが裏庭に植えていたのが桜の苗木で、クォーツァスというのはそれの名前だった、というのを照美から知らされたとき、レイチェルは一瞬打たれたような思いがしたのだった。

そしてそれから、勇気を出して裏庭へ入ろうと試みたが、やはり裏庭は閉じたままで、昔のままレイチェルをよせつけようともしなかった。拒否された苦い気持ちが、妙に昔懐かしく蘇《よみがえ》ったのだった。

——けれど、私ももう昔の私じゃないよ、レベッカ。ちょっとやそっと拒絶されたぐらいで、あきらめたりしない。ただ……

そのとき、門の方で誰か人の入ってくる気配がした。その人影を確かめると、レイチェルは慌《あわ》てて駆け寄った。

「ジョージ！　一人でこんなところまで」

丈次は、まだ少しまひの残る顔でぎこちなく笑った。

「リハビリの散歩の途中なんじゃ」

そして、感慨ぶかげに周りを見渡しながらいった。

「ここに入るのも、かれこれ半世紀以上になるのう」

「……そうね、私も……」

レイチェルもつられるように改めて見渡した。

「荒れたでしょう」

「手が入ってないんじゃから、あたりまえじゃや。ここにくる前に、知合いのところへちょっと寄ったんじゃが――この病気で倒れる前に、ちょっとその家庭菜園の相談を頼まれとったんで、ずっと気になっとったんじゃ――人の手が入ると入らんとじゃ大違いじゃや」

「相変わらず律儀《りちぎ》なのね。そんなこと、すっかりよくなってからでいいのに」

レイチェルはあきれた。

「向こうも恐縮しとったがね」

レイチェルは丈次の腕を支えるようにして歩き、テラスの椅子《いす》に二人腰掛けた。

「毎年よう出来たはずのキャベツが、数年前からさっぱりじゃというんだよ。行ってみてすぐわかった」

「何だったの」

「連作障害じゃ」

「レンサクショウガイ？」

レイチェルはその聞き慣れない発音に該当する日本語を、頭の中で目まぐるしく探していた。丈次はうなずいて、

「同じ種類の作物ばかり同じ場所に植えると、やがてそういうことになるんじゃよ。ある一定の成分ばかりが消費されるようになって、土地が痩《や》せてくる」

と、説明した。

黙って聞いていたレイチェルは、一瞬はっとした表情をみせ、その頬がみるみる紅潮した。

「ああ、ジョージ、こういうことがいえないかしら――裏庭が照美に向かって開かれたのは、病んだ裏庭が照美を必要としていたからだって――つまり、違った血を入れて活性化しようとしたって」

丈次はしばらく考え込んだ後で、

「そうかもしれない。じゃが、同時に照ちゃんの方でも、裏庭が必要じゃったんじゃろう。その両方が、たまたま、かちあったんじゃろう」

「ああ、そう、本当にそうかもしれない」

レイチェルは遠い目をした。

「照ちゃんから、あの話を聞いたとき、わしは、本当に自分が恥ずかしくなった。自分の勇気のなさが」

レイチェルは、何のこと?、といわんばかりに首をかしげた。丈次は、思い切るようにして、下を向いて話し始めた。

「あんたはわしに裏庭を見せてくれた――わしはよう入っていけんかった」

ああ、と、口に出さずにレイチェルは呟《つぶや》いた。

「……今になって、よくわかるわ。私もずっと裏庭のことが、ああいう世界が怖かったの。自分が、本当は臆病《おくびょう》な人間だと思いたくなかったのね。裏庭にのめり込むとエネルギーを吸い取られる、という言伝えは、実は裏庭での仕事の大きさを意味してたんでしょう。奪われるエネルギーと同等のエネルギーの循環を……」

レイチェルは照美のことを思った。年を重ねた者の持つ、鋭い洞察力で、あの子は一番大事なことは話していない、と思った。それは賢明なことだ。

「じゃが、わしはずっと、思っとったんじゃ。あの向こうに何があるのか、いつか確かめにゃならん、と」

レイチェルは、丈次が何を言い出そうとしているのか察しがついた。

「でも、ジョージ、私には裏庭を開けることはできない。裏庭は、本当は私のものじゃなかった。今でも、そう。私はいつも裏庭から拒絶されてきたの……」

レイチェルは寂しそうにいった。

「じゃが、あの時は……」

レイチェルは首を横に振った。あの時は、子どもじみた見栄《みえ》で、いちかばちかやってみただけだったのだ。今なら、何のプライドの痛みも感じずにそう言えるものを……。

「あの時だけだったの、私が裏庭を開くのに成功したのは。あなたと……」

あっと、そのとき、飛び上がるようにして、レイチェルはまじまじと丈次を見つめた。

――もしかして……そういうことなのだろうか。

しばらくしてレイチェルは口を開いた。

「ジョージ、やってみましょうか」

低い声で、レイチェルは、念を押すようにきいた。丈次は、その声をきいて、ああ、あのレイチェルだ、と思った。ちっとも変わってなんかいやしない。

「わしはもう、ほかにすることはないような気がしておるよ」

そのはにかんだような笑顔を見て、レイチェルも、ああ、あのジョージだ、と思った。あのとき、成功したのは丈次がいたからだったのだろうか。

いつのまにか雨が降っていた。細い細い、絹糸のような雨が。

何十年ぶりかでバーンズ屋敷の中へ入った丈次は、その、長い時を経て、なお変わらない古い屋敷のひんやりした石の匂《にお》いをかいだ。

しんとした沈黙の中を、レイチェルに導かれてあの鏡の前へ行くのも、あのときと同じだった。

「……長いことかかった。ここまでくるのに。本当に長いことかかった」

レイチェルは鏡の前に立つと、丈次を見て、微笑《ほほえ》みながらそう呟いた。

「そうじゃなあ」

丈次もしみじみといった。

「長かったのか、どうか、もうよくわからん。ここにこうしておると、あの頃と何一つ変わっておらん気もする」

「でも、あなたも私も、ずいぶん、充分、大人のような姿になったわよ」

「そんなもん、うわっつらだけじゃ」

丈次は笑っていった。レイチェルもうなずきながら、笑った。

「そう、そうだわ。本当」

そして、鏡の竜のレリーフに触れた。

やがて、深く、静かな、しかし大岩が動くような声がホールいっぱいに響いた。

「フー・アー・ユー」

——ああ、やっぱり、そうだったんだ。私は、丈次となら、裏庭へ行けるのだ。どういう理由だかわからないけれど。

レイチェルは鏡に応《こた》えた。

「テル・ミー……教えておくれ」

そのとき、おなじみのあの花びらが、まるで喜びを隠しきれない、とでもいうようにくるくると現れた、と思うと、

「アイル・テル・ユー」

という響きとともに、まるで霧か霞《かすみ》のように、鏡の向こうに桜の花吹雪が舞っている光景が現れ、レイチェルたちを誘うようにこちら側に向かって風が吹いた。石灰の匂いがした。

丈次はごくんと唾《つば》を飲むと、耳をすませた。

「何か、きこえるぞ、レイチェル」

幽玄の花吹雪の、その向こうから、何か不思議な歌声がする。奇妙だが、何ともひきつけられる独特の節回しで、それは歌というより語りのようだった。

「行ってみましょう」

その歌声に無心に引き寄せられて、二人はどちらからともなく内側へ歩き出した。

花吹雪の向こうに、その歌声の主が現れた。

「水島先生じゃないか、あの声は」

眼を凝らす丈次は、いつのまにか坊主頭《ぼうずあたま》の、真っ黒に日に焼けた少年になっていた。

「よく似てる。でも、ちょっと違うみたい。吟遊《ぎんゆう》詩人のようよ」

同じように前方を見つめているレイチェルも、ひょろっと背の高い、そばかすだらけの女の子の姿に変わっていた。が、二人とも、それを少しも変だと思わなかった。それよりも、そのきこえてくる歌声の主の方がはるかに興味があった。

長い銀髪。中世風の衣装を纏《まと》って、竪琴《たてごと》を奏《かな》でている。その、水島先生に似た美しい人の両腕は、肘《ひじ》の付け根から先が銀色に輝いていた。

「銀の手だ」

二人の子どもは同時に叫び、駆け出していた。

解説

河合隼雄

本書は、一九九五年第一回児童文学ファンタジー大賞（絵本・児童文学研究センター主催）の受賞作である。日本人にはファンタジー作品を書くのは難しいとされているが、そんな懸念を破って、なかなかの大作が生まれてきた。それに、一九九六年十一月に初版発行以来、二〇〇〇年九月までに十六刷を重ねているので、日本中の読者にもよく受けいれられていることがわかる。ファンタジー愛好者の一人として、嬉《うれ》しく感じさせられることである。

主人公は思春期の少女、照美。私はかつてバーネットの『秘密の花園』について書いたとき、すべての少女は心の中に「庭」を持っている、と述べた。この作品も、少女の内なる庭について描いているのだが、バーネットの庭と比較すると、現代に生きる少女のかかえている課題の深刻さが強く感じられる。

作品の舞台は「丘の麓《ふもと》のバーンズ屋敷」。日本のなかにある西洋的な場所であり、そこに「何か秘密があることは、当時その辺りの子どもなら誰でも知っていた」という場所である。そのような屋敷の不思議な「裏庭」となると、二重三重の秘密を内在させているのも当然と言える。

実際に、この作品は相当な重層構造を持っている。日本と西洋、生と死、男と女、昔と今、それに、現実界と異界。これらの対比と対応が見事に重なり合って、巧みな重層構造をなしている。それらをひとつひとつ明らかにして全体の構造を読みといてゆくには、この解説の数倍の紙数を必要とするであろう。興味のある方は、本書に示されている多くの対応関係を表にでもしてみられるといいであろう。それによって、思春期の少女の内界がどれほどの複雑さを持つものであるかが、実感されるであろう。

すべての少女が「庭」を持っているとしても、それを実感できるのはむしろ限られた数の者だけである。それは「庭師」としての運命を背負った者であり、照美はその一人であった。そもそも彼女の祖母、妙子が「庭師」だったのだ。照美という名は祖母の遺志によって名づけられており、照美は生まれながらに祖母の運命を背負っていたのだ。照美と祖母とのこのような極めて深い関係は、祖母・母・照美という三人の女性の普通の意味における稀薄《きはく》な関係と好対照をなしている。

このようなことはよく起こることだ。普通の意味での母娘関係の薄さが、このような深い関係を浮かびあがらせるのか、生前より存在する運命的課題が、普通の関係を薄くしてしまうのか。どちらとも言えない。ともかく、われわれ心理療法家としては、照美のように三代にもわたる課題を引き受けた子と会い続けてゆくとき、最初はその子個人の傷の癒《いや》しのために訪れたとしても、やり遂げる仕事は、照美が体験したように個人を超えた深いものになることが多い。かくて、照美の裏庭の体験は、日本人を代表しての内界への旅という意味をもってくるのである。

この作品全体を通じて流れているテーマは「死」である。人間はなぜ死ぬのか、いかに死ぬのか、死んだ後にどうなるのか、それに、自分の近親者の死をどう受けとめるのか、ということもある。これらの課題を追求することは極めて大切であるのに、現代人はともするとそれを忘れ、自分の生を薄っぺらなものにしてしまう。死を通じて生を見ることによって、その生は深みを増すのである。

照美の弟、純は幼なくして病死している。純の葬式のときに、母親は「ただぼうっとしていた。」そして、父親は「本当に悲しいんだろうか」と彼の妻、つまり照美の母は思ったという。そもそも、照美の母は自分の母が亡《な》くなったとき、なんだかぼうっとするばかりで、悲しいという実感がなかなか湧《わ》いてこなかったのだ。母親の幸江は自分の母親の妙子にあまり愛された経験がないのだ。そのような経験は、幸江と照美の間にももたらされ、照美は子ども時代から淋《さみ》しい生活を続けてきている。

人間はあまりにも辛《つら》い人生を生きると、感情をおさえてしまって無感情になるのだろう。ここに登場した人たちの感情のはたらきの弱さは、生きのびてゆくための方策だったのかも知れない。しかし、それはそのままでは続けることはできないのだ。

照美の見た「裏庭」では、河の水が枯れてしまっている。これは感情の流れの枯渇《こかつ》に対応している。最後のところで、とうとう水が溢《あふ》れでてくるが、それまでに照美はどれほどの感情の嵐《あらし》を体験しなくてはならなかっただろう。彼女は悲しみ、苦しみ、殺人に至るほどの怒りの爆発をさえ体験している。

照美の裏庭での体験に呼応して、照美の父の徹夫は、息子の純の六年前の死を想《おも》い起こして、「純よお。純よお」と泣いたし、母の幸江も、純が亡くなったときに「二人（夫婦）で思いきり泣きたかったのに、いろいろなことに取り紛《まぎ》れてその機を逸《いっ》してきた」と気づくのだ。彼女は「母親の死のときの自分の冷たさが、純の死の時まで尾をひいていたように思う。」このような両親の自覚によって、ようやく、純の死による喪が成し遂げられるのである。そのことはすなわち、照美の癒しにも通じることであった。

現代人は生きるのに忙がしすぎて、喪を忘れてしまう。喪など無視してしまっても表面的には何の問題もない。しかし、その際に流れるはずの感情の流れは塞《せ》き止《と》められてしまって、「裏庭」の荒廃をもたらし、それは結局は現実生活へとはねかえってくる。生活が輝きを失ってくる。

このことを感じとっている照美は、「パパとママは真面目《まじめ》に生きてるけど、誇りをもって生きてない。楽しんでもいない。光に向かうまっすぐさがない。それは子どもにとってはどうにもならないやりきれなさだ」と思ってしまうのである。

かくて、照美の家族たちには癒しが必要となり、その代表としての照美は自分でも気づかないうちに、癒しを求めての旅に出ることになる。

体の傷も、浅いものは自然に治ってしまう。しかし、深い傷はなかなか治らない。これと同様に、心の傷も深い傷は簡単には治らない。体の傷にしても、人間の身体《からだ》全体の自然な作用によって治ってゆくわけだが、心の傷も癒されるためには、人間の存在全体のはたらきがなければならない。それは、外部からの操作によって効果があるようなものではない。従って、照美および、彼女の家族の癒しのためには、彼女が体験したような凄《すさ》まじい旅が必要だったのだ。一歩誤れば、彼女自身の命が失われたであろう。

昨今では「癒し」という言葉の流行と共にそれは手軽に考えられすぎている。そのことは本書のなかで、「癒し市場」として描かれている。「自分の傷と真正面から向き合うよりは、似たような他人の傷を品評する方が遙《はる》かに楽だもんな」などという言葉も聞かれる。確かに、現代のわが国では、自分の心のことは放っぽりだして、他人の「心のケア」に奔走しているつもりで、実は他人の心の傷口を広げるようなことをしている人もある。

照美の名は「テル・ミィ」であり、その名の由来もあって、彼女は西洋人のレベッカの「裏庭」に入って仕事をすることになる。現代の日本人の生活は好むと好まざるとにかかわらず西洋の文明に強く影響されているので、それを抜きにしてものごとを考えることはできない。彼女はレベッカという西洋人の「庭師」の仕事を継承し、レベッカを救済することを通じて、彼女自身の癒しの体験をしているのだ。

照美の仕事は個人的であると共に、超個人的でもあると述べたが、彼女の仕事のなかに、「手無し娘」や「片子」などという昔話の主題が入りこんでくるところに、それは反映されている。あるいは、照美に、綾子《あやこ》のおじいさんがしてくれた話のなかには、「石化」というテーマも認められる。

「手無し娘」にしろ「片子」にしろ、そして、「石化」というテーマにしろ、日本の昔話においても、世界中の昔話においても認められるものだ。現代でも、親に「手を切られた娘」や、もう一人の自分とのつながりを無くした男性や、感情が石のように固まってしまった男女などは沢山いる。これらに共通に認められることは、「関係性の喪失」ということではないだろうか。つながりがなく、どこかで切れてしまっている。

現代の思春期の子どもたちが「切れる」のも当然と言っていいだろう。もともとつながっていたものが、切れ切れになっているのを、彼らは時にはっきりと意識するのであろう。切れていたものがつながることによって癒しが生じる。この作品のなかでは、そのような、つながりの回復ということが、形や姿を変えて何度も繰り返される。今の自分が遠い昔の自分とつながる。自分ともう一人の自分とがつながる。それらの積み重ねを経て、照美はこちらの世界に帰ってくる。

照美の体験につれて、大人たちの間にも、いろいろな関係回復の動きが生じる。レベッカの姉レイチェルは、わざわざそのために、日本にまでやってきたのだが、レイチェルにとっては、現在と過去、英国と日本、亡き妹と自分、それらの関係が回復する。しかし、それでは十分ではなかったのだ。エピローグにおいては、レイチェルが日本の友人、丈治と共に、「裏庭」へ旅立つところが語られる。

人間にとって、「庭」はおそらく完成することはないのであろう。死ぬまで――いや、死んでからも——庭師の仕事は続くのであろう。

（平成十二年十一月、心理療法家）

この作品は平成八年十一月理論社より刊行された。

裏《うら》　庭《にわ》

新潮文庫　　な－37－1

平成十三年一月一日発行
平成二十五年三月二十日三十一刷

著者　梨《なし》木《き》香《か》歩《ほ》

発行者　佐藤隆信

発行所　株式会社新潮社

郵便番号　一六二―八七一一
東京都新宿区矢来町七一
電話　編集部(〇三)三二六六―五四四〇
　　　読者係(〇三)三二六六―五一一一
http://www.shinchosha.co.jp

価格はカバーに表示してあります。

乱丁・落丁本は、ご面倒ですが小社読者係宛ご送付ください。送料小社負担にてお取替えいたします。

印刷・三晃印刷株式会社　製本・株式会社植木製本所

ISBN978-4-10-125331-2 C0193